श्रीलाल शुक्ल
की
लोकप्रिय कहानियाँ

श्रीलाल शुक्ल
की
लोकप्रिय कहानियाँ

श्रीलाल शुक्ल

प्रभात
पेपरबैक्स
www.prabhatbooks.com

प्रकाशक

प्रभात पेपरबैक्स

4/19 आसफ अली रोड, नई दिल्ली-110002

फोन : 23289777 • हेल्पलाइन नं. : 7827007777

इ-मेल : prabhatbooks@gmail.com ❖ वेब ठिकाना : www.prabhatbooks.com

संस्करण

प्रथम, 2018

मूल्य

एक सौ पचहत्तर रुपए

अ.मा.पु.स. 978-93-5266-297-5

मुद्रक

आर-टेक ऑफसेट प्रिंटर्स, दिल्ली

★

SHRILAL SHUKLA KI LOKPRIYA KAHANIYAN
by Shrilal Shukla

Published by **PRABHAT PAPERBACKS**
4/19 Asaf Ali Road, New Delhi-110002

ISBN 978-93-5266-297-5

₹175.00

भूमिका

श्रीलाल शुक्लजी की गिनती हिंदी के बड़े और सिरमौर व्यंग्यकारों में होती है। उनके व्यंग्यकार की अत्यधिक चर्चा के पीछे उनका कथाकार जैसे कुछ दब सा गया है। जबकि सच तो यह है कि श्रीलालजी जितने बड़े और सशक्त व्यंग्यकार हैं, उतने ही बड़े और सिद्धहस्त कहानीकार तथा उपन्यासकार भी, जिन्होंने अपनी लंबी कथा-यात्रा में निरंतर पाठकों की संवेदना का विस्तार किया है और हिंदी कथा साहित्य में बहुत कुछ नया एवं मूल्यवान जोड़ा है। आप कह सकते हैं, जिस तरह श्रीलाल शुक्ल का व्यंग्य का सुर सबसे अलग और विशिष्ट है, इसी तरह उनके कहानीकार की भी किसी से तुलना कठिन है। वे अपनी तुलना मानो आप हैं।

यही नहीं, कोई चार दशकों तक फैली श्रीलाल शुक्लजी की कथा-यात्रा पर गौर करें, तो समझ में आता है कि उनकी कहानियाँ एक ही रंग-ढंग की कहानियाँ नहीं हैं और न वे बने-बनाए रास्तों पर चलती हैं। इसके बजाय, न सिर्फ उनका मुहावरा समय के साथ तेजी से बदला है, बल्कि उनमें एक निरंतर विकास-क्रम भी नजर आता है। उनमें आगे चलकर जो एक खिलंदड़ा अंदाज और खुलापन आया है, उससे कथाकार के रूप में उनकी एक अलग ही आभा दिखाई पड़ती है। बीच-बीच में उनका अंदाजेबयाँ ही नहीं, कथा-भाषा भी गहरे रचनात्मक द्वंद्व से गुजरती नजर आती है और उससे समझ में आता है कि श्रीलाल शुक्ल का आदमकद कहानीकार किस तरह समय के साथ निर्मित हुआ है और उसका प्रभामंडल निरंतर निखरता गया है।

श्रीलालजी की शुरू की कहानियों में बेशक नई कहानी का बहुत सीधा प्रभाव है। उनमें एक तरह की उदासी, गहरा मानसिक अवसाद, मध्यवर्गीय

तंगहाली, भीतरी कशमकश और अपनी निरर्थकता का तीव्रतम अहसास बहुत मुखर रूप में सामने आता है। उसी तरह व्यक्ति मन का एक उचाट भाव भी बीच-बीच में झलक दिखाता है, जिसमें अपने अकेले छूट गए होने की गहरी टीस है तो साथ ही निराशा के घोर अँधेरे में कहीं प्रेम की शक्ल में उम्मीद की एक क्षीण सी लौ भी निरंतर टिमटिमाती नजर आती है। श्रीलालजी की 'छुट्टियाँ', 'यह घर मेरा नहीं' और 'एक लुढ़कता हुआ पत्थर' इसी तरह की उदास कहानियाँ हैं—दूर तक और देर तक अपनी संवेदना में लपेटती हुई सी। हालाँकि श्रीलालजी के कथाकार की सबसे बड़ी खासियत यह है कि उनके कहन में तीक्ष्ण मुसकान लिये एक सतर्क व्यंग्यकार की उपस्थिति निरंतर नजर आती है, और वही उन्हें हिंदी के तमाम कथाकारों से अलगाती भी है। यहाँ तक कि बड़े-से-बड़े दुःख और अभावजन्य परिस्थितियों में भी उनका व्यंग्यकार निरंतर चौकस रहता है और बीच-बीच में तीखी चोट करते हुए अपनी उपस्थिति जरूर जता देता है।

श्रीलालजी की शुरुआती कहानियों में 'छुट्टियाँ', जो छात्र-आंदोलन के माहौल और नई पीढ़ी की कथित अनुशासनहीनता पर केंद्रित है, बहुत महत्त्वपूर्ण कहानी है। एक विचित्र सन्नाटा कहानी में शुरू से अंत तक पसरा हुआ है, जिसे एक उद्यत छात्र नेता की तीखी आवाजें ही किसी हद तक तोड़ पाती हैं। प्रकट में वह छात्र नेता ही विश्वविद्यालय के बिगड़े हालात के लिए दोषी जान पड़ता है, पर जैसे-जैसे हम थोड़ा गहराई में उतरते हैं, स्थितियों का व्यंग्य और विद्रूप हमारी आँखों के आगे खुलता चला जाता है और अंदर की सच्चाई परत-दर-परत खुलकर हमारी आँखों के आगे आती है और तब हमें पता चलता है कि असल में बुरे वे छात्र नहीं हैं, जो इतने अराजक और अनुशासनहीन नजर आते हैं, बल्कि बुरे वे हालात हैं, वह व्यवस्था है, जिसने उनके सपने छीन लिये हैं और आगे कोई रास्ता छोड़ा ही नहीं। छात्रों की नजर बार-बार अपने से बड़ों और शिक्षकों पर जाती है, जो उनके सामने कोई आदर्श रखने के बजाय आत्मकेंद्रित होकर अपने-अपने स्वार्थ के खेल खेलने में मग्न हैं। तो फिर वे किससे सीखें और क्या?

'यह घर मेरा नहीं' में भी यही समस्या एक अलग फलक पर उपस्थित है। कहानी का नायक एक उखड़ा हुआ नौजवान है, जिसे कोई नहीं समझता। कोई उसे सहानुभूति की आँख से नहीं देखता। और इससे उसका रहा-सहा आत्मविश्वास भी छिटकता जा रहा है। पिता उसे एकदम निठल्ला और नाकारा समझते हैं, जिससे कोई उम्मीद नहीं की जा सकती। उसे हर समय इतनी बुरी तरह डाँट और दुत्कार मिलती है कि उसे ही नहीं, घर में हर किसी को लगने लगता है कि यह लड़का कभी कुछ नहीं कर पाएगा।...पर पड़ोस में रहनेवाली एक परिचित लड़की की आँखों में उसके लिए एक अनछुआ प्यार है, सहानुभूति भी। और उसी से उस नौजवान के अंदर यह अहसास पैदा होता है कि हाँ, वह भी कुछ है; कि वह वाकई कुछ कर सकता है, वह नाकारा नहीं है। और इसी से उसके जीवन में वह आत्मशक्ति पैदा होती है, जो उसे टूटने नहीं देती। कभी-कभी पुकारती हुई वह स्नेहिल आवाज ही उसमें जीवन का संचार करती है, और कहानी उस मोड़ पर आ जाती है, जब सच में हम उसे किसी जादू की मानिंद बदलते देखते हैं। और तभी उसे यह अहसास भी होता है कि यह घर उसका अपना घर नहीं है।

'एक चोर की कहानी' में एक धीमा और छिपा हुआ व्यंग्य है, जो कहानी के अंत में पूरी तेजी से खुलकर आता है। असल में गाँव में कहीं चोरी हुई है और उससे इस कदर हल्ला और शोर-शराबा हुआ कि लगा, धरती-आकाश दोनों विकंपित हो उठे। हर कोई हाथ में लाठी या बंदूक लिये शोर मचाता हुआ दौड़ रहा है। चोर को पकड़ने और घेरने की हर चंद कोशिशें हो रही हैं। तमाम तरह के चक्रव्यूह और मारा-मारी। कहानी के अंत में आखिर वह चोर पकड़ा गया। पर वह इतना बेचारा, कमजोर और निरीह प्राणी है कि महज अपनी भूख मिटाने के लिए उसने नाममात्र की चोरी की है। उसके थैले में बस थोड़ा सा खाने का सामान है, जो उसने चुराया है, और चेहरे पर भय और निरीहता। कहानी जैसे एक तीखा सवाल खड़ा करती है कि क्या यह भूखा आदमी इतना बड़ा अपराधी है? इसी तरह 'एक लुढ़कता हुआ पत्थर' में आज के शहरी जीवन की भागम-भाग का एक चित्र है। हमें सचमुच नहीं पता कि

हम किस–किस को बेमतलब टँगड़ी मारकर आगे बढ़ रहे हैं। और सच तो यह है कि हड़बड़ी में हम सारी नैतिकताएँ ही नहीं, मनुष्यता भी भूलते जा रहे हैं।

'सिर का दर्द' और 'अपनी पहचान' मध्यवर्गीय मानसिकता की कहानियाँ हैं। इनमें 'सिर का दर्द' में एक छिपा हुआ तनाव है, जो नौजवान पीढ़ी को हरदम खोखला करता जाता है। कहानी में एक युवक की तकलीफ है, जिसे घर और बाहर कहीं शांति नहीं मितती। हमेशा उसका सिर दुखता रहता है। उसे समझ में नहीं आता कि वह इस सिरदर्द से कैसे मुक्ति पाए? हर जगह उसे मुश्किलों का पहाड़ और एक दुरभिसंधि नजर आती है। तनाव से बचने का कोई रास्ता नहीं। आखिर वह दफ्तर की नौकरी से त्यागपत्र दे देता है, ताकि वह किसी तरह उस छिपे हुए तनाव से निजात पा सके, जो सिरदर्द की शक्ल में हर वक्त उसके सिर पर सवार है। इसी तरह 'अपनी पहचान' मध्यवर्ग के दोहरेपन की कहानी है। पति को उसकी पत्नी चक्की से गेहूँ पिसवाकर लाने के लिए कहती है, तो सिर पर गेहूँ की बोरी रखकर ले जाने में उसे बड़ी हेठी महसूस होती है, अगर किसी ने देख लिया तो? आखिर बहुत झींकने के बाद वह गेहूँ की बोरी सिर पर रखकर पिसवाने जाता है तो सचमुच ही कुछ ऐसा होता है, जिससे एक मध्यवर्गीय आदमी के दोहरेपन की कलई खुल जाती है। श्रीलाल शुक्लजी की कहानी में यह कथ्य एक विचित्र भंगिमा के साथ सामने आता है।

'मेरी भाभी' श्रीलाल शुक्लजी की कथाधारा में सबसे अलग, बड़ी ही सुंदर और भावपूर्ण कहानी है। कहानी का वाचक अपने डॉक्टर मित्र से मिलने जाता है तो वहाँ मित्र के साथ–साथ उसकी पत्नी का सादगी भरा स्नेहिल आतिथ्य उसके मन और आत्मा पर दर्ज हो जाता है। उसे लगता है, सच में यह एक प्यार से छलछलाता हुआ घर है। पर एक अरसे के बाद वह फिर संयोगवश उसी डॉक्टर मित्र के घर जाता है, तो अचकचा सा जाता है। इसलिए कि अब घर बदल गया है और जिस स्नेहिल भाभी से वह मिलना चाहता था, उसकी जगह डॉक्टर की नई पत्नी आ चुकी है। डॉक्टर का जीवन तो अब सम पर आ गया है, पर कथावाचक जैसे इसे स्वीकार करने को

तैयार नहीं। डॉक्टर मित्र से उसे पता चलता है कि किस तरह पहली पत्नी का निधन हुआ और फिर उसे दूसरा विवाह करना पड़ा। कहते हुए डॉक्टर के चेहरे पर ऐसा भाव है, जैसे उसने सबकुछ को स्वीकार कर लिया है। पर पता नहीं क्यों, कथावाचक को इस बार सबकुछ अधूरा-अधूरा सा लगता है और एक अजीब खालीपन के साथ वह वापस आता है। हाँ, लौटते हुए वह डॉक्टर मित्र से अपनी भाभी का चित्र भी माँग लाया है, जो अब हमेशा उसके ड्राइंगरूम में टँगा रहेगा।

श्रीलाल शुक्ल की बहुत सी कहानियाँ ऐसी हैं, जिनमें उनके व्यंग्यकार और कहानीकार की मानो एक जैसी ही उपस्थिति है। 'लखनऊ' ऐसी ही कहानी है। इसमें एक ओर लखनऊ की नजाकत का वर्णन है, तो दूसरी ओर लोगों के दोहरे चेहरे और चरित्र हैं, जिनमें बहुत कुछ नकली है और बातों में झूठ की भनभनाहट है। कथाकार अपने मन की इस तकलीफ को अंदर ही रखता है कि अब जिसे तमाम लोग लखनऊ कह रहे हैं, वहाँ नफासत नहीं, बस झूठी नजाकत का नाटक ही बच रहा है। आखिर इस झूठे नाटक के बीच ही वह विकलता से उस लखनऊ शहर को ढूँढ़ता है, जो कभी सचमुच पढ़े-लिखे लोगों का शहर था और जहाँ नफासत थी। 'जीवन का एक सुखी दिन' भी श्रीलालजी की काफी अलग कहानी है। एक बड़ी सादा सी, पर घटनाविहीन कहानी। जिस दिन की यह कहानी है, उसमें जीवन में सबकुछ ठीक और अच्छा-अच्छा घटता गया। जिस-जिस मुश्किल की आशंका थी, वह नहीं आई। कुछ भी ऐसा जिससे परेशानी हो सकती थी, नहीं घटा। आश्चर्यजनक रूप से जूते, कपड़े बाहर जाने पर चीजें उसी रूप में मिलती गईं, जैसा मन सोचा करता है। और कथावाचक एक प्रसन्न आवेग के साथ सोचता है कि 'आज का दिन मेरे जीवन का सबसे सुखी दिन है'। कहानी में एक व्यंग्य भी निहित है। इसलिए कि कहानी के नायक को उपलब्ध तो कुछ नहीं हुआ, पर कहीं कुछ बुरा या अशुभ नहीं घटा, यही मानो उसके जीवन की सफलता का परिचायक हो!

इसी तरह 'एक खानदानी नौजवान', 'यहाँ से वहाँ', 'नसीहतें', 'कुत्ते

और कुत्ते', 'उमरावनगर में कुछ दिन' तथा 'भारतीय इतिहास का एक स्वर्णिम पाठ' भी श्रीलाल शुक्ल की यादगार कहानियाँ हैं। इनमें कहीं हास्य-विनोद के छींटे हैं, कहीं भीतर तक काटता हुआ तीखा चटुल व्यंग्य, तो कहीं कविता सरीखा मनोरम लालित्य। इनमें 'कुत्ते और कुत्ते' सबसे दिलचस्प कहानी है, जिसमें एक कुत्ता-प्रेमी अफसर की चरित-कथा है। वे लोगों की प्रशंसा से इस कदर गद्गद हुए कि अब वे जगह-जगह कुत्ता-प्रेम पर स्पीचें देने लगे हैं और दूर-दूर तक लोग उन्हें कुत्ता विशेषज्ञ के रूप में जानने और सम्मानित करने लगे हैं। 'यहाँ से वहाँ' एक छोटी सी घटना से जनमी शानदार कहानी है। 'एक खानदानी नौजवान' और 'भारतीय इतिहास' का स्वर्णिम पृष्ठों में बड़ा ही तीखा व्यंग्य है। 'उमरावनगर में एक दिन' कस्बाई जीवन के बृहत् आख्यान सरीखी लंबी और यादगार कहानी है।

इस संग्रह के लिए कहानियों का चयन करते समय इस बात पर ध्यान रहा कि श्रीलाल शुक्लजी की सभी पसंदीदा कहानियाँ इसमें आ जाएँ, साथ ही वे कहानियाँ भी, जो उनकी कथा-धारा में एक सार्थक मोड़ लेकर आती हैं। उम्मीद है, श्रीलाल शुक्लजी की लोकप्रिय कहानियों का यह संचयन उनके असंख्य पाठकों और साहित्य के मनीषियों को भाएगा तथा उनके कथाकार के असाधारण महत्त्व और मूल्यवत्ता को समझने में मददगार होगा।

—प्रकाश मनु

545, सेक्टर-29,
फरीदाबाद-121008 (हरियाणा)
मो. 09810602327

अनुक्रम

छुट्टियाँ

गरमी की लंबी छुट्टियाँ हैं। इस साल वे और लंबी हो गई हैं। पंद्रह मई के बजाय यूनीवर्सिटी चार अप्रैल को ही बंद हो गई है। इसका कारण दिग्विजय सिंह और उनके साथियों को बताया जाता है। वे जो कर रहे हैं, उसे राजनीति की बोली में 'छात्र-संघर्ष' और हुकूमत की बोली में 'गुंडागर्दी' कहा जा रहा है।

चारों ओर अमन है। मेरे साथी शिक्षक कुंजियाँ लिख रहे हैं। जल्दी में निबटाए गए इम्तिहान की कॉपियाँ जाँच रहे हैं। वे अपने लड़कों को तैरना, लड़कियों को अंग्रेजी बोलना और बीवियों को अमेरिकी गृह-विज्ञान सिखा रहे हैं। तीसरे-चौथे दर्जे के कर्मचारियों को छुट्टी में इस साल छह हफ्ते ज्यादा मिल गए हैं और वे अब साथी-संबंधियों के यहाँ निरंतर चलने वाली शादी की दावतों में बिला नागा जाने के लिए स्वतंत्र हैं। जो छात्रगण छात्र-संघर्ष में सीधे नहीं जुड़े हैं, वे पिछले सालों की तरह पुराने कामों में उलझे हुए हैं। बार-बार उनका जिक्र गली और चौराहे की दरम्यानी मटरगश्ती, दफ्तरों की अल्पकालीन नौकरी, आबकारी इंस्पेक्टरी से आई.ए.एस. तक की तैयारी, रेलों की डकैती आदि के सिलसिले में आता रहता है।

अचानक छुट्टियों के झटके से कई चीजें अभी मूर्च्छित पड़ी हैं। मसलन, पहाड़ों की ठंडक में सेमीनार, वर्कशाप, कैंप आदि के नामों से चलने वाले ग्रीष्मकालीन चोंचले अभी शुरू नहीं हुए हैं। इसलिए भरे-पूरे लोगों के बीच मैं सब तरह से खाली हूँ। कुंजियाँ लिखना मैं बहुत पहले छोड़ चुका हूँ, क्योंकि वह मेरी सामाजिक नृशास्त्र का वरिष्ठ विद्वान् होने की शोहरत से

मेल नहीं खाता। इस साल निचले दर्जे की कॉपियाँ जाँचने से भी इनकार कर चुका हूँ। गढ़वाल के एक आदिवासी कबीले में मेरा मोनोग्राफ आना है, पर उसे शुरू नहीं कर सका हूँ, क्योंकि सही वजह यह है—कुछ भी शुरू करने के पहले अपने भीतर बहुत कुछ करना पड़ता है। ऊपरी वजह यह है कि वहाँ के दूरवर्ती गाँवों से अभी तक मेरे शोध सहायक के डिस्पैच नहीं आए हैं। ऑस्ट्रेलिया के एक सेमीनार में मैं जाते-जाते रह गया हूँ, क्योंकि विश्वविद्यालय अनुदान आयोग ने भूल से या भुलावे से यात्रा वाली ग्रांट किसी दूसरे को दे दी और बाद में जिन शिक्षा मंत्री ने मुझे अपने कोष से ग्रांट देने का वायदा किया, वे अपना वचन निभाने के पहले की पशुपालन मंत्री बना दिए गए। अब सिर्फ मैं हूँ, गरमी की उभरती दोपहरी है और मेरे चारों ओर दीवारों में गंजी किताबों का करीने से सजा हुआ बेजान दृश्य है।

चूँ-चूँ-खट्-चूँ-खट्ट!

यह मेरे फाटक की चेतावनी है। लोहे का यह नन्हा-सा पौधा मेरे फ्लैट के नन्हे से बगीचे की रखवाली के लिए लगा है। गुड़हल की घनी बाड़ से सटा एक गलियारा है। उस पर कोई सड़क से दबे पाँव आ सकता है। पर फाटक खोलते ही उसका सामना 'चूँ-चूँ-खट्-खट्ट' से होगा। उससे मैं जान जाऊँगा कि मेरे बाग पर और कमरे में कैद रहने की मेरी आजादी पर कोई हमला करने आ रहा है।

कौन आया है? आज के चिंतन कक्ष और भूतपूर्व अध्ययन कक्ष की कुरसी पर टेढ़ा होकर मेज से किताबों का मलबा उल्टे हाथ से खिसका मैं खिड़की के बाहर झाँकता हूँ। पर मैं जानता हूँ कि फाटक का कोष खिड़की की परिधि में नहीं आता। घड़ी में ग्यारह बज रहे हैं। तो ये मिस्टर गून होंगे! मैं कुरसी पर ढीला होकर ऐसी किताब के पन्ने पलटने लगता हूँ, जो सिर्फ पन्ने पलटने के लिए छापी गई है।

तो? चिंता की बात नहीं। मिस्टर गून मेरे साथ दगा नहीं करेंगे। वे मेरे बाग की हरियाली को बाहरी हमलावरों के सामने खुला नहीं छोड़ेंगे। आवारा गाएँ, बेपनाह कुत्ते, शरारती छोकरे—सभी खुली सड़कों पर झुंड

के झुंड घूम रहे हैं। मिस्टर गून जमाने की नजाकत को पहचानते हैं। उनके होते हुए मुझे दोनों हाथों से अपना दस्तार थामने की जरूरत नहीं। वे बरामदे में जालीदार दरवाजे से नीचे चिट्ठियाँ सरकाकर वापस जाते वक्त फाटक जरूर बंद कर देंगे।

सचमुच ही 'चूँ-खट्-चूँ-चूँ-खट्' के साथ फाटक बंद हो गया है। मिस्टर गून ने दगा नहीं की है। फिर भी सावधान रहने में कोई नुकसान नहीं। चिरंतन सावधानी ही आजादी की कीमत है। इसलिए किताब को फर्श पर गिरने के लिए छोड़कर मैं धीरे से कुरसी से उठता हूँ। यह अंदाज आठ महीने की गर्भिणी का है, इस खयाल के साथ अपनी शुरू जवानी की चुस्ती का मन-ही-मन मखौल बनाता हूँ और एक काल्पनिक आईने में मखौल की मुद्रावाला अपना चेहरा देखता हूँ। चेहरा बहुत दिलचस्प नहीं दीखता, क्योंकि मेरी दिलचस्पी अभी बाहर के फाटक में है। धीरे-धीरे बरामदे में पहुँचकर मैं जाली से बाहर झाँकता हूँ। धधकती धूप के बावजूद दुनिया में सब ठीक है और भगवान् अपने स्वर्ग में विराजमान है तथा बगीचे का फाटक खुला नहीं पड़ा है। बरामदे में गौरैया के डैनों जैसी कुछ चिट्ठियाँ छितरी पड़ी हैं, चील के भी दो-चार डैने हैं। उन्हें भी, यानी पत्रिकाओं को समेटकर मैं मकान के अंदर वाले बरामदे में पहुँचता हूँ। वहाँ किफायत के साथ चलते पंखे के नीचे बेंत की आरामकुरसी पर लेडी मैकबेथ बैठी हुई हैं। मैं उन्हें एक प्याला कॉफी बनाने के लिए कहता हूँ।

"ऐसी गरमी में? कॉफी? लस्सी क्यों नहीं पीते?" उनके लहजे में पकड़ में न आनेवाली नापसंदगी की खनक है। सेक्स और हत्याओं की सत्यकथाएँ छापने वाली एक प्रसिद्ध पत्रिका के पन्ने पलटना उन्होंने बंद कर दिया है। चश्मे के आर-पार वे मुझे घूरकर देखती हैं।

मैं अपनी निगाह की स्टेनगन उनकी खुली गरदन की ओर तानता हूँ। कहता हूँ, "न हो तो कोई बात नहीं, मैं कॉफी हाउस चला जाऊँगा।"

उनकी निगाह में अनिश्चय और असुरक्षा है। मैं जानता हूँ कि उन्हें परास्त करने के लिए बार-बार इस शस्त्र का प्रयोग अच्छा नहीं, पर उनके

खिलाफ कारगर यही होता है। उनकी गरदन और उसके नीचे दो-तीन इंच तक मेरा घूरना भर काफी है। वे रसोईघर की तरफ मुड़ जाती हैं, बुदबुदाती हैं, "अभी बनाती हूँ।"

बड़ी गंभीरता से, जिसके लिए लैडी मैकबेथ के आगे अभिनय नहीं करना पड़ता, मैं अंदर कमरे की ओर आता हूँ और अचानक 'चूँ खट् चूँ चूँ खट्ट' सुनकर बाहर बरामदे में चला जाता हूँ। बाहर झाँककर देखता हूँ, एक आदमी फाटक खोलने के बाद उसे खुला छोड़कर वापस जा रहा है। मुझे देखते ही वह सावधानी से फाटक बंद करता है, जैसे मैं न दीखता, तब भी वह ऐसा ही करता और पूछता है, "अंबवानी साहब यहीं रहते हैं?"

सवाल में बेईमानी है और जवाब में मैं अपनी निगाह की स्टेनगन का ही इस्तेमाल करता हूँ। फिर अपने नाम की तख्ती पर अपनी उँगली कड़ाई से चुभोता हूँ। फाटक के बाहर का अजनबी कुछ सहमा, कुछ झेंपा-सा मुड़कर चला जाता है। तब अपने नाम की तख्ती से चुनचुनाहट की कुछ तरंगें मेरी उँगली में प्रवेश करती है। उँगली हटाकर मैं अपना नाम गौर से पढ़ता हूँ। अजीब नाम है! शायद उसके अजनबीपन से ही मेरी उँगली चुनचुना रही है। मुझे ताज्जुब होता है कि इस नाम के अजनबीपन का आज तक मुझे अहसास क्यों नहीं हुआ! मैं तख्ती के लेख से चीखकर पूछना चाहता हूँ, "तू कौन है बे?" उसका एक-एक अक्षर मुझे बिल्कुल नया जान पड़ता है। कुल मिलाकर लगता है, जैसे यह जंगलों से ढके किसी दुर्गम अफ्रीकी पहाड़ का नाम है, जिसका मैं सही उच्चारण नहीं कर सकता, जिसे मैं कभी देखूँगा नहीं! मुझे जल्दी कमरे में वापस आना चाहिए।

मिस्टर गून की चिट्ठियाँ बाद में भी पढ़ी जा सकती हैं। उन्हें मेज पर फेंककर मैं किताब-जड़ी दीवार के पास दीवान पर लेट जाता हूँ। लेडी मैकबेथ कमरे में आकर कहती हैं, "आपकी कॉफी!" उनकी आवाज में उस महिला की अवज्ञापूर्ण निर्भीकता है, जिसे अब पुरुषों से कुछ लेना-देना नहीं। उनकी गरदन और उसके नीचे का हिस्सा अब बाकायदा साड़ी से ढका है।

तेज रोशनी से आँखों की सीधी टक्कर बचाने के लिए निगाह पर तरह-तरह के शेड लगाए जाते हैं। मिस्टर गून और लेडी मैकबेथ जैसे नाम उसी तरह के शेड हैं। इनका कुटीर उद्योग मेरे इसी कमरे में, इसी दीवार पर पनपता है।

ग्यारह बजे दिन को बगीचे का फाटक खोलनेवाले डाकिये का सही नाम क्या है, मैं नहीं जानता। यह भी नहीं जानता कि इस निर्विकार चेहरेवाले, अहमक जैसे आदमी के लिए मैंने मिस्टर गून जैसा नाम क्यों ईजाद किया? जब तक एक दिन मैंने उसे बुरी तरह से बुरा-भला नहीं कहा। वह मेरे लिए एक नामहीन यांत्रिक जंतु भर था। पर उस दिन उसने मेरे बगीचे से तीन खूबसूरत गुलाब तोड़े और उन्हें लेकर बाहर जाने लगा। मैंने उसे बरामदे से ललकारा, उसने मुड़कर मुझे देखा, पर उसके चेहरे पर कोई असर नहीं! मैंने अपनी निगाह का पूरा तीखापन उस पर फेंका, पर उसकी निर्विकारता में कोई फर्क नहीं आया। बाहर जाकर वह सावधानी से फाटक बंद करने लगा। तब मैंने चीखना शुरू किया और उन गालियों का भी इस्तेमाल किया, जिन्हें उसके वर्ग में गालियों के सिवाय और कुछ न समझा जाता। पर वह ठिठका हुआ उन्हें कुछ इस तरह सुनता रहा, जैसे मैं टुंड्रा या टीगा में चलने वाली कोई जुबान बोल रहा होऊँ! मैं चीखता रहा और वह फाटक बंद करके धीरे-धीरे पड़ोस के फ्लैट की ओर चला गया। इसके बाद मुझे अपने ऊपर हँसना चाहिए था और मैं हँसा। अचानक उसके लिए मेरे मन में एक नाम उभरा—मिस्टर गून! जिसमें यह सिफत हो कि सबकुछ के बावजूद बाहर का फाटक बंद करना न भूले, उसे मिस्टर गून कहते हैं। वे दूसरे दिन भी रोज की तरह आए और बरामदे में चिट्ठियाँ फेंककर, फाटक बंद करके चुपचाप चले गए थे। तीन गुलाबों की शहादत ने अब मेरे और उनके बीच एक व्यक्तिवाचक रिश्ता कायम कर दिया था, जिसमें मैं उनके लिए 'मैं' नहीं रह गया था और वे मेरे लिए 'मिस्टर गून' हो गए थे।

कॉफी की चुस्की लेकर मैं टेलीफोन पर एक नंबर मिलाता हूँ। पूछता हूँ, "शर्मिला?"

"हूँ!"

"तुम्हीं हो न?"

"हूँ!"

"क्या हुआ शर्मिला?"

"वे लोग फिर आए थे।"

"मेरी सलाह मानो, उनके नंबर बढ़ा दो।"

"यह तुम्हारी सलाह है?"

"बिल्कुल मेरी अपनी सलाह! देखो, बेवकूफी न करो। बात समझो। तुम इम्तिहान की कॉपियों पर जो नंबर दे रही हो, उन्हें खुद इतना कीमती मत समझो। इम्तिहान में मिलने वाले नंबर एक अजीब चीज है। दुनिया की किसी भी कमोडिटी से इनकी तुलना नहीं की जा सकती। यह वह चीज है, जिसे देने से देनेवाले का कुछ नहीं जाता, पर पानेवाले को बहुत कुछ मिल जाता है। इम्तिहान जैसे बनावटी खेल में नंबरोंवाले कायदे-कानून को इतनी गंभीरता से न लो, शर्मिला। बच्चों के खिलौने को सचमुच की रेल या हवाई जहाज मानकर…"

"शिक्षा-पद्धति पर लैक्चर देने के लिए फोन किया था?"

"नहीं, फोन तो तुम्हारी आवाज सुनने के लिए किया था। पर बहुत देर से मैंने अपनी आवाज भी नहीं सुनी है। इसलिए उसे सुन रहा हूँ, तुम भी सुनो, तुम्हारे काम की चीज है। तुम इम्तिहान देनेवाले लड़कों की हालत समझने की कोशिश करो। इम्तहान में पास होना उनकी मजबूरी है। बहुत से ऐसे हैं, जिनके लिए फेल होकर रह लेना मुमकिन ही नहीं है। वे पास होने के लिए कुछ भी कर सकते हैं। यह उनके यथार्थ की मजबूरी है। पर उन्हें फेल करने की तुम्हारी कोई मजबूरी नहीं है और वे यह जानते हैं।"

"तुम मुझे क्या समझ रहे हो? चूँकि ऊपरवाले परीक्षा-पद्धति में कोई परिवर्तन नहीं कर रहे हैं, इसलिए फिलहाल सही-गलत की बात भुलाकर सबको सौ फीसदी नंबर दे दूँ!"

"कुछ-कुछ ऐसा ही है, शर्मिला। अगर वे छुरा चमकाते हुए तुमसे

सौ फीसदी नंबरों की माँग करें तो तुम्हें देने ही होंगे। परीक्षा और शिक्षा की व्यावहारिक पद्धति वही होगी, जो वे दियासलाई और छुरे के सहारे तय करेंगे। इस धोखे में न रहो कि ऊपर से कभी कोई ऐसा परिवर्तन कर देगा, जिससे तुम अपने बंद कमरे से चैन के साथ छात्रों के भाग्य का निपटारा करती रहो, अभी जरा गरमी और बढ़ने दो! तब ऊपरवाले हिल स्टेशनों में जाकर शिक्षा-पद्धति पर अपनी सालाना बकवास करेंगे और प्रस्तावों की शक्ल में कुछ परिवर्तन पेश करेंगे। पर परिवर्तन वही अमल में आएगा, जिसे छुरे और दियासलाईवाले मंजूर करेंगे। नहीं, यह मजाक नहीं है। तुम्हारी शिक्षा-पद्धति की चोट जिन पर सीधे पहुँचती है, वे न ऊपरवाले हैं, न हम हैं। चोट खानेवाले तो ये लड़के हैं, जिन्हें गिनी-पिग बनाया जा रहा है। उनके लिए इतना तो कर ही सकती हो।''

''सुनो, यह सब इतना आसान नहीं। वे मुझे धमकाकर गए हैं। मुझे तुमसे मिलना है। बहुत जरूरी बात है। आ सकती हूँ?''

''नहीं शर्मिला। मिसेज जी लेडी मैकबेथ को निगरानी के लिए बैठा गई हैं।''

''तब? तुम घर से नहीं निकल सकते? बाहर कहीं?''

''किसी रेस्त्राँ में? नहीं शर्मिला, इस छोटे से शहर में तुम्हें इधर-उधर भटकते हुए, तुम्हें इतना बदनाम करके मैं थक गया हूँ। अब इस तरह मिलना गुनाह बेलज्जत है। गलत न समझो। मैं तुमसे मिलना चाहता हूँ। हो सके तो अभी, इसी वक्त! पर अब मैं तुम्हें यहाँ-वहाँ नहीं घसीटूँगा। मैं अब तभी मिलना चाहूँगा, जब मैं तुम्हारे साथ कम-से-कम आठ घंटे बिना किसी खटके के बिता सकूँ। जहाँ टेलीफोन, कॉलबेल, लेडी मैकबेथ या मिसेज जी. का डर न हो। शर्मिला मैं इंतजार कर लूँगा।''

''पर मेरे लिए इंतजार करना...।''

''तब एक ही रास्ता है, तुम आखिरी तौर पर अपने भविष्य का चुनाव करलो, मैं जानता हूँ कि यह निहायत बेवकूफी की बात है, पर नाटकीयता का एक निरर्थक मोह मुझसे कभी-कभी ऐसी ही बातें कहलाता है।''

"मैं कर सकती हूँ, पर यह सब कहने से कोई फायदा? तुमने अपने लिए चुनाव कर लिया है क्या?"

"तुम ठीक कहती हो, शर्मिला। यह सब कहने से कोई फायदा नहीं। मेरी गलती थी। समझ लो, मैंने वह बात नहीं कही।"

तभी लेडी मैकबेथ कमरे में हू-बहू रक्तरंजित हाथोंवाली लेडी मैकबेथ की तरह प्रवेश करती है। मैं टेलीफोन रख देता हूँ। मुझे गौर से देखकर कॉफी का खाली प्याला उठाती है। बाहर फाटक पर 'चूँ-चूँ खट् चूँ खट्ट' होता है।

"बाहर देखो कौन है। फाटक खुला छोड़कर चला जाएगा।"

"जमादार सफाई के लिए आया होगा। वह हमेशा फाटक बंद करके जाता है।"

बाहर जाते-जाते वे फिर एक बार टेलीफोन को देखती हैं।

टेलीफोन की घंटी सिर्फ शर्मिला के कमरे में ही नहीं बजती, इससे देश-देशांतर की सैकड़ों आवाजें खींची जा सकती हैं, जो जिंदगी को अर्थ देती हैं—या देती थीं। वैसे ही कमरे में छत तक पहुँचने वाले किताबों के रैक हैं। इनके सहारे देश और काल की उलट-पुलटकर मथा जा सकता है। मनीषा की उच्चतम चोटियों से टकराया जा सकता है। पर ऐसा क्या है, जिससे ये सब किसी गोदाम में पड़े हुए पुराने फर्नीचर की हैसियत ले चुके हैं? मेरी चिंता की सबसे साफ वजह बाहर फाटक पर होने वाली 'चूँ चूँ खट् चूँ खट्ट' है, बाकी सब काफी दूर काफी धुँधला है।

बाहर जमादार की झाड़ू की खुरदरी आवाज दीवार के पक्के ऐप्रन पर फैल रही है। इसके बाद वह गुसलखाने साफ करेगा। सफेद फिनाइल की झीनी बू उधर से यहाँ तक उड़ती हुई आएगी, फिर वह बाहर के नल पर अपने हाथ-पाँव धोएगा—कुल मिलाकर बारह मिनट बाद फाटक पर 'चूँ चूँ खट् चूँ खट्ट' होना चाहिए।

मिस्टर गून की ही तरह लेडी मैकबेथ का नाम लेडी मैकबेथ नहीं, न शर्मिला का नाम शर्मिला है, न मिसेज जी. का नाम मिसेज जी. है।

लेडी मैकबेथ नौकरानी है—दुबली-पतली और लंबी, इन तीनों विशेषणों के बावजूद उनकी सुडौल गरदन और उसके नीचे उन्हें बिना उपेक्षा के देखा जा सकता है। वे यह जानती भी हैं। उम्र लगभग छियालीस। मासिक स्राव बंद हो चुका है, क्योंकि मिसेज जी. मुझे बता चुकी हैं कि बेचारी अनसूयाबाई को अब संतान की उम्मीद नहीं रही। उनकी एकमात्र संतान के साथ कोई भयंकर दुर्घटन हो चुकी है। सहानुभूति के इस आधार के बावजूद मैं उन्हें अनसूयाबाई मानकर नहीं चल पाता। इस घर में आने के दूसरे दिन से ही वे लेडी मैकबेथ बन चुकी हैं—तभी से जब मिसेज जी. ने टेलीफोन पर मेरी बातचीत के टुकड़ों की खबर पाकर मुझसे बड़ी शिष्टता के साथ पूछा था, "इस बार यह शर्मिला कौन है?"

इस सवाल ने हमेशा के लिए अनसूयाबाई को लेडी मैकबेथ बना दिया। भले ही लेडी मैकबेथ के गुणों में टेलीफोन पर दूसरों की बातचीत सुनने और चुगलखोरी करना शुमार न हो! मैंने मिसेज जी. को जवाब दिया था, "एक लड़की है। तुमने शर्मिला टैगोर नामक अभिनेत्री का नाम सुना होगा, उसकी आँखें बहुत आकर्षक हैं। गालों पर पड़ने वाले गड्ढे भी। तुम कभी भी शर्मिला टैगोर की कोई फिल्म देखकर इसकी तस्दीक कर सकती हो। जिस लड़की की बात हो रही है, उसकी आँखें और कुछ हद तक उसके गाल भी, शर्मिला टैगोर जैसे हैं, इसीलिए मैं उसे 'शर्मिला' कहता हूँ। मैं उसका असली नाम जानता हूँ, पर तुम्हें अभी नहीं बताऊँगा, क्योंकि उससे यह साबित होने लगेगा कि इस घर का मालिक अब न मैं हूँ, न तुम हो और लेडी मैकबेथ ही यहाँ की असली मालिक है।"

अब रह गईं मिसेज जी., जिसे अखबारों ने तो 'मिसेज गांधी' का संक्षिप्त नाम बनाकर प्रचलित किया है। मेरे लिए मिसेज जी. की मुराद श्रीमती गीता देवी से है। गीता मेरी पत्नी है।

विवाहित जीवन की शुरुआत में मैं उन्हें 'महारानी विक्टोरिया' कहता था। उनमें विक्टोरिया जैसा तमतमाता गुरूर तो था ही, लोगों को अपने आस-पास उलझाए रखने की उनमें चतुराई भी थी, जिनके लिए महारानी के

जीवन-लेखकों ने लिखा है कि वे लोगों को लुभाकर अपने किले के पास तक तो खींच लाती थीं, पर किले में किसी को घुसने नहीं देती थीं। अपनी विद्या और इस तरह की विशेषता के कारण श्रीमती गीता देवी लड़कियों के स्थानीय डिग्री कॉलेज में मैनेजर के हाथों अर्थशास्त्र की लैक्चरर हो गई हैं और जल्द प्रिंसिपल बनने वाली हैं। महारानी विक्टोरिया की ही तरह वे हम लोगों को अपना 'फ्लंकी' और 'लैकी' मानने की आदी रही हैं। इधर उनके चरित्र में कुछ नए गुणों का उदय हुआ है, जिससे मुझे उनका नाम बदलकर उनको मिसेज जी. के असली नाम से संबोधित करना पड़ता है।

यह कहना मेरी भूतपूर्व क्वीन विक्टोरिया और अपने देश की भूतपूर्व प्रधानमंत्री, दोनों ही के लिए सम्मानजनक होगा कि 'मिसेजी जी.' अब एक व्यक्तिवाचक संज्ञा नहीं है। यह नाम इतिहास बन चुका है और आज की तारीख से साहित्य बनने जा रहा है, क्योंकि अब मैंने उसे व्यक्तिवाचक संज्ञा के दर्जे से तरक्की देकर सार्वभौमिक स्तर पर उपमान की हैसियल बख्शी है।

श्रीमती गीता देवी मिसेज जी. ही की तरह बेखौफ हैं। वे कहा करती हैं कि आज तक मेरे खानदान में किसी ने डरना जाना ही नहीं। 'खानदान' से उनका अभिप्राय पति के नहीं, बल्कि पिता के खानदान से है। मिसेज जी. ही की तरह आज तक उन्होंने कोई भी अनुचित काम नहीं किया। उन्होंने जो कुछ किया है, दूसरों की, खासतौर से मेरी भलाई के लिए किया है। उन्हें भी जमाने से शिकायत है कि लोग उनपर झूठ लांछन लगाते हैं कि अगर वे अपने सद्‌गुणों के कारण इतनी जनप्रिय हैं और इस कदर पसंद की जाती हैं तो उनका क्या कसूर?

जिस दिन उन्होंने मुझे सूचित किया था कि वे कभी कोई अनुचित काम नहीं करतीं, उसी दिन महारानी विक्टोरिया की तसवीर पर मिसेज जी. की तसवीर का छापा लग गया था। पर उसमें इतनी सफाई न थी। बाद में उन्होंने एक दिन किसी मामूली टुन्न-फुन्न के दौरान—शायद झगड़ा नाश्ते के बारे में था या बिजली के बिल को लेकर—अचानक मेरे सोशल 'एंथ्रापोलॉजी' के काम पर हमला बोल दिया। मेरे अध्ययन को बुर्जुवा और

प्रतिक्रियावादी ठहराया। मिर्जापुर के एक कबीले पर लिखे गए मेरे निबंध को अश्लील घोषित किया और पवित्र क्रोध के साथ उसे फाड़ डाला। नृशास्त्रियों की गंदगी की भर्त्सना करते हुए उन्होंने मेरे दिमाग की बीमारी को धिक्कारा। उस दिन से वे हमेशा के लिए मिसेज जी. हो गईं। जब कोई चीज वर्णनातीत हो जाए, तभी उपमा, रूपक, उत्प्रेक्षा वगैरह काम आते हैं।

बारह मिनट बीत गए होंगे, पर अभी भी फाटक की 'चूँ चूँ खट् चूँ खट्ट' सुनाई नहीं दी है। तब जमादार क्या फाटक बंद किए बिना ही चला गया? लेडी मैकबेथ अब अपने कमरे में, जिसे वे मुझे चिढ़ाने के लिए कोठरी कहती हैं, चली गई होंगी या रसोईघर में होंगी। वे मेरी आवाज नहीं सुनेंगी। उन्हें पुकारने के मुकाबले मेरा बरामदे तक जाना ज्यादा वाजिब है, हालाँकि अब गरमी बढ़ रही है और कूलर छोड़ना उतना आसान नहीं है।

बरामदे तक जाते-जाते मैं आज की डाक पर निगाह डालता हूँ, जो मेज पर उलटी-पलटी किताबों के बीच छितरी पड़ी है और अपने से किसी को भी जुड़ा हुआ नहीं पाता। अब सरकार और वाइस-चांसलर एक तरफ हैं और लड़के दूसरी तरफ, और इस कशमकश में मैं एक प्रोफेसर, कहीं नहीं, सीधे दो फरीकों की लड़ाई है, जिसमें सबसे ज्यादा नजदीक लोग, हम शिक्षक, कहीं नहीं। होना भी चाहें तो इस माहौल में यह मैदान हमारा नहीं हो सकता, क्योंकि लड़ाई के मुद्दे और फरीकों की शख्सियत पहले से ही तय है। शिक्षक का काम लड़ाई पर अफसोस जाहिर करना, वक्त से पहले मिली हुई छुट्टी में अपनी पीठ के बल लेटकर छत को ताकना और वक्त से तनख्वाह का चेक हासिल करना है। मैं वही कर रहा हूँ और अपने लड़कों से जितनी दूर हूँ, उतनी ही दूर अपने को किताबों से पाकर मायूसी का नहीं, एक नैतिक विजय का अनुभव करता हूँ।

डाक और पत्रिकाओं और किताबों पर छिछली, तटस्थ निगाह डालता हुआ मैं बरामदे में आ गया हूँ। मेरे आगे एक खुला हुआ फाटक है, जो बाग की ओर चौपायों को बुला रहा है और दिग्विजय सिंह की उद्दंडता और शर्मिला की तरह असमंजस और खुद शर्मिला है। मुझे नीचे धूप में जाकर

फाटक बंद कर देना चाहिए, पर यह तभी कारगर होगा जबकि जमादार सचमुच ही उसे खुला छोड़कर बाहर चला गया हो। अगर वह अभी यहीं कहीं मौजूद है तो मेरे फाटक बंद करने का कोई नतीजा न होगा, क्योंकि जाते-जाते वह उसे फिर से खुला छोड़ सकता है। मैं जमादार को चारों ओर खोजता हूँ, उसे कहीं नहीं और लेडी मैकबेथ को रसोईघर में पाता हूँ।

"जमादार कहीं नहीं दिखता?"

"चला गया होगा।"

"पर फाटक खुला छोड़ गया है।"

"ऐसा करता तो नहीं।"

"पर आज किया है ।"

"तो क्या करूँ?"...हिचककर—"साहब, कई बार समझा तो दिया है।"

उनका अंदाज बता रहा है कि मैं उनका वक्त बरबाद कर रहा हूँ। मैं बाहर जाकर फाटक बंद करता हूँ और अंदर आते ही टेलीफोन की घंटी सुनता हूँ।

"कौन?"

लेडी मैकबेथ कमरे के दरवाजे तक आ गई हैं। उन्हें सीधी निगाह से देखते हुए मैं फोन पर कहता हूँ, "शर्मिला?"

वह बरामदे की ओर वापस जाने लगी है। नाराजगी मुझे निडर बना रही है।

"मैं आ रही हूँ।"

"आ जाओ।"

शर्मिला ने जैसे सुना न हो। वह कहती रहती है, "मेरी समझ में नहीं आता क्या करूँ? सबकुछ आज ही होना है। दीदी को वे अस्पताल से 'डिस्चार्ज' कराने जा रहे हैं, वहाँ रखने से कोई फायदा नहीं, जो इलाज बाकी है, घर पर हो सकता है। पर घर पर क्या हो पाएगा? उधर दिग्विजय सिंह फोन कर रहा है। इस बार कहता है कि औरों को न सही, पर उनकी बहन को जरूर पास होना चाहिए। मुश्किल तो यह है कि..."

''कॉपी में उसने कुछ लिखा ही नहीं है।''

''लगभग नहीं के बराबर!''

''शर्मिला, यहाँ आ जाओ। यहीं बात करेंगे। मैं तुम्हारा इंतजार कर रहा हूँ।''

''अभी-अभी तुमने कहा था...'' मन के भारीपन के बावजूद उसकी आवाज में एक नई तरलता आ गई है।

''झूठ कहा था शर्मिला! तुम्हारा सवेरे से इंतजार कर रहा हूँ। मुझे किसी का डर नहीं, यहाँ आ जाओ।''

''बड़े रोमांटिक हो रहे हो, पर शायद इस जुमले में कोई नयापन नहीं है!''

''प्रेम में कोई नयापन नहीं है, शर्मिला। फिर भी उसकी ताकत पहचान रही हो न?''

''मैं आती हूँ।''

चौवालीस साल की रेखा तक पहुँचते-पहुँचते यह हो गया है कि विश्वासों की परिधियाँ पीछे छूट गई हैं, पुराने विश्वास धुएँ की तरह आसपास की हवा में खो गए हैं और नयों की कोई संभावना हो भी तो वे पनप नहीं पाए हैं। जो कोई भी चाहे, अपने मन से फाटक खोलकर भीतर आ सकता है, जिससे मुझे बार-बार खिझाने वाली 'चूँ, चूँ खट्, चूँ खट्ट' की आवाज और उसके बाद का उलझाव भर मिलता है। एक ऐसा अपरिभाषित सीमांत है, जिस पर किसी ओर से कोई भी निरर्थक हस्तक्षेप कर सकता है।

यही किताबें थीं। यही पत्रिकाएँ, यही यूनीवर्सिटी, यही सड़कें, यही शहर! पर पिछले पंद्रह सालों में पता ही नहीं चला कि यह सब कब से कटना शुरू हुआ, कब कट गया! तीसरे आयाम का धरातल टूट चुका है। अब सीधा-सादा चार भुजाओं का चौखटा सीधी-सादी सतह पर खिंचा है और इसी को मैं बचा-खुचा अपनापन समझकर समेटे हुए हूँ। कभी-कभी लगता है कि कुछ खोकर अपने लिए बहुत कुछ को आसान बना लिया है। दिन बीतते हैं : समस्याहीन बहसों के बीच, कॉफी पीते पंद्रह-बीस

साल पुराने फिल्मी गीत गुनगुनाते, दस साल पहले के फैशन के कपड़े पहनते, अपने ही चिर-परिचित इलाके में किसी पर्यटक की तरह घूमते, दिवास्वप्न देखते, जहाँ तक मन सह सके, वहाँ तक अपने से और दूसरों से उलझते, उलझाव की पहली जकड़ महसूस करते ही बचाव की राहों के लिए नजर दौड़ाते!

पहले इस कमरे की एक जीवंत सत्ता थी। यहाँ लिखा, पढ़ा, बोला जाने वाला हर शब्द किसी अनुष्ठान का अंग था। तब पथरीले जंगली इलाकों में डेरा डालकर किसी कबीले के साथ रहना अनुसंधान और शोध की मजबूरी भर न थी, उसमें अपनी ओर से मानवीयता के कर्ज का भुगतान भी शामिल था।

अब मेरे भीतर वाले किशोर ने, जिसकी जिज्ञासा और उत्साहा थामे नहीं थमते थे, मुझे छोड़ दिया है। बहुत देर से ही सही, अब मैं लाइलाज तौर पर बालिग हो गया हूँ। इस कमरे की किताबों का यांत्रिक दृश्य अब मुझे द्रवित नहीं करता। यूनिवर्सिटी की खींचतान, सहकर्मी मनीषियों की उठा-पटक, हुकूमत और छात्रों के बीच के तनाव (जिनमें मैं महज तमाशबीन हूँ)—और इन सब की परिधि में घूमती हुई मिसेज जी. शर्मिला दिग्विजय सिंह। मेरे भीतर जो भी पैना था, मेरे लिए बेमानी होता जाता है। लगता है, स्वप्नभंग के माहौल में मेरे लिए स्वप्न देखते रहना ही बाकी बचा है।

इस बार दिग्विजय सिंह का ही फोन है—

"गुरुजी?"

"बोल रहा हूँ।"

"पहचाना?"

"तुम्हारी आवाज कौन नहीं पहचानता?"

"तब ठीक है। पाँव पड़ता हूँ। बहुत लोग पहचानकर भी नहीं पहचानते। पर आप गुरुजी वाजिब आदमी हैं। आपका फंडा क्लियर दिखता है।"

"क्या?"

"अरे, हम कहे कि फंडामेंटल बात आप बहुत ठीक समझते हैं।"

'मैंने कहा' की जगह 'हम कहे' उसका ट्रेडमार्क है। मैंने कहा, "काम की बात बोलो, दिग्विजय।"

"सनीमा कैसा लगा, गुरुजी?"

"परसों शाम वाला?"

"आप सही समझे।"

"कुछ यों ही-सा था।"

"ताज्जुब है गुरुजी, ऐसी बढ़िया कंपनी हमें मिल जाए तो हर एक सनीमा मार-व्हेलस जान पड़ेगा।"

"तुम सुनीता शर्मा की बात कर रहे हो?"

"जी, उन्हीं की। बड़ी दयालु हैं। पर सिर्फ बड़ों-बड़ों पर दया करती हैं। हम गरीबों को उजाड़े दे रही हैं। मेरी बहन से नाराज हो गई हैं। उसे फेल किए दे रही हैं।"

बाहर फाटक पर 'चूँ चूँ खट् चूँ खट्ट' की आवाज होती है। किसी ने फाटक खोला है। कौन हो सकता है? एक बज रहा है। अब मिसेज जी. अपने कॉलिज से वापस आने वाली होंगी। पर वे नहीं हो सकतीं, होतीं तो अब तक दरवाजे की घंटी तीन बार बज चुकी होती और लेडी मैकबेथ बाहर के बरामदे की ओर छलाँग लगा रही होतीं। फाटक किसने खोला है?

"दिग्विजय, मैं जल्दी में हूँ।"

"तो सिर्फ एक बात समझ लें, गुरुजी। लड़की का नाम उर्मिला सिंह है। बी.ए. फाइनल। रोल नंबर भी लिख लें—चार हजार तीन सौ एक, समाजशास्त्र का दूसरा परचा। कम-से-कम पैंसठ फीसदी नंबर मिलें तो काम चलेगा, क्योंकि दूसरा परचा किसके हाथ में है, इसका अभी पता नहीं। आप सुनीता शर्मा से साफ-साफ बोल दें। उन्होंने इससे कम नंबर दिए तो मेरी बहन फेल हो जाएगी।"

"एक बात बताओ दिग्विजय, यूनियन के चुनाव में जो तुम्हारा परचा छपा था, उसमें बताया गया था कि तुमने बड़े-बड़े संघर्ष किए हैं, तुम्हारी

परवरिश एक अनाथालय में हुई थी, तुम्हारे माता-पिता का पता नहीं है, वगैरह-वगैरह! अब यह तुम्हारी बहन कहाँ से आ गई?''

''गुरुजी, हम लोग और आप जैसे बड़े लोगों में फरक है। सिनेमाघर से निकलते वक्त किसी लड़की की कमर में हाथ नहीं फँसाते। हर लड़की हमारे लिए बहन है। उर्मिला सिंह से हमारा कुछ ज्यादा प्रेमभाव है।''

''बहन वाला?''

''और प्रेमभाव कैसा होता है, गुरुजी? एक बात और बता दूँ। वैसा नहीं है, जो आप लोग सोचते हैं। इस लड़की का पास होना बहुत जरूरी है। उसकी एक आँख खराब है। बाप चुंगी में चपरासी है। उसे बी.ए. पास मानकर उसकी एक जगह शादी लगी है। फेल हो गई तो शादी टूट जाएगी। लड़की की जिंदगी बरबाद हो जाएगी। भगवान् कसम गुरुजी, सच कह रहा हूँ।''

''ठीक है दिग्विजय, मैं सुनीता से कह दूँगा।''

मैं अपनी पीठ ठोंकना चाहता हूँ, क्योंकि मेरा मन फाटक से उलझा हुआ है। दुचिते में भी शर्मिला कहते-कहते मैंने अपने को रोक लिया है, उसे सुनीता कहा है।

''धन्यवाद गुरुजी। पर अभी फोन न काटें, बात पूरी नहीं हुई। देखिए गुरुजी, आपसे मुझे कुछ छिपाना नहीं है। अगर उर्मिला फेल हुई और उसकी शादी रुक गई तो समझ लीजिए हम सुनीता देवी का भंडाफोड़ कर देंगे और उस कीचड़ में आप की भी साने जाएँ तो फिर न कहिएगा कि चेला हरामी निकला! मेरे पास आप लोगों के दर्जनों फोटू हैं। समझे गुरुजी?''

''देखो दिग्विजय, मैं पहले ही कह चुका हूँ कि मैं सुनीता से उर्मिला के लिए बात करूँगा। अब मुझे बेमतलब धमकाओ नहीं। मैं खूब जानता हूँ कि उन फोटुओं में क्या होगा! पर उसका मेरे ऊपर कोई असर नहीं। मैं तुम्हारे फोटू, तुम्हारी दियालसलाई और तुम्हारे छुरे से नहीं डरता। वाइस-चांसलर या सरकार इनसे डरती है तो डरा करे। मुझसे इसका कोई मतलब

नहीं, उर्मिला की मदद तो मैं इसलिए करूँगा कि वह एक गरीब लड़की है और उसे मदद की जरूरत है।"

"आप बड़े दयालु हैं, गुरुजी।"

"हाँ, मुझे सचमुच ही उससे हमदर्दी हो गई है। इस मुल्क में किसी लड़की की शादी न होना बहुत बड़ी ट्रेजेडी है। वह गरीब हो और बदसूरत भी, तो और भी बड़ी ट्रेजेडी होगी। मैं यह ट्रेजेडी न होने दूँगा। कुछ नंबर बढ़ने से ही उसकी जिंदगी बन जाए तो उसके नंबर जरूर बढ़ने चाहिए। जिन नंबरों से किसी लड़की की शादी रुक जाए, उन नंबरों की ऐसी की तैसी। मैं सुनीता से जरूर कहूँगा। मुझे क्या करना है, मैं बता चुका, अब बताओ, तुम क्या करोगे?"

"मैं क्या कर सकता हूँ, गुरुजी? इस कृपा के लिए मैं अपना सारा तन-मन-धन सुनीताजी को अर्पित कर सकता था, पर आपने वह रास्ता भी छेक लिया है।"

"फिर भी तुम एक काम कर सकते हो। जरा सुनीता के हाल पर गौर करो। वह हार्वर्ड से समाज विज्ञान पढ़कर इस यूनिवर्सिटी में इसलिए नहीं आई थी कि उसे एसिड और छुरे से धमकाया जाए या कुछ फोटू निकालकर ब्लैकमेल किया जाए। वैसे ही वह अपनी मुसीबतों से लड़ रही है। उसकी एक बेवा बहन अस्पताल में कैंसर से जूझ रही है। उसे देखने की जिम्मेदारी सुनीता की ही है। तुम इतना तो करो कि अपने साथियों को ठंडा कर दो और तुम लोग कभी उसके रास्ते में न आओ।"

"आपकी आज्ञा स्वीकार है। एक काम और करूँगा। उर्मिला का नतीजा निकलते ही सारे फोटू, मय निगेटिव के आपके करकमलों में दे जाऊँगा।"

फोन रखते ही अपमान की धधक महसूस होती है, पर उसे दबाकर मैं बाहर बरामदे की ओर दौड़ता हूँ। फाटक सचमुच ही खुला हुआ है और गाय गुड़हल की बाड़ के पास चरती हुई लॉन की ओर आ रही है। मेरे पेट की जलन बढ़ जाती है, आँतें मरते हुए साँप की दुम की तरह तिलमिलाने लगती हैं। मैं दहाड़कर गाय को फाटक की ओर बढ़ने से रोकता हूँ।

फाटक बंद करते-करते मेरी निगाह एक लड़के पर पड़ती है। लॉन के दूसरे छोर पर नल के पास उसने हाथ-पैर धो लिये हैं। वह मेरी ओर आ रहा है। लड़का ग्यारह-बारह साल का है। वह काले-कलूटे जिस्म पर फटी हुई हाफपैंट और वैसी ही फटी हुई बनियान पहने है। नंगे पाँव है पर सिर पर बिल्कुल नया अँगोछा लपेटे हुए है। एक-एक कुल्ला पानी उसने अपने मुँह में दोनों ओर भर रखा है, जिससे उसके दोनों गाल फूले हुए हैं।

पास आकर वह फाटक खोलना चाहता है। पर अचानक मुझे खड़ा पाकर ठिठक जाता है। मैं चीखता हूँ, ''क्यों बे! फाटक खुला छोड़ गया था!'' वह सहमकर पीछे हटता है और मैं जान जाता हूँ कि अब उसका मेरे से बचना मुश्किल है।

सिर्फ एक तमाचा, पर वह भरपूर उसकी कनपटी पर पड़ा और लड़के के मुँह से पानी का फव्वारा छूटा। पानी मेरी जाँघ पर पायजामे को भिगोता हुआ लॉन के ऊपर गायब हो गया। लड़का बड़े जोर से चीखा और गिरते-गिरते गुलमोहर के तने से जाकर टकराया। वह दोबारा चीखा। फिर अचानक खामोश होकर जमीन पर पड़े-पड़े सहमी निगाह से मेरे अगले वार का इंतजार करने लगा।

इतना काफी है। अब मैं सिर्फ अपने को ही सजा दे सकता हूँ। मैं तपती धूप से बरामदे में आकर खड़ा हो जाता हूँ। लड़का सिसकता और सूखी नाक सुड़कता हुआ फाटक खोलकर बाहर चला जाता है। जाते हुए वह फाटक खुला छोड़ देता है। उसे यह भी पता नहीं कि उसे क्यों पीटा गया है! मैं पुकारकर कहता हूँ, पर इस पुकार में दहाड़ नहीं है, ''लड़के फाटक बंद किए जाओ।'' पर उसके कदम और भी तेज हो जाते हैं।

मैं नीचे आकर उसकी ओर बढ़ता हूँ। लड़का भागने लगता है। मैं बाहर आकर पुकारता हूँ, ''सुनो।'' वह एक बार ठिठकता है। उसके ठिठके पाँवों पर निगाह डालते ही मैं वह चीज देखता हूँ, जिसे मैं पहले नहीं देख पाया था। उसके पाँवों में सस्ते गुलाबी रंग का महावर लगा है। उसे और सिर पर लिपटे हुए नए अँगोछे को देखकर मैं नतीजा निकालता हूँ कि उसकी

हाल ही में शादी हुई है। गुलमोहर के पास जमीन पर गिरकर आतंक भरी आँखों से उसने जब मुझे देखा, तब मुझे उनका काजल देखकर ही नतीजा निकालना चाहिए था—मैं सोचता हूँ। ''बात सुनो लड़के, घबराओ नहीं।'' मैं दोबारा पुकारता हूँ। लड़का और तेजी से भागने लगता है।

मेरी शर्मिंदगी पहले से दुगुनी हो जाती है। नृशास्त्री होने के नाते किसी समुदाय के रीति-रिवाज पर अच्छाई-बुराई की भाषा में फैसला देने का मुझे अहंकार नहीं। इस लड़के के पाँवों का महावर देखकर मुझे यही लगता है कि मेरा तमाचा एक अबोध लड़के के गाल पर नहीं, बराबर के किसी बालिग पर पड़ा है। मैंने अपनी हिंसकता एक जिम्मेदार गृहस्थ के खिलाफ दिखाई है, जिसके माँ-बाप, भाई-बहन तो हैं ही, बीवी भी है और अपना छोटा-सा कारोबार है। वह दिग्विजय सिंह से ज्यादा जिम्मेदार है।

लड़का मुझे माफी माँगने का मौका नहीं देता। पूरी ताकत से भागता हुआ वह सड़क पर पहुँच गया है। एक छोटा-सा ठेला सड़क पर खड़ा हुआ है, जिसका माल मुझे यहाँ से साफ दीख पड़ता है। लड़का तेजी से ठेले को ढकेलता हुआ काफी दूर निकल जाता है और वहाँ से उसकी ऊँची और विकृत आवाज सुनाई देती है, ''फालसे! फालसे!''

फाटक को पीछे छोड़कर सड़क की ओर मैं काफी आगे बढ़ आया हूँ। लड़के के दूर जाते ही मुझे अपने जलते हुए तलवों का अहसास होता है और तब मुझे पता चलता है कि मैं नंगे पाँव हूँ। मैं घर की ओर मुड़ता हूँ और तभी शर्मिला की कार सड़क पर आकर रुकती है।

उसका दमकता हुआ चेहरा, जिसे मेरी हथेलियाँ और होंठ घुप्प अँधेरे में भी पहचान सकते हैं, उसका धूप का चश्मा और हल्के नीले रंग की साड़ी—मैं एकदम से, उन्हें देखते ही, बदल गया हूँ। कुछ और ही हो गया हूँ। आज का दिन अब इस बिंदु से शुरू हुआ। मैं नंगे पाँव सड़क की ओर बढ़ता हूँ। छिपे हुए जासूसों और कैमरों को चुनौती देता हुआ मैं हाथ हिलाकर कहता हूँ, ''हैलो शर्मिला!''

मुझे बरामदे में कुछ हिलता हुआ-सा दीखता है और में आकस्मिक

स्वच्छंदता के आवेग में तय करता हूँ कि कुछ नहीं तो सिर्फ लेडी मैकबेथ के लिए मैं अभी शर्मिला को सड़क पर अपनी बाँह में समेटूँगा।

पर मैं उसे छू नहीं पाता, क्योंकि तभी—बिल्कुल ड्रामा जैसा—मिसेज जी. का रिक्शा हमारे सामने रुकता है।

एक बार फिर दबा हुआ 'हैलो शर्मिला' कहकर मैं उत्साह से मिसेज जी. का अभिनंदन करता हूँ। अनायास उनकी निगाह मेरे नंगे पाँवों पर जाती है। मुझे लगता है कि मैं फिर से सात साल का हो गया हूँ और अपनी हाफ पैंट के पीछे अपने गीले हाथ पोंछता हुआ पकड़ा गया हूँ। पर वे मुझसे कुछ नहीं कहतीं। शर्मिला की ओर मुखातिब होकर कहती हैं, "हैलो सुनीता!" अगर उन्होंने उसे इस वक्त मेरे बेडरूम से निकलते देखा होता तो पता नहीं उनकी आवाज में कितने साँप फुफकारते होते, पर उन्होंने उसे सड़क पर कार से उतरते हुए देखा है और उनकी आवाज में स्वागत की असली खनक है।

"तुम्हारे आने में आज बड़ी देर हो गई···ऐसी कड़ी धूप···चलो··· पहले अंदर चलो···।" मैं मिसेज जी. के आगे लड़खड़ा रहा हूँ, "···पता नहीं यह तुम्हारा कॉलिज कब बंद होगा···पहली जून से न?"

"कैसी हो सुनीता?" वे बरामदे तक आते-आते पूछती हैं।

"पहले अंदर चलो न गीता···," बड़ी मुश्किल से मैं गीता का नाम मुँह से निकाल पाता हूँ, शर्मिला की मौजूदगी का असमंजस काटने के लिए जो भी बलिदान करना पड़े, करना ही होगा, "···पहले कूलर में चलकर बैठ लो, तब बातें होंगी।"

मिसेज जी. मेरी ओर गौर से देखकर कमरे में प्रवेश करती हैं और मुझे अचानक ध्यान आता है कि इतनी देर से मैं यों ही उन्हें बार-बार अंदर चलने के लिए कह रहा हूँ। मेरे बिना कहे हुए भी वे अंदर ही आ रही हैं।

"कैसी हो सुनीता?" वे फिर पूछती हैं।

"मुसीबत में हूँ।"

"क्या हुआ?"

मैं नहीं चाहता कि मिसेज जी. से दिग्विजय सिंह की धमकियों की बात की जाए। शर्मिला ने चश्मा उतारकर, अपनी बड़ी-बड़ी आँखों को झुकाकर, बहुत धीमी आवाज में अपनी मुसीबत की बात कही है। मुझे उम्मीद बँधती है कि अब वह अपनी बेवा बहन की बीमारी का जिक्र करेगी। ठीक है, इस समय हमें मिसेज जी. से घरेलू सहानुभूति की जरूरत है।

पर शर्मिला—हमेशा की तरह गड़बड़ कर देती है।

''यूनिवर्सिटी के कुछ लड़के हमें धमका रहे हैं। एक लड़की के नंबर बढ़वाने के लिए गुंडागर्दी पर उतारू हैं। वह दिग्विजय सिंह है न…''

मैं प्रोफेसराना अंदाज में कहता हूँ, ''इसकी फिक्र न करो। हम लोग कोई तरीका सोच लेंगे। पहले बताओ, बहन कैसी है?''

''रास्ता क्या सोचना!'' मिसेज जी. की बात से डर लगता है कि वे कोई दक्षतापूर्ण कर्म करने जा रही हैं। वे कहती है, ''मैं पुलिस कप्तान को जानती हूँ। उसकी लड़की मेरे यहाँ पढ़ती है। अभी फोन करती हूँ। क्या नाम बताया तुमने? दुर्विजयसिंह?''

''दुर्विजय नहीं, दिग्विजय। दिग्विजय सिंह! पर फोन करने की जरूरत न होगी। मामला शायद इतना गंभीर नहीं है। क्यो… सुनीता?''

मेरी बात का मिसेज जी. पर कुल इतना इसर होता है कि वे मुझे इस तरह देखती हैं, जैसे मैं बिल्कुल अनावश्यक पदार्थ हूँ। उनकी निगाह मेरे पाँवों पर ठिठकती है, पर मैंने चप्पल पहन ली है। सुनीता कहती है, ''मामला इतना हल्का भी नहीं, पर पुलिस क्या सचमुच ही कुछ कर सकेगी?''

''क्यों नहीं कर सकेगी?'' मिसेज जी. ने सबकुछ किया है, पर अपना विश्वास नहीं खोया है।

तभी फाटक पर 'चूँ चूँ खट् चूँ खट्ट' होती है। अचानक मेरी गरदन ऊँची होकर बरामदे की ओर मुड़ती है। उधर मशीन की-सी तेजी से घूमकर मिसेज जी. मेरी ओर घूरने लगती हैं। कहती हैं, ''तुम रुको। तुम्हारे बाहर जाने की जरूरत नहीं। नौकरानी देख लेगी।'' वे अभ्यस्त अफसराना अंदाज में लेडी मैकवेथ को पुकारती हैं। उकताहट के साथ अपने कमरे में ही

कैदी बना हुआ मैं बाहर फाटक और बगीचे के भविष्य के बारे में चिंतित होने लगता हूँ। अपना बैग एक ओर कुरसी पर फेंककर वे शर्मिला के पास सोफे पर बैठ जाती हैं। मुलायमियत से पूछती हैं, "अब बताओ सुनीता, दुर्विजय सिंह ने क्या किया है?"

इसके बावजूद कि वे दिग्विजय के नाम को लेकर फिर से घपला कर रही हैं, यह एक ऐसा दुर्लभ क्षण है, जब मैं उन्हें सिर्फ गीता कहकर पुकारना चाहता हूँ।

□

यह घर मेरा नहीं

जब उन्हें अपने लड़के को डाँटना होता, वे उससे पढ़ाई-लिखाई की बात करते, पर आज उन्होंने अपनी जेब से एक मुड़ा हुआ कागज निकालकर लड़के की ओर बढ़ाया और संयत आवाज में कहा, ''यह तुम्हारा लिखा हुआ है?''

लड़के ने कागज खोलकर पढ़ा, फिर चुपचाप नीचे की ओर देखने लगा।

दीवार पर एक पुरानी घड़ी लटकी हुई थी। कमरे में सिर्फ उसकी टिक्-टिक्, टिक्-टिक् गूँजती रही। लड़का अब खिड़की की ओर देखने लगा। बाहर चहारदीवारी के किनारे गुलाब के बड़े-बड़े फूल खिले थे। उनसे अपनी निगाह खींचकर उसने फर्श के कालीन पर केंद्रित कर ली।

''चुप क्यों हो?'' उन्होंने गंभीर आवाज में पूछा। पर पूछते ही उन्हें लगा कि उसमें क्रोध भरा है। आज उन्होंने लड़के से मुलायमियत से बात करने का निश्चय किया था। उसे मनोवैज्ञानिक पद्धति से सुधारने की बात सोची थी। वे नर्म होकर, अपनी बात को लगभग स्नेह के दायरे में खींचते हुए बोले, ''बैठ जाओ।''

लड़का लंबे-चौड़े सोफे के एक कोने पर गुमनाम-सा बैठ गया। वे दूसरी ओर एक आरामकुरसी पर, उसके एक-एक वर्ग इंच को अपने नीचे दबाकर इत्मीनान से लुढ़क गए। उन्होंने एक लंबी साँस खींची, फिर अचानक पूछा, ''यह रीता कौन है?''

लड़के ने खिड़की की ओर देखते हुए होंठों ही में बुदबुदाकर कहा, ''कोई नहीं।''

''तो फिर यह पत्र किसको लिखा है।''

''किसी को नहीं।'' वह वैसे ही बुदबुदाया।

वे उठकर टहलने लगे। अचानक उसके सामने रुककर बोले, ''मेरी ओर देखो।''

लड़के ने अपना पीला चेहरा उठाकर उनकी निगाह के फोकस में इस तरह रख दिया, जैसे वह न तो चेहरा था, न अपना था।

वे सोफे पर उसी के पास बैठ गए, बोले, ''क्या हो गया है तुम्हें? तुम्हारी तंदुरुस्ती! कितनी बार कहा है, सुबह उठा करो। कुछ खेल-कूद, कसरत…यह भी जरूरी है। कुछ आया समझ में?''

लड़के ने दार्शनिक की तरह सहमति में अपना सिर हिलाया, फिर वैसे ही जमीन पर आँखें गड़ा लीं। वे चिढ़ गए, अपने को रोककर धीरे-धीरे कहने लगे, ''मैं जानता हूँ कि दूसरों के पत्र देखना असभ्यता है। पर तुम्हारी वजह से मुझे यह भी करना पड़ा है। अपनी कॉपियों में तुम इसी तरह के पत्र रखे रहते हो। यही तुम्हारा पढ़ना-लिखना है?''

वे नाटकीय ढंग से उसकी ओर मुड़कर बोले, ''क्या तुम सचमुच ही रीता को इतना प्रेम करते हो? क्या वह भी तुमसे इसी तरह प्रेम करती है?''

लड़के ने धीरे से कहा, ''रीता कोई नहीं है।''

वे चिढ़कर व्यंग्य के साथ बोले, ''तो…क्या यह पत्र नहीं है? कोई कविता है? गद्यगीत?''

लड़के ने कुछ देर के लिए सामने रेडियोग्राम पर रखी एक गुड़िया पर निगाह अटका ली। सबसे ज्यादा परेशान करने वाली यह निगाह ही थी, कहाँ ले जाए इसे? वह जिद के साथ उधर ही देखता रहा। उनका सवाल सुनकर उसने अनिश्चय में धीरे से सिर हिलाया।

वे घुड़ककर बोले, ''क्या मतलब? सर क्यों हिला रहे हो? बात करने की यह कौन सी तमीज है?''

''जी, यह पत्र नहीं है, गद्यगीत है।'' वह जल्दी से कह गया।

''अहा-हा!'' मनोविश्लेषक का पार्ट छोड़कर वे असली रूप में आ

गए, व्यंग्यपूर्वक सफल पिता की भाँति बोले, ''साहबजादे गद्यगीत लिख रहे हैं! रीता डार्लिंग! माई ओन रीता! क्या खूब! अंग्रेजी का एक लफ्ज नहीं आता, पर लिख रहे हैं, माई ओन रीता!''

कह चुकने पर उन्हें लगा कि वे कुछ ज्यादा छिछले हो गए, अतः फिर स्वाभाविक स्वर में बोले, ''कल मैंने तुम्हें बाजार में भी देखा था। इस वक्त तुम्हारी बोलती बंद है, पर कल मैंने तुम्हारा चहकना सुना था। मैं पीछे धीरे-धीरे मोटर पर आ रहा था। समझे?''

लड़का कुछ न बोला। वे कहते रहे, ''तुम्हारे आगे रिक्शे पर दो लड़कियाँ जा रही थीं, तुम्हारा एक साथी माउथ ऑर्गन बजा रहा था, तुम चीख रहे थे। मैंने गाड़ी खड़ी कर दी, फिर उधर नहीं देखा। मेरे डूब मरने के लिए इतना ही काफी था।''

लड़के ने इस बार उनकी ओर तेजी से देखा, मानो कह रहा हो : तो क्यों नहीं डूब मरे? निगाह के कोड़े से वे तिलमिला उठे, बोले, ''क्यों? मैं झूठ बोल रहा हूँ?''

नहीं, वे झूठ नहीं बोल रहे हैं। उस फैशनेबल बाजार की लंबी-चौड़ी सड़क पर एक रिक्शे के पीछे वह काफी दूर तक लगा रहा था। उसका साथी रंगीन छापेदार बुशर्ट और ड्रेन पाइप पतलून पहने माउथ ऑर्गन बजा रहा था। वह खुद रुक-रुककर उसमें गाने का टुकड़ा जोड़ता। दो-तीन लड़के पीछे आ रहे थे। वे चीख-चीखकर बाजेवाले लड़के को बढ़ावा दे रहे थे।

लड़कियाँ खुले रिक्शे में बैठी थीं। वे ऊलजलूल तरीके से बाल सँवारे थीं। चिपकी हुई सलवारों से पिंडलियों की शक्ल दिख रही थी। कुरता, जिसकी काट से गले और पीठ का काफी हिस्सा आँखों को झिलमिला रहा था, उनके बदन पर चुस्त फ्रॉक की तरह सटकर बैठा था, लगता था कि वे उसी को पहनकर पैदा हुई थीं।

उन्होंने लड़कों की हरकतों पर कोई ध्यान नहीं दिया, इसकी वे अभ्यस्त थीं। वे इस तरह बैठी रहीं जैसे वे मंगल ग्रह से उतरकर आई हों, जैसे इतने चुस्त कपड़े उन्होंने बिना किसी उद्देश्य के ही पहन लिये हों,

जैसे वे लड़कों की भाषा नहीं समझतीं, उनका अस्तित्व नहीं पहचानतीं, मन और तन की भूख मिटाने के लिए जैसे उन्हें इनके पास नहीं, मंगल ग्रह पर ही जाना होता हो!

वे इसी जुलूस के पीछे कुछ देर अपनी मोटर चलाते रहे थे।

वे प्रकृतिस्थ हुए। धीरे-धीरे कहने लगे, "मैं उतना बेवकूफ नहीं जितना कि तुम समझते हो। तुम अब उन्नीस साल के हो। मैं तुम लोगों की समस्याएँ समझता हूँ—सेक्स की समस्याएँ तक। बेकारी की मजबूरियाँ, देर की शादियाँ, सिनेमा···मैं सब समझता हूँ। फिर भी ये वहशियाना तरीके···!"

लड़का फिर बाहर देखने लगा था, जैसे उनकी बात न सुन रहा हो। उन्होंने अपनी बात रोक दी।

दीवार पर घड़ी टिक्-टिक्, टिक्-टिक् करती रही।

मुसकराकर उन्होंने खिड़की की ओर उँगली उठाई, पूछा, "उस फूल का क्या नाम है?"

"गुलाब!" बात की नवीनता से उसने चौंककर कहा।

"नहीं, उसकी बगल के गमलेवाला फूल! वह क्या है?"

लड़का चुप रहा, रुककर बोला, "मुझे नहीं मालूम!"

एक क्षण शांति रही। घड़ी की टिकटिकाहट तेज हो गई।

उन्होंने फिर शुरू किया, "तुम्हारी हालत यह है! जो सामने है, उसमें भी कोई दिलचस्पी नहीं और भविष्य··· ? तुम सोच ही नहीं सकते कि आज का संघर्ष कैसा है? उससे जूझने के लिए कितनी तैयारी, कितनी ताकत चाहिए! इस मरियल देह से ये गंदी-गंदी चिट्ठियाँ लिखकर तुम भविष्य बना रहे हो? तुम्हारी यही तैयारी है?"

लड़के ने कहा, "भविष्य···"

वे बोले, "कहो···कहो, अपनी बात पूरी करो।"

उसने सर हिलाकर कहा, "कुछ नहीं।"

उन्होंने एक लंबी साँस खींची। फिर कुछ सोचकर बोले, "मेरे सवाल का जवाब नहीं मिला। क्या रीता भी तुम्हें चाहती है?"

मौन!

"वह तुम्हें चाहती हो तो मैं तुमको शादी करने की इजाजत दे दूँगा।"

लड़के ने तेजी से कहा, "नहीं-नहीं, मैं शादी नहीं करूँगा··· कभी नहीं।" कहकर संकुचित हो गया।

"नहीं करोगे न? मैं जानता हूँ। उसके लिए भी सामर्थ्य चाहिए। तुम लोग···"

उनकी बात पूरी नहीं हुई। दरवाजे की ओर देखकर स्नेह से बोले, "आओ···आओ।"

लगभग अठारह साल की एक लड़की परदा उठाकर अंदर झाँक रही थी। खूब कसे, चुस्त कपड़े पहने, निगाहें शोखी और तीखेपन के साथ इधर-उधर फेंकती, बेझिझक कंधे, हिंदुस्तान के विलायती स्कूलों में खरीदे गए आत्म-आश्वासन पर तैरती हुई वह कमरे में आई। अंग्रेजी में बोली, "अंकल, डैडी आपका इंतजार कर रहे हैं।" फिर सरपरस्ताना मुसकराहट के साथ, जिसका मतलब था, 'बेचारा लड़का! मेरा साथ पाने को तरस रहा होगा!' आँख मटकाकर उसने लड़के से कहा, "हैलो!"

उन्होंने लड़की से अंग्रेजी में कहा, "बस, दो मिनट में आता हूँ।"

मजबूरी का अभिनय करने के लिए उसने कंधे हिलाए। उन्होंने खुश होकर दोहराया, "सच, अभी आया।"

उसके चले जाने पर फूहड़पन के साथ लड़के से बोले, "है हिम्मत? बड़े-बड़े प्रेमपत्र लिखते हो। इससे प्रेम क्यों नहीं करते?"

लड़का चुप रहा। वे अपनी ही बात से कुछ झेंप से गए। उसे ढँकने के लिए उन्होंने टहलते हुए एक शानदार व्याख्यान दिया, "वे जमाने लद गए, जब सातवीं कक्षा पास आदमियों के पास नौकरी का फरमान अपने आप आता था। आज संघर्ष का युग है। जरा चूके नहीं कि गए। समझे? जो बाजी मार ले गया, वह मार ले गया। समझे? उसके बाद उसी की तरक्की, उसी की फर्स्ट क्लास शादी, मोटा दहेज—सबकुछ उसी का! बाकी सब आधी-आधी उम्र तक मक्खियाँ मारा करते हैं। समझे कुछ? बड़ा कठोर संघर्ष है आज के जीवन में। कुछ आया समझ में?"

लड़के ने सर छाती पर गड़ा लिया। वे तेजी से बोले, "और उसके लिए तुम्हारी यही तैयारी है? जब बाद में मारे-मारे घूमोगे, तब मेरी बात याद आएगी। समझे कि नहीं?"

दीवार घड़ी ने खर्र-खर्र करके घंटे बजने की सूचना दी। फिर टन-टन करके छह बजाए। उन्होंने कलाई की ओर देखा, खीजकर बोले, "यह रिस्टवाच भी धोखा दे गई, बंद पड़ी है। ये नए जमाने की घड़ियाँ..."

लड़का चुपचाप बैठा रहा। वे घड़ी में चाबी देते हुए उसी आवाज में बोले, "सभी कहते हैं कि यह युग संक्रांति का युग है, इसे कुछ बुड्ढे कब तक चलाएँगे? वे सही कहते हैं कि इस देश का बोझा तुम्हीं लोगों को अपने कंधों पर लेना है, समझे? यह सिर्फ कहने की बात नहीं है। यही असलियत है। पर तुम...तुम्हारी क्या हालत है?"

चलने के लिए उन्होंने दरवाजे पर पड़ा परदा उठाया। अचानक उनकी बातचीत की नाटकीयता खत्म हो गई, मुड़कर धीरे से बोले, "सोच लो। शायद रात तक तुम मुझे बताना चाहो, यह रीता कौन है। तभी मैं तुम्हें इसका इलाज भी बता सकूँगा।"

लड़के ने संकुचित होकर कहा, "मैंने बता तो दिया कि रीता कोई नहीं है। यह मेरा गद्यगीत है।"

चलते-चलते वे भभक उठे, "गद्यगीत इसी को कहते हैं? छिह!"

बाहर मोटर के एक्जॉस्ट से वही 'छिह-छिह' बार-बार निकलने लगा। लड़का सुनता रहा। गाड़ी की भन्नाहट कुछ देर बाद खत्म हो गई।

कमरे में कुछ धुँधलका फैलने लगा था। उसने रोशनी जला दी। कमरे के बीच में खड़े होकर उसने उस पत्र को एक बार फिर पढ़ा।

पीछे से आवाज आई, "अंकल चले गए क्या?"

वही लड़की थी, बेझिझक निगाहों से उसने अंदर झाँका।

उसने कहा, "आओ।"

वह अंदर आकर सोफे के बाजू के सहारे टिक गई। इधर-उधर तेज निगाहों से उसने पूरे कमरे का सर्वेक्षण किया। लंबा-चौड़ा ड्राइंग-रूम था,

सबकुछ अपनी जगह था, सिर्फ वह लड़का बेचैनी के साथ कालीन के बीचोबीच खड़ा था।

लड़की ने हँसते हुए कहा, ''तुम्हारा चेहरा बहुत लंबा हो रहा है।''

लड़के ने उसकी ओर घूरकर देखा, पर उसकी आँखें शरारत से मुसकरा रही थीं। लड़के ने गंभीरता से कहा, ''तुम्हें कैसा चेहरा पसंद है? गोल?''

वह अंग्रेजी में बोल रही थी। लड़का भी बोल रहा था, पर उसमें अपनी कमजोरी महसूस कर रहा था। लड़की ने अपनी विशेषज्ञता का अनुभव करते हुए कहा, ''मुझे चौकोर चेहरा पसंद है, जैसाकि तुम्हारा हर वक्त रहता है।'' वह जोर से हँसने लगी।

लड़के ने अनिश्चय के साथ अपने पैर इधर-उधर हिलाए, फिर अप्रासंगिक रूप से बोला, ''पापा क्लब गए?''

लड़की सोफे पर बैठ गई और बिगड़ैल बच्चियों की तरह पैर हिलाती हुई कहने लगी, ''इधर बैठो।''

''मैं यहीं ठीक हूँ। अपनी बात कहो।''

लड़की ने चिढ़कर कहा, ''बहुत स्मार्ट बनने की कोशिश न करें, मैं तुमसे बात भी न करती, लेकिन अंकल पर तरस आता है।''

वह खड़ा उसकी बात इस तरह सुनता रहा जैसे कोई किसी प्लास्टिक के खिलौने की 'चूँ-चूँ' सुन रहा हो। उसने कहा, ''अंकल कितने स्वीट हैं, कितना हँसते हैं! कितने पॉलिश्ड हैं!''

उसे लड़की की मौजूदगी खटक रही थी। उन्होंने चैलेंज-सा दिया था, इसे प्रेम क्यों नहीं करते? नई पीढ़ी की सारी उच्छृंखलता, आशा, निर्भीकता, भविष्य की आस्था—मरकर, प्रेत बनकर इस लड़की की शक्ल में आई हुई थी, जो विरूपता से उसका उपहास कर रही थी। कोई प्रेतों से भी प्रेम करता है? लड़का बात को यों समझ नहीं पा रहा था, पर उसका बोझ उसके मन को कुचले दे रहा था। लड़की कहती जा रही थी : ''अंकल से हम सबको प्रेरणा लेनी चाहिए।''

वह खड़े-खड़े किसी सचित्र पत्रिका के पन्ने उलटने लगा था। उस पर से बिना नजर उठाए हुए बोला, "हाँ, वे डेढ़ हजार रुपया महीना भी पाते हैं।"

लड़की ने ऐंठ के साथ कहा, "तुम्हें कौन रोकता है? तुम भी क्यों नहीं अंकलजी की तरह..."

लड़के ने तेज निगाओं से लड़की की तरफ घूरा। अचानक उसकी बोली का अनिश्चय मिट-सा गया। बोला, "बताऊँ कौन रोकता है? तुम रोकती हो! तुम्हारे अंकल रोकते हैं! हर जगह तुम हो, तुम्हारे अंकल हैं।"

"इसीलिए तुम मुझसे बात कर रही हो, मैं समझता हूँ।"

वह उसकी ओर देखते-देखते मुसकरा पड़ी, बोली, "पुअर ब्यॉय! तुम्हारा चेहरा और लंबा हो गया।"

वह उसकी ओर देखता हुआ अगली बात का इंतजार करता रहा।

पर अगली बात दूसरे ढंग की थी, "तुमने 'अपार्टमेंट' देखी है? फर्स्ट कला की पिक्चर है?"

लड़के ने देखी थी, पर सर हिलाकर कहा, "नहीं...पर पिक्चर की बात क्यों करती हो? पापा ने मेरे बारे में तुमसे और क्या-क्या कहा है?"

"वे चाहते हैं, तुम उनसे बातें किया करो, जी लगाकर पढ़ो-लिखो, तरक्की करो।" एक-एक शब्द पर जोर देते हुए उसका मजाक-सा बनाकर लड़की ने कहा।

वह सोफे पर उसी के पास सटकर बैठ गया, मुलायमियत से उसके बालों की एक लट को उँगली से छूते हुए बोला, "पापा से बात करने लायक तो तुम हो, मैं नहीं। और पढ़ाई-लिखाई? अब पढ़ाई-लिखाई कहाँ होती है? वह तो पापा के पढ़ लेने के बाद खत्म हो गई। क्या तुम्हारे कॉलेज में पढ़ाई होती है? मैं तो समझता था, वहाँ सिर्फ च्यूइंग-गम चबाना और बातों की नई धज निकालना ही सिखाया जाता है।"

लड़की उठकर खड़ी हो गई। उसकी साँस तेज हो गई थी और

उसका आत्म-आश्वासन लड़खड़ा गया था। बोली, ''अब तुम बदतमीजी पर उतर रहे हो।''

''नहीं सिस्टर, बदतमीजी नहीं, तुम पापा से प्यार के साथ कह देना कि पढ़ाई तो तभी खत्म हो गई थी। और जब से वे तरक्की पाने लगे, तब से सारी तरक्कियाँ भी खत्म हो गईं।''

वह झटके से चल दी, चलते-चलते बोली, ''मैं जाती हूँ। तुम इस तरह बात कर रहे हो, जैसे यह घर तुम्हारा नहीं, जैसे अंकल तुम्हारे पापा नहीं, दुश्मन हों।''

लड़का भी उठकर खड़ा हो गया। उसके पास बैठने के कारण सेंट की भीनी-भीनी महक ने उसे चारों ओर से घेर लिया था। उसी में उलझता हुआ बोला, ''नहीं, पापा दुश्मन नहीं हैं। मेरी दुश्मन तुम हो। वे अजनबी हैं—पापा हमारे दुश्मन कैसे होंगे? हम एक-दूसरे को जानते तक नहीं और यह घर···!''

लड़की परदा झटककर चली गई। दरवाजे से हवा का झोंका आकर दूसरी ओर खिड़की पर पड़े हुए झीने परदे को झकझोरने लगा।

लगभग ग्यारह बजे रात को वे क्लब से वापस आए। बिलियर्ड, ब्रिज, ह्विस्की, कहकहे, शनैचर की संध्यावाली मुक्ति···इस सबसे वे भरे हुए थे। अपने शयन-कक्ष की ओर जाने के पहले उन्होंने अभ्यास के अनुसार लड़के के कमरे की तरफ देखा। टेबल लैंप जल रहा था, पर कुरसी खाली पड़ी थी। आज वह फिर रोशनी जलाकर बिना कुछ पढ़े-लिखे सो गया! वे खीज उठे : साधना की इतनी कमी! कुड़बुड़ाते हुए वे कमरे के अंदर रोशनी बुझाने के लिए घुसे। पलंग खाली था, लड़का कमरे में न था।

उन्होंने इधर-उधर देखा। वह कहीं भी नहीं दीख पड़ा।

वे उसके लिखने-पढ़ने की मेज के पास खड़े थे। आदत के अनुसार उन्होंने सामने रखी हुई एक कॉपी को बिना किसी स्पष्ट उद्देश्य के उलटना शुरू किया। बीचवाले पन्ने पर कुछ लिखा था—घसीट लिखावट! वे पढ़ने लगे। आज के नौजवानों की लिखावट ने उनके मन में कुढ़न पैदा कर दी।

पर उत्सुकता ने उसे दबा लिया। वह एक खत था, जो शायद उन्हीं को लिखा गया था—

"आप विश्वास नहीं मानते, पर यही सच है। मैं रीता को नहीं जानता। मैं किसी लड़की को नहीं जानता। यह नाम किताबों में आया करता है। वहीं से इसे लिया है। खाली वक्त में पता नहीं यह सब मैंने कैसे लिख डाला था!

"आपसे कुछ कहने की हिम्मत नहीं होती। कैसे, किस भाषा में कहूँ? न मुझे अंग्रेजी का लफ्ज आता है, न हिंदी का, न तेलुगू का। इसीलिए गूँगों की तरह मुझे लिखकर बात करनी पड़ती है।

"मेरी सभी समस्याएँ आप जानते हैं। पर सब जानकर भी आप मुझ पर क्यों बिगड़ा करते हैं? क्या इसके लिए मैं ही जिम्मेदार हूँ?

"लोग कहते हैं, कल मुझे इस युग' का, इस देश का दायित्व लेना होगा। फिर वही फरेब! जो वर्तमान के ऊपर छाए हैं, भविष्य पर उन्हीं के प्रेत मँडराएँगे। यह युग मेरा नहीं होगा।"

"यह घर मेरा नहीं है। यहाँ सिर्फ आप रह सकते हैं। मैं नहीं रहूँगा। मैं यह सब छोड़कर जा रहा हूँ। मुझे खोजने की कोशिश बेकार होगी। जब तक आप मुझे खोजने की सोचेंगे, मैं मर चुका होऊँगा। मैं जानता हूँ, मेरा यही भविष्य है।"

पत्र में कई गलतियाँ थीं। पर समीक्षकों वाली निगाह पथरा गई थी। वे तेजी से कमरे के बाहर आए, चीखकर नौकरों को पुकारा, खोखली आवाज में बोले, "कहाँ है? वह कहाँ है? उसे कहीं जाते देखा है तुमने?"

वे लोग घबराकर इधर-उधर दौड़-धूप करने लगे। उन्होंने मजबूरी से दाँत पीसकर कहा, "ढूँढ़ो...आस-पास पता लगाओ।"

एक ने कहा, "पुलिस को भी टेलीफोन कर दें?"

उनकी समझ में कुछ नहीं आया। नौकर-चाकर बँगले के अंदर-बाहर चक्कर लगाने लगे थे। उनकी फुसफुसाहट भरी आवाजें पहाड़ी नदी की बाढ़ जैसी उमड़-उमड़कर बहने लगीं। अनेक भावों की आड़ी-तिरछी रेखाएँ उनके दिमाग में तेजी से बनने-बिगड़ने वाली ज्योमेंट्री की-सी आकृतियाँ खींचने लगीं।

वे कमरे और बरामदे को पार करके बाग की ओर आए। नीचे उतरने के पहले लंबे-चौड़े टैरेस पर आकर उनके पाँव ठिठक गए, सोचते रहे कि पुलिस को फोन करें या पहले मित्रों को सूचना दें?

तभी टैरेस के एक छोर पर, संगमरमर की एक बेंच के ऊपर जाकर उनकी निगाह टिक गई। धड़कते हुए दिल से वे धीरे-धीरे उसकी ओर बढ़े। एक आशा-सी पैदा हो गई थी, जिसे वहाँ जल्दी पहुँचकर वे एकदम से मिटने नहीं देना चाहते थे। बेंच के पास आकर उन्होंने निष्कृति की साँस ली। अँधेरी रात में, खुले आसमान के नीचे, वह नंगी बेंच पर बेखबर सो रहा था।

उन्होंने उसके माथे पर हाथ रखा, धीरे से कहा, ''बेटा।''

वह चुपचाप सोता रहा।

वे दबे पाँव उठकर दूसरी ओर चले गए। एक नौकर से कुछ कहकर फिर वहीं वापस आए। शोर की बाढ़ घटने लगी। बेंच के एक कोने पर कुछ क्षण वे बैठे रहे। मुक्ति की कई लंबी साँसें खींचकर उन्होंने निश्चय कर लिया कि उनके पास है, कहीं गया नहीं है, कॉपी में उसने जो लिखा है, वह एक दूसरा काल्पनिक पत्र है, शायद उसे भी यों ही लिखा है। उन्होंने यह मानना चाहा, पर इस बात से वे पूरी तरह आश्वस्त नहीं हुए।

उसके मत्थे पर हाथ फेरकर उन्होंने उसे जगाया। पूछा, ''यहाँ क्यों सो रहे हो? तबीयत तो ठीक है?''

वह आलस के साथ खड़ा हो गया, नींद भरी आवाज में बोला, ''यहाँ ठंडक थी, अच्छा लगता है।''

उन्होंने कहा, ''खुले में जुकाम हो जाने का डर है, अंदर चलो।''

वह चुपचाप उनके साथ अंदर आया, अपने कमरे में आकर पलंग पर लेट रहा।

वे थोड़ी देर खड़े रहे। फिर उन्होंने पूछा, ''लैंप बुझा दूँ?''

कोई जवाब नहीं मिला। वह सोने लगा था।

उनका विद्रोही उन्हीं के घर में चुपचाप सो गया था। वे शांत हो गए थे, पर कुछ समझ नहीं पा रहे थे।

उन्होंने रोशनी बुझा दी। मेज पर खुली हुई नोटबुक को बंद करके जहाँ थी, वहीं रख दिया। थोड़ी देर वे खिड़की के पास चुपचाप खड़े रहे, फिर अपने को अनावश्यक समझकर कोई शब्द किए बिना कमरे से बाहर निकल आए।

□

एक लुढ़कता हुआ पत्थर

उस दिन बस की भीड़-भाड़ में एक मुसाफिर ने मुझसे माफी माँगते हुए कहा, ''सॉरी।''

आज की पूरी शिष्टता ही हमारे अस्तित्व का एक लंबा-चौड़ा माफीनामा है। उसमें दो अक्षरों के इस विदेशी शब्द का कोई ऐसा खास महत्त्व नहीं। पर इस अकेले शब्द ने मेरे सामने पिछले साल की कई छोटी-छोटी घटनाओं को फिर से सजीव कर दिया। मैंने चाहा कि मैं खुद उससे माफी माँगूँ, पर उसकी जिंदगी की यही विशेषता है कि यदि आप बहुत सोचकर कुछ करना चाहें तो आप कुछ नहीं कर सकते।

बात बहुत साधारण-सी है और मुझे डर है कि आप कहीं उसे और भी साधारण न समझ बैठें। मैं दफ्तर की जिंदगी बिताता हूँ। शुरू में मेरे पास दफ्तर जाने के लिए एक कार थी। कार मजबूत और चलनेवाली थी और पहले कोई उसका इस्तेमाल कर चुका था। मुझे इस कार से वैसा ही संतोष था, जैसा आदर्शवादी को दूसरे का आजमूदा सिद्धांत अपनाकर और महापुरुषों को उतारी हुई दिमागी वरदी पहनकर मिलता है। जो भी हो, इस कार का मेरे लिए काफी महत्त्व था। इसके सहारे मैं पैदल, रिक्शे, बस आदि की भीड़-भाड़ से बेगाना बन सकता था। दूसरों को ढकेलनेवाली भाग-झपट में वह मेरे लिए बचत का सहारा थी।

कुछ दिन बाद मुझे कार बेच देनी पड़ी। परिवार में कुछ परंपरागत खर्चे पैदा हो गए थे। उन्हीं से तंग आकर मुझे वह कदम उठाना पड़ा। हम अपने उच्चतम सिद्धांतों तक का निर्वाह दुनियादारी के साथ हमेशा नहीं कर पाते

और आजिज आकर उन्हें कभी–कभी आधे–पौने दामों पर बेच डालते हैं। यह सोचकर मैंने स्थिति से समझौता कर लिया। फिर एक मित्र से पूछा, ''दफ्तर जाने के लिए कोई कम खर्च बालानशीं तरीका बताइए?''

वह तर्कशास्त्र के प्रोफेसर थे; बोले, ''कमखर्च बालानशीं नहीं हो सकता।''

''तो यह कहावत झूठी है?''

वह बोले, ''झूठी तो है ही। इसे कमखर्च लोगों ने या तो आत्महीनता की भावना से निकाला है या बालानशीं लोगों से प्रतिशोध लेने के लिए।''

मैंने कहा, ''मैं यह मानने को तैयार हूँ कि कमखर्च का संबंध कम–ज्यादा खर्च से है और बालानशीं होने का संबंध ऊपर–नीचे बैठने से है और दोनों चीजों का एक–दूसरे से कोई संबंध नहीं है। अतः कम खर्च बालानशीं हो भी सकता है, नहीं भी हो सकता है। यह संयोग पर निर्भर होगा।''

उन्होंने कहा, ''नहीं, ऐसा नहीं है। कम खर्च करना आपके ऊपर निर्भर है, बालानशीं बनाना समाज के ऊपर। अतः आप कम खर्च से बालानशीं होने को कोई कारण नहीं निकाल सकते। वैसे आप कोशिश करके देख लें। साइकिल पर दफ्तर जाएँ। वह सवारी आपको पैर के एक झटके से ही बालानशीं बना देती है। यहीं नहीं, आपके उतरते ही यदि इसे कोई सहारा न मिला तो खुद लुढ़क जाती है। कार खुद ऊँची थी और आपको भी ऊँचे पर रखती थी। साइकिल पर आप खुद ऊँचे रहेंगे और साइकिल को भी ऊँचा रखेंगे। साइकिल के साथ आपको कर्तव्य का कुछ अधिक सुख मिलेगा।''

मैंने साइकिल से दफ्तर जाना शुरू किया, पर कुछ दिनों बाद ही उससे ऊब गया। इसमें सबकुछ अपने प्रयास पर ही निर्भर था। अपनी मेहनत से चलानेवाली सवारी को मैं भूल ही गया था। अतः मैं उससे जल्दी थक जाता था। अपने कर्तव्य का सुख दूसरे के कर्तव्य को हजम करने के सुख से ऊँचा तो हो नहीं सकता। साथ ही साइकिल पर चलना इतना सस्ता पड़ता था कि उसमें न कोई आनंद था, न उल्लास। अतः मैंने कुछ दिन बाद रिक्शे से चलना शुरू किया।

पर रिक्शेवाले उस अवसरवादी दर्शन की तरह हैं, जिनका आप पहले से भरोसा नहीं कर सकते। देश-काल का वस्तुओं के महत्त्व में कितना योग होता है, इसे समझने के लिए रिक्शेवाले की ही शागिर्दी करनी पड़ती है। पानी बरसते में और अच्छे मौसम में, बाजार में और सुनसान में, बच्चों के साथ या अकेले—हर हालत में रिक्शा अपनी अलग से कीमत लगा लेता है। इतना अनिश्चित स्वभाव और परिणाम दिखानेवाली वस्तु से किसी को क्या लगाव हो सकता है? हारकर मैं बस से अपने दफ्तर जाने लगा।

मेरे मित्र ने कहा, "बस ऐसा यथार्थ है, जो साधारणता के साधारणतम तत्त्वों से बना है। विशिष्ट आदमियों के लिए यह है ही नहीं।"

अब तक मैं समझ गया था कि जिसे मैं अपनी विशिष्टता समझता हूँ, वह दूसरों के आगे क्रीम-पाउडर लगाकर, बन-ठनकर आने वाली मेरी साधारणता ही है। मैंने उत्तर दिया, "साधारणता को साधारण रूप से स्वीकार करना भी विशिष्टता का ही लक्षण है।"

कहने को मैंने कह तो दिया, पर बस पर चलने में कुछ दिनों तक मैंने अपनी बनावटी विशिष्टता कायम रखी।

मैं बस स्टैंड पर आकर खड़ा होता तो जान-बूझकर आँखों पर काला चश्मा लगा लेता, ताकि रोज-रोज निश्चित समय पर उसी बस-स्टैंड पर आकर खड़े होनेवालों से हमारी आँखें चार न हों। और वे जान-पहचानवाली मुसकराहट न फैलाने लगें। मैं अखबार पढ़ते हुए कुछ इस तरह बस का इंतजार करता, जैसे मुझे बस के जल्दी न आने की कोई चिंता नहीं है। दफ्तर के लिए देर होते समय भी मैं बार-बार घड़ी नहीं देखता था, क्योंकि देर हो जाने पर मैं बस-कंडक्टर का कुछ बिगाड़ नहीं सकता था। और उस दशा में न साथवालों से मैं यह हमदर्दी ही चाहता था कि 'देखो, इस शरीफ आदमी को देर हो रही है पर बेचारा मजबूरी में खड़ा है।'

पर सच बात तो यह थी कि दूसरों की निगाह में मैं भीड़ का एक अंग बन गया था। रोज शाम को दफ्तरों के 'फ्लड गेट' खुल जाते और साइकिलों के जलूस और पैदल रेंगनेवालों की भीड़ शहर की चौड़ी सड़कों को डुबोकर

बाढ़ की तरह फैलने लगती। उसे बहावदार हॉर्न के सहारे चीरकर मोटर में निकल जाने की सत्ता खो देने पर मैं उस भीड़ की नामहीनता में खो गया था। उस समय बस-स्टैंड पर प्रतीक्षा करती हुई कतारों में खड़े-खड़े अपने चेहरे को निर्विकार बनाए रखकर भी मैं बराबर एक चोट से तिलमिलाता रहता। कार के अकेलेपन का गौरव पीछे छूट चुका था। अब इस उदास, बियाबान भीड़ का अकेलापन मुझे बार-बार कचोटता, मेरी हीनता और असफलता को उभारता और न जाने क्यों मुझे अपमानजनक जान पड़ता।

पर अभी मैं अपनी पुरानी दुनिया के तरीकों को ही लेकर चल रहा था। बस के आ जाने पर लोग क्यू में खड़े होकर एक-एक कर अंदर जाने लगते, उस समय भी क्यू में पीछे खड़े होने पर न तो मैं अपने चेहरे पर कोई उकताहट का लक्षण प्रकट होने देता और न बस से अंदर आकर कोई बाजी जीत लेने का उल्लास ही दिखाता। कभी-कभी भीड़ ज्यादा होने पर क्यू की नैतिकता टूट जाती, पीछेवाले लोग किसी-न-किसी तरकीब से अपने से आगेवालों को चकमा देकर आगे पहुँच जाते। कभी-कभी हालत इससे भी ज्यादा खराब हो जाती और क्यू की परंपरा तोड़कर लोग बस तक पहुँचने के लिए भीड़ के रूप में धकापेल करने लगते। खुले आम ज्यादा चुस्त लोग लद्धड़ लोगों को पीछे ढकेल-ढकेलकर बस में कूदने लगते। बस-कंडक्टर उनके इस आचरण की कभी-कभी निंदा भी करता, पर इसके बावजूद बस में आ जाने से उन्हें रोकता नहीं था। मैं प्रत्येक दशा में क्यू में अपनी जगह खड़ा रहता और धकापेल वाली भीड़ के समय एक-दूसरे को धक्का देनेवाले लोगों से कुछ दूर हटकर खड़ा हो जाता। मुझे कुछ ऐसा विश्वास था कि क्यू का नियम तोड़ना और एक-दूसरे को धक्का देना अशिष्ट होने के साथ-ही-साथ अनावश्यक भी है। जो कायदे से खड़े रहते हैं, टिकट उन्हें भी मिलता ही है और एक बस में नहीं तो दूसरी बस में जगह मिल ही जाती है।

कुछ दिनों बाद एक दिन मेरा यह विश्वास खो गया। बात बड़ी मामूली थी, पर विश्वास मामूली बातों से ही खोता है। गैरमामूली परिस्थिति में तो

प्राय: हम पहले से ही विश्वास को दबोचकर बाँधे रहते हैं और इस तरह उसे खोते नहीं, बल्कि उसे कुछ और ठोस बना देते हैं।

उस दिन ऐसा हुआ कि दफ्तर जाने के समय मुझे बस-स्टैंड पर काफी भीड़ मिली। एक बस आई, उसमें जगह नहीं मिली। कुछ देर बाद दूसरी बस आई और वह भी मेरे आगे के कुछ मुसाफिरों को लेकर चली गई। मुझे कुछ परेशानी हुई, पर तीसरी बस के लिए क्यू में मैं अब इतना पीछे नहीं था कि मुझे इस बार भी निराश होना पड़ता। मेरे पीछे भी बहुत से लोग खड़े थे, इसीलिए मुझे अपनी जगह काफी संतोष था। पर इस बस के आने पर क्यू का नियम बिगड़ने लगा। पहले तो क्यू की लाइन केंचुए की तरह टेढ़ी-मेढ़ी हुई, फिर उसी से दबकर डेढ़ और फिर दो लाइनें बन गईं। किसी तरह अपनी जगह से नंबरवार खिसकता हुआ मैं बस के दरवाजे तक आ गया। कंडक्टर मुँह से सीटी लगाए हुए था और बस के चल देने के लिए उसे एक फूँकभर मारने की जरूरत थी। शायद आज मेरे चेहरे पर उत्कंठा का विकार फैल गया था। उसने मेरी ओर देखकर इशारे से कहा, ''पैसे निकालिए।''

मेरा हाथ अपनी जेब में गया ही था कि मेरे पीछे खड़े हुए दो नौजवान एक-साथ मेरे आगे आ गए और कंडक्टर को मेरी निगाह के सामने से पोंछकर फुटबोर्ड पर लटक गए। उसी के साथ कंडक्टर की सीटी सुनाई पड़ी और बस एकदम चल दी। मैंने चीखकर कहा, ''रुको।'' पर बस नहीं रुकी। मैं दुबारा चीखा···या शायद मैं चीखा ही नहीं, क्योंकि मुझे अपनी चीख इस बार सुनाई नहीं पड़ी।

स्टैंड पर मैं और दो-चार मुसाफिर और बच रहे थे। हम सब बस छोड़ चुके थे, पर हमने एक-दूसरे को पहचानने की कोशिश नहीं की। मेरे सामने सिर्फ एक बात रही गई थी। बस मेरे सामने रुककर चली गई और मैं अपनी जगह खड़ा रह गया था।

फिर मुझे काफी देर तक बस नहीं मिली।

शाम को लौटते समय मुझे फिर क्यू में खड़ा होना पड़ा। बस आई और इस समय अचानक ही मुझे ऐसा लगा कि आज मैं इसी बस में वापस जाना

चाहता हूँ। क्यू धीरे-धीरे खिसक रही थी। मेरे पीछे खड़े हुए एक आदमी ने हाथ फैलाकर आगे जाना चाहा, पर मैंने उसे रोक दिया। इसके लिए मुझे हाथ नहीं उठाना पड़ा। मैंने सिर्फ मुड़कर उसकी ओर देखा और मेरी कड़ी निगाह ने उसे बता दिया कि मैं उसका इरादा भाँप गया हूँ। इसी पर उसने अपना इरादा छोड़ दिया। थोड़ी देर में बस चल दी, पर मैं उस तक पहुँच न पाया। फिर भी आज मुझे यह इत्मीनान था कि मैंने अपने से पीछेवालों को आगे नहीं जाने दिया। पर यह इत्मीनान भी मुझे काफी देर संतुष्ट नहीं रख सका। कुछ देर वहाँ खड़े-खड़े मेरे मन में निराशा का यह भाव एक चोर की तरह घुसने लगा कि मेरे आगेवाले इस बस में बैठकर चले गए और मैं अपना नंबर आने की प्रतीक्षा कर रहा हूँ। मुझे इस परिस्थिति में एक घुटन का अनुभव हुआ। मैं स्पष्ट रूप से अपने आपसे स्वीकार करने लगा कि मुझे उसी बस पर जाना था। खड़े होकर अपने नंबर का इंतजार करना एक ऐसी मजबूरी है, जो मैंने खुद अपने ऊपर लादी है। मुझे अपने से असंतोष हुआ। तब मैंने समझा कि मैं अपना पहले का विश्वास खो चुका हूँ।

उस दिन के बाद से मैं भीड़ का एक स्वैच्छिक अंग हो गया। अपनी विशिष्टता के सभी बहानों को छोड़कर मैंने खुलेआम भीड़ की नैतिकता अपना ली। कुछ दिनों तक मैं केवल इसपर अपना ध्यान केंद्रित करता रहा कि क्यू में मैं पीछेवालों को अपने से आगे न बढ़ने दूँ। अपने इस प्रयास में मुझे अपने प्रभावशाली व्यक्तित्व और आत्मविश्वासपूर्ण तरीके से बड़ी सहायता मिलती। बाद में बस आते ही मैं क्यू में बिना किसी पूर्व विचार के ही टेढ़ा-मेढ़ा होने लगा और अपना नंबर आने के पहले ही बस के दरवाजे की ओर पहुँचने के लिए परेशान होने लगा। यह प्रयास कुछ भोंड़ा जरूर था, पर बस का दरवाजा देखते ही मैं अपने को उसी उधेड़-बुन में लगा हुआ पाता कि किस तरह बिना दूसरों की आलोचना सुने और बिना उन्हें उकसाए मैं दरवाजे तक पहले ही पहुँच जाऊँ। पर वह कठिन काम था। दूसरों की आँख बचाकर क्यू में पीछे होते हुए आगे पहुँच जाना काफी अभ्यास चाहता था। अतः मैं यथाशक्ति क्यू से ही बचने लगा।

मैंने इस संबंध में एक अपना तरीका ईजाद कर लिया। बस-स्टैंड पर बस का दरवाजा किस जगह पर आकर लगता है, मैंने इसका अध्ययन किया। जब भीड़ होती तो उसके सामने ही क्यू से कुछ दूर मैं निर्विकार भाव से खड़ा होकर अखबार पढ़ता और बस आने पर जैसे ही क्यू से लोग अंदर घुसने को तैयार होते, मैं एक अप्रत्याशित कोण से सबसे आगे कूदकर फुटबोर्ड पर लटक जाता। लोगों पर उसकी प्रतिक्रिया न देखनी पड़े, इसलिए मैं कुछ देर उनकी ओर देखता ही नहीं था। कंडक्टर पहले मुझे बस के अंदर चला जाने देता, फिर क्यू की ओर मुखातिब होता। इसी सिलिसिले में मैंने बिना क्यू वाली भीड़ में अपना रास्ता निकालने की तरकीबें सोच लीं। कहाँ पर पीछेवाले को धक्का देना होगा, कहाँ आगेवाले को आँखें चुराकर लँगड़ी लगानी होगी, मैंने यह सब भी समझ लिया। बाद में मुझे ऐसा लगने लगा कि मुझको देखकर लोगों के स्वाभाविक विरोध में कमी आ जाती है, वे खुद ही मुझे आगे बस पर चढ़ जाने का मौका दे देते हैं।

एक दिन मुझको जुकाम हो गया था और मेरा सर दर्द कर रहा था। भीड़ में सबसे आगे होने की दृढता मुझमें उभर नहीं रही थी। इसलिए मैं क्यू में ही चुपचाप खड़ा रहा। बस आने पर लोग जल्दी-जल्दी उसमें चढ़ने लगे। अचानक मुझे लगा कि सरदर्द और जुकाम से उत्पन्न मेरी मानसिक कमजोरी मिट रही है और उसकी जगह बस पर सबसे आगे पहुँचने की चुनौती मेरे मन में उथल-पुथल मचा रही है। सरदर्द और जुकाम के बावजूद जब बस छूटने को हुई तो मैं क्यू से तिरछा होने लगा। सच तो यह है कि ऐसा करने के लिए मुझे अब कोई मानसिक चेष्टा नहीं करनी पड़ती थी, यह मेरे लिए एक स्वाभाविक शारीरिक प्रक्रिया मात्र रह गई थी।

मुझसे आगे क्यू में एक साफ-सुथरा आदमी खड़ा था। देखने में वह एक लंबा-चौड़ा, गंभीर आदमी जान पड़ता था। वह कीमती कपड़े पहने था और क्यू में उसका अकेलापन उससे आगे बढ़कर दूसरों के सामने उसे अपरिचित बना रहा था। बस भर गई थी और अंत में अब उसी आदमी का नंबर था।

अचानक कुछ तिरछा होकर मैं क्यू से बाहर निकल और जैसे ही वह

आदमी बस पर चढ़ने को तैयार हुआ, मैं उसके आगे आकर लगभग चलती बस के फुट-बोर्ड पर लटक गया।

मेरे फुटबोर्ड पर पैर रखते ही मुझसे आगेवाला व्यक्ति एकदम से खिंचकर एक किनारे खड़ा हो गया और जैसे उसके कारण मुझे बड़ी असुविधा हुई हो, इस भाव से बोला, "सॉरी।"

मुझे झटका लगा, असलियत यह थी कि अब मैं बस में था और मुझसे आगेवाला व्यक्ति मेरे पीछे छूट चुका था।

कंडक्टर ने कहा, "ऐसे मत चढ़ा कीजिए।"

उसकी बात मैंने ऊपर-ही-ऊपर सुनी। भीतर कुछ सिमट रहा था। उस पर एक वजन-सा बैठता जाता था। जो मुँह में आया, कंडक्टर से मैंने वही कहा, "माफ कीजिए, मेरी तबीयत ठीक नहीं है।"

इस व्यक्तिगत तर्क ने शायद उसके विरोध को परास्त कर दिया। किसी को ढकेलकर आगे आ जाना मेरी स्वभावगत विवशता में शामिल हो चुका था। अपनी तबीयत की इस कमजोरी को भी तर्क बनाकर पेश किया जा सकता है, इस असंगति का अनुभव मैंने उस समय नहीं किया।

मैंने बाहर झाँककर पीछे की ओर देखा। वह आदमी निश्चित कदमों से फुटपाथ पर धीरे-धीरे बढ़ रहा था। उसका चेहरा वैसा ही गंभीर, आकर्षक और विकारहीन बना था। मुझे लगा कि वह चाहता तो मुझे अपने आगे कूदने से रोक सकता था। पर शायद इस घटना का उसके लिए कोई महत्त्व न था।

मेरे भीतर कुछ झकझोरा जा रहा था। मैंने चाहा कि चलती बस से उतरकर मैं भी कुछ देर फुटपाथ पर उसके साथ-साथ चलूँ। पर बस रफ्तार पकड़ चुकी थी। साथ ही मैं यह जानता था कि मैं सचमुच ही बस से उतरना नहीं चाहता, मैं सिर्फ इस विचार से संतुष्ट हूँ कि मैं अब भी कभी-कभी ऐसी परिस्थिति में बस से उतरने की सोचने लगता हूँ। पीछे छूटे हुए मुसाफिर का मुँह देखकर अब भी मेरे मन में एक खेदपूर्ण प्रतिक्रिया होती है, पर इसका यह मतलब नहीं कि मैं बस से उतर जाऊँगा या सामने की बस को छोड़ दूँगा! इस प्रतिक्रिया को मैं इसलिए भी पसंद करता हूँ, क्योंकि इसका प्रयोग भीड़

में दूसरे लोगों के बीच अपने को विशिष्ट बनाने के लिए किया जा सकता है। मैं जहाँ हूँ, वहाँ साधारणता के आरोप का जवाब देने में मुझे भी किसी वक्त इसकी जरूरत पड़ सकती है।

परिणाम यह हुआ कि अपने मन की कचोट मुझे अच्छी लगने लगी। मैंने देर तक जान–बूझकर उसे अपने भीतर सँजोए रखा। उधर बस मुझे लेकर एक के बाद दूसरा स्टॉप छोड़ती हुई आगे बढ़ती रही।

□

एक चोर की कहानी

माघ की रात। तालाब का किनारा। सूखता हुआ पानी। सड़ती हुई काई। कोहरे में सबकुछ ढका हुआ। तालाब के किनारे बबूल, नीम, आम और जामुन के कई छोटे-बड़े पेड़ों का बाग। सब सर झुकाए खड़े हुए। पेड़ों के बीच की जमीन कुशकास के फैलाव से ढकी हुई। उसके पार गन्ने का खेत। उसका आधा गन्ना कटा हुआ। उस पर गन्ने की सूखी पत्तियाँ फैली हुईं। उनपर जमता हुआ तुषार। कटे हुए गन्ने की ठूँठियाँ उन्हीं पत्तियों से ढकी हुईं। आधे खेत में उगा हुआ गन्ना, जिसकी फुनगी पर सफेद फूल आ गए थे, क्योंकि वह पुराना हो रहा था।

रात के दो बजे। पास की अमराइयों में चिड़ियों ने पंख फटकारे। कोई चमगादड़ 'कैं-कैं' करता रहा। एक लोमड़ी दूर की झाड़ियों में खाँसती रही। पर रात के सन्नाटे के अजगर ने अपनी बर्फीली साँस की एक फुफकार से इन सब ध्वनियों को अपने पेट में डाल लिया और रह-रहकर फुफकारता रहा।

गाँव की ओर से लगभग पच्चीस आदमियों का जत्था दौड़ता हुआ आ रहा था। सब प्रकार की आवाजें हवा में गूँज रही थी :

"चोर! चोर! चोऽऽऽऽर! चोऽऽऽऽर!"

"चारों ओर से घेर लो, जाने न पाए।"

"ठाकुर बाबा के बाग की तरफ गया है!… …"

"भगंती के खेत की तरफ देखना!"

"हाँ, हाँ, गन्ने वाले खेत…"

"चोऽऽऽऽर! चोऽऽऽऽर!"

देखते-देखते गाँववाले ठाकुर बाबा के बाग में पहुँच गए। चारों ओर से उन्होंने बाग को और उससे मिले हुए गन्ने के खेत को घेर लिया। लालटेनों की रोशनी में एक-एक झाड़ी की तलाशी ली जाने लगी। सब बोल रहे थे। कोई भी सुन नहीं रहा था।

तभी एक आदमी ने टॉर्च की रोशनी फेंकनी शुरू की। भगंती के खेत में उसने कुछ गन्नों को हिलते देखा। फिर वह धीरे-धीरे खेत के किनारे तक गया। दो-तीन कोमल गन्ने जमीन पर झुके पड़े थे। उसी के सीध में कुछ गन्ने ऐसे थे, जिन पर से पाले की बूँदें ढुलक गई थीं। टॉर्च की रोशनी में और पौधों के सामने ये कुछ अधिक हरे दीख रहे थे।

टॉर्च की रोशनी को खेत की गहराइयों में फेंकते हुए उस आदमी ने चिल्लाकर कहा, ''होशियार भाइयो, होशियार! चोर इसी खेत में छिपा है। चारों ओर से इसे घेर लो। जाने न पाए।''

फिर शोर मचा और लोगों ने खेत को चारों ओर से घेर लिया। उस आदमी ने मुँह पर दोनों हाथ लगाकर जोर से कहा, ''खेत में छिपे रहने से कुछ न होगा। बाहर आ जाइए, नहीं तो गोली मार दी जाएगी।''

वह बार-बार इसी बात को कई प्रकार से आतंक भरी आवाज में कहता रहा। भीड़ में खड़े एक अधबैसू किसान ने अपने पासवाले साथी से कहा, ''नरैना है बड़ा चाई। कलकत्ता कमाकर जब से लौटा है, बड़ा हुसियार हो गया है।''

उसके साथी ने कहा, ''बड़े-बड़े साहबों से रफ्त-जब्त रखता है। कलकता में इसके ठाठ हैं। मैं तो देख आया हूँ। लड़का समझदार है।''

''जान कैसे लिया है कि चोर खेत में है?''

तभी किसी ने कहा, ''यह चोट्टा खेत से नहीं निकलता तो आग लगा दो खेत में। तभी बाहर भागा आएगा।''

इस प्रस्ताव के समर्थन में कई लोग एक साथ बोलने लगे। किसी ने इसी बीच में दियासलाई भी निकाल ली।

भगंती ने आकर नरायन उर्फ नरैना से हाथ जोड़कर कहा, ''हे नरायन

भैया! एक चोर के पीछे हमारा पन्ना न जलवाओ। सैकड़ों का नुकसान हो जाएगा। कोई और तरकीब निकालो।''

नरायन ने कहा, ''देखते जाओ भगंती काका, खेत का गन्ना जलेगा नहीं, पर कहा यही जाएगा।''

उसने तेजी से चारों ओर घूमकर कुछ लोगों से बातें कीं और खेत के आधे हिस्से में गन्ने की जो सूखी पत्तियाँ पड़ी थीं, उनके छोटे-छोटे ढेरों में आग लगा दी गई। बहुत से लोग आग तापने के लिए और भी नजदीक सिमट आए। सब तरह का शोर मचता रहा।

''खेत में ठूँठियाँ बचा के चलना भाई!''

''चारों तरफ से आग लगा दो। जल जाने दो चोट्टे को।''

''बाहर निकले तो फोड़ दो खोपड़ी...''

''गोली मारना, गोली...!''

तभी नरायन ने फिर पहले की तरह चिल्लाकर कहा—

''देख लो जी चोर भाई, बात समझ लो। भले-बुरे की भगवान् जाने! हमारे कहने से बाहर निकल आओ तो तुम्हारा बाल बाँका न होगा। कुछ मारपीट नहीं होगी। उत्तर की तरफ बाग में, जिस रास्ते से गए हो, उसी से चले आओ। और सब तरफ आग जल रही है।''

तब भी खेत में कुछ आहट नहीं हुई। नरायन ने फिर पुकारा—

''उत्तर की तरफ बाग में, उसी रास्ते से चुपचाप आ जाओ। कोई कुछ बोलेगा नहीं।''

इस बार खेत के बीच में गन्ने के कुछ पेड़ हिले। नरायन ने उत्साह से कहा, ''शाबाश! इसी तरह चले आओ।''

पास खड़े हुए भगंती से उसने कहा, ''चोर आ रहा है। दस-पंद्रह आदमियों को इधर बुला लो।''

चारों ओर से उठने वाली आवाजें शांत हो गईं। लोगों ने गरदन उठा-उठाकर खेत के बीच में ताकना शुरू कर दिया। लगभग पंद्रह आदमी नरायन के पास आकर खड़े हो गए। वे बल्लम, फरसे और लाठियाँ लिये थे। फुसफुसाकर वे चोर के बाहर निकलने का इंतजार कर रहे थे।

चोर के निकलने का पता लोगों को तब चला, जब वह बाहर आकर नरायन के पास खड़ा हो गया। कुछ देर पहले खेत के बीच में गन्ने हिले थे और लगा था कि कोई हिल-डुल रहा है, पर उसके बाद चोर किधर होकर आ रहा है, इसका पता लगना कठिन हो गया था। वह इस प्रकार आया कि कोई आहट नहीं हुई। वह आया और नरायन के पास आकर उसके घुटनों से लिपट गया। नरायन अब भी टॉर्च की रोशनी इधर-उधर फेंकता हुआ चीख रहा था, "शाबाश, इसी तरफ। इसी तरफ चले आओ।"

सहसा चोर को अपने पैरों में लिपटा हुआ देख वह उछलकर पीछे खड़ा हो गया, जैसे उसने साँप छू लिया हो! एक बार फिर शोर मचा, "चोर! चोऽऽऽर चोऽऽऽऽर!"

चोर घुटनों के बल जमीन पर गिर पड़ा।

न जाने आस-पास खड़े हुए लोगों को क्या हो गया कि तीन-चार आदमी उछलकर चोर के पास आ गए और उन्होंने उसे लातों और मुक्कों से मारना शुरू कर दिया। चोर ने बिना किसी विरोध के सर को दोनों हाथों से ढके हुए मार सह ली। एकाध लात खाकर वह जमीन पर लुढ़क गया, फिर लुढ़कते-लुढ़कते सीधा बैठ गया।

पर उसे ज्यादा मार नहीं खानी पड़ी। मारनेवालों के साथ ही नरायन भी उसके पास पहुँच गया था। उनको इधर-उधर ढकेलकर वह चोर के पास खड़ा हो गया और बोला, "भाई लोगों, यह बात बेजा है। हमने वादा किया है कि मारपीट नहीं होगी, यह शरनागत है। इसे मारा न जाएगा।"

एक बुड्ढे ने दूर से कहा, "चोट्टे को मारा न जाएगा तो क्या पूजा जाएगा?"

पर नरायन ने कहा, "अब चाहे जो हो, इसे पुलिस के हाथों में देकर अपना काम पूरा हो जाएगा। मारपीट से कोई मतलब नहीं!"

लोग चारों ओर से चोर के पास सिमट आए थे। नरायन ने टॉर्च की रोशनी उस पर फेंकते हुए पूछा, "क्यों जी, माल कहाँ है?"

पर उसकी निगाह चोर के शरीर पर अटकी रही। चोर लगभग पाँच फीट

ऊँचा, दुबला-पतला आदमी था। नंगे पैर, कमर से घुटनों तक एक मैला-सा अँगोछा बाँधे हुए, जिस्म पर एक पुरानी खाकी कमीज पहने था। कानों पर एक मटमैले कपड़े का टुकड़ा बँधा था। उमर लगभग पचास साल होगी। दाढ़ी बढ़ रही थी। बाल सफेद हो चले थे। जाड़े के मारे वह काँप रहा था और दाँत बज रहे थे।

उसका मुँह चौकोर-सा था। आँखों के पास झुर्रियाँ पड़ी थीं। दाँत मजबूत थे। मुँह को वह कुछ इस प्रकार खोले हुए था कि लगता था कि वह मुसकरा रहा है।

उसे कुछ जवाब न देते देख कुछ लोग उसे फिर मारने को बढ़े, पर नरायन ने उन्हें रोक लिया। उसने अपना सवाल दुहराया, ''माल कहाँ है ?''

लगा कि उसके चेहरे की मुस्कान बढ़ गई है। उसने हाथ जोड़कर खेत की ओर इशारा किया। इस बार नरायन को स्वयं क्रोध आ गया। अपनी टॉर्च उसकी पीठ पर पटककर उसने डाँटकर कहा, ''माल ले आओ।''

दो आदमी लालटेन लिये हुए चोर के साथ खेत के अंदर घुसे। पाले और ईख की नुकीली पत्तियों की चोट पर बार-बार वे चोर को गाली देते रहे। थोड़ी देर बाद वे जब बाहर आए तो चोर के हाथ में एक मटमैली पोटली थी। पोटली लाकर उसने नरायन के पैरों के पास रख दी।

नरायन ने कहा, ''खोलो इसे, क्या-क्या चुरा रखा है ?''

उसने धीरे-धीरे थके हाथों पोटली खोली। उसमें एक पुरानी गीली धोती, लगभग दो सेर चने और एक पीतल का लोटा था। भीड़ में से एक आदमी ने सामने आकर चोर की पीठ पर लात मारी, कुछ गालियाँ दीं और कहा, ''यह सब मेरा माल है ?''

लोग चारों ओर से चोर के ऊपर झुक आए थे। वह नरायन के पैरों के पास चने, लोटे और धोती को लिये सर झुकाए बैठा था। सर्दी के मारे उसके दाँत कट-कट बोल रहे थे और हाथ हिल रहे थे। नरायन ने कहा, ''इसे इसी धोती से बाँध लो और थाने ले चलो।''

दो-तीन लोगों ने चोर की कमर धोती से बाँध ली और उसका दूसरा

सिर पकड़कर चलने को तैयार हो गए। चोर ने धीरे से झुककर चने और लोटे को फिर पोटली में बाँध लिया, उसे बगल में दबाया और धीरे से उन लोगों के पीछे-पीछे चल पड़ा।

एक बुड्ढे ने जोर से हँसकर कहा, ''ककरिहा चोर है, ककरिहा! ककड़ी चुराता है। वाह रे जमाने!''

कुछ लोग हँसने लगे। पर इस पोटली का असली मालिक बिगड़ गया। उसने कहा, ''तुम तो बड़े धन्ना सेठ हो न! हमारा लोटा, धोती, चना—यह सब तुम्हारे लिए ककड़ी ही तो है!''

बुड्ढा और जोर से हँसा। बोला, ''नहीं, यह ककड़ी नहीं है। यह तो कुबेर की संपदा है। इसे ककड़ी न कहो भाई!''

लोग और भी जोर से हँसे। तब तक किसी ने चोर को पीछे से झकझोरकर कहा, ''क्यों बे, क्या नाम है तेरा?''

चोर खड़ा हो गया। किसी ने उसके मुँह पर लालटेन दिखाई, जाड़े में वह काँप रहा था। दुबले-पतले चेहरे पर उसके होंठों की रेखाएँ एक मजबूरी-सी झलकाती हुई कुछ और फैल गईं।

वह जवाब न दे सका। उसने दो-तीन बार सवाल करनेवाले की ओर हाथ जोड़े और नरायन के पैरों को छूकर फिर खड़ा हो गया।

उसके खड़े होते ही किसी ने उसके मुँह पर एक तमाचा मारा और गालियाँ देते हुए कहा, ''अपना पता क्यों नहीं देता है बे? जान ले ली जाएगी।''

चोर जमीन पर सर लटकाकर बैठ गया। कुछ नहीं बोला। तब नरायन ने कहा, ''क्यों उसके पीछे पड़े हो भाइयो। चोर भी आदमी ही है। इसे थाने लिये चलते हैं। वहाँ सबकुछ बता देगा।''

किसी ने पीछे से कहा, ''चोर-चोर मौसेर भाई।''

नरायन ने घूमकर कहा, ''क्यों जी, मैं भी चोर हूँ? यह किसकी शामत आई है?''

दो-एक लोग हँसने लगे। बात आई-गई हो गई।

वे गाँव के पास आ गए, तब रात के चार बजे थे। चोर की कमर धोती से बाँधकर उसका एक छोर पकड़कर दीना चौकीदार थाने की ओर चला। साथ में नरायन और गाँव के दो और आदमी भी चले।

तब तक कुहरा छँटने लगा था। तारे कुछ और चमकने लगे थे। हवा ठंडी और तेज हो गई थी। चमगादड़ों की कें-कें बार-बार सुनाई देने लगी थी। जाड़े की रात का तीसरा पहर खत्म होने को आ गया था।

जाड़ा न लगे, इस आशय से वे तेजी से चल रहे थे। चोर को उतनी तेजी से चलने में दिक्कत हो रही थी, इसलिए चौकीदार बार-बार उसे डंडे से ठेलता जा रहा था। वह एक बगल में चोरी का सामान समेटे हाथों की मुट्ठियाँ छाती में छिपाए उछलता-सा चल रहा था।

चारों में पहलेवाला बुड्ढा किसान रास्ता काटने के लिए कहानियाँ सुनाता जा रहा था, "जब जुथिष्ठिर ने कहा कि बाँमन ने हमारे राज में सोने की थाली चुराई है, उसे क्या दंड दिया जाए? तो बिदुर बोले, महाराज बाँमन को दंड नहीं दिया जाता। तो राजा बोले, इसने चोरी की है तो दंड तो देना ही पड़ेगा। तब बिदुर ने कहा कि महाराज, इसे राजा बलि के पास इंसाफ के लिए भेज दो। जब राजा बलि ने बाँमन को देखा तो उसे आसन पर बैठाला।…"

चौकीदार ने बात काटकर कहा, "चोर को आसन पर बैठाला? यह कैसे?"

बुड्ढा बोला, "क्या चोर, क्या साह! आदमी आदमी की बात! राजा ने उसे आसन दिया और पूरा हाल पूछा। पूछा कि आपने चोरी क्यों की, तो बाँमन बोला कि चोरी पेट की खातिर की।"

चौकीदार ने कहा, "तब?"

"तब क्या?" बुड्ढा बोला, "राजा बलि ने कहा कि राजा युधिष्ठिर को चाहिए कि वे खुद दंड लें। बाँमन को दंड नहीं होगा। जिस राजा के राज में पेट की खातिर चोरी करनी पड़े, वह राजा दो कौड़ी का है। उसे दंड मिलना चाहिए। राजा बलि ने उठकर…"

चौकीदार जी खोलकर हँसा। बोला, "वाह रे बाबा, क्या इनसाफ बताया है राजा बलि का! राजा विकरमादित्य को मात कर दिया।"

वे हँसते हुए चलते रहे। चोर भी अपनी पोटली को दबाए पंजों के बल उचकता-सा आगे बढ़ता गया।

अब पूरब की ओर घने काले बादलों के बीच से रोशनी का कुछ-कुछ आभास फूटा। चौकीदार ने धोती का छोर नरायन को देते हुए कहा, "तुम लोग यहीं महुवे के नीचे रुक जाओ। मैं दिशा मैदान से फारिग हो लूँ।"

इस बार साथ के दोनों आदमी भी बोल उठे। बुड्ढे ने कहा, "ठीक तो है नरायन भैया, यहीं तुम इस पकड़े बैठे रहो। हम लोग भी निबट आएँ।"

वे चले गए। नरायन थोड़ी देर चोर के साथ महुवे के नीचे बैठा रहा। फिर अचानक बोला, "क्यों जी मुझे पहचानते हो ?"

दया की भीख सी माँगते हुए चोर ने उसकी ओर देखा, पर कुछ कहा नहीं। नरायन ने फिर धीरे से कहा, "हम सचमुच मौसेरे भाई हैं।"

इस बार चोर ने नरायन की ओर देखा। देखता रहा। पर इस सूचना पर नरायन ने आश्यर्च भरी निगाह से उसे फिर देखा। नरायन ने फिर कहा, "कलकत्ते के बड़े-बड़े सेठ मेरे नाम से थर्राते हैं। मेरी शकल देखकर तिजोरियों के ताले खुल जाते हैं, रोशनदान टूट जाते हैं··· ।"

वह कुछ और कहता, धारावाहिक रूप से बात करने का लालच उसकी रग-रग में समा गया था। अपनी तारीफ में वह बहुत कुछ कहता, पर चोर की आँखों में न आनंद झलका, न स्नेह दिखाई दिया, न उनसे प्रशंसा की किरण फूटी, न उनमें आतंक की छाया पड़ी। वह चुपचाप नरायन की ओर देखता रहा।

सहसा नरायन ने क्रोध से भरकर उसकी देह को बड़े जोर से झकझोरा और जल्दी-जल्दी कहना शुरू किया, "सुन बे, चोरों की बेइज्जती न करा। चोरी ही करनी है तो आदमियों जैसी चोरी कर। कुत्ते, बिल्ली, बंदरों की तरह रोटी का एक एक टुकड़ा मत चुरा। सुन रहा है बे ?"

मालूम पड़ा कि वह सुन रहा है। उसके चेहरे पर विस्मय का चढ़ाव-उतार दीख पड़ने लगा था। नरायन ने कहा, "यह सेर-आध सेर चने और यह लोटा चुराते हुए तुझे शर्म भी नहीं आई ? यही करना है तो कलकत्ते क्यों नहीं आता ?"

न जाने क्यों, चोर की आँखों से आँसू बह रहे थे। उसके होंठ इतना फैल गए थे कि लग रहा था, वह हँस पड़ेगा। पर आँसू बहते ही जा रहे थे। वह अपने पेट पर दोनों हाथों से मुक्के मारने लगा। आँसुओं का वेग और बढ़ गया।

नरायन ने बात करनी बंद कर दी। कुछ देर रुककर कहा, "भाग जा। कोई कुछ न कहेगा। जब तू दूर निकल जाएगा, तभी मैं शोर मचाऊँगा।"

जब इस पर भी चोर ने कुछ जवाब न दिया तो उसे आश्चर्य हुआ। फिर कुछ रुककर उसने कहा, "बहरा है क्या बे?"

फिर भी चोर ने कुछ नहीं कहा।

नरायन ने उसे बाँधनेवाली धोती का छोर उसकी ओर फेंक दिया, उसे ढकेलकर दूर कर दिया और हाथ से उसे भाग जाने का इशारा किया।

पर चोर भागा नहीं। थका-सा जमीन पर औंधे मुँह पड़ा रहा।

इतने में दूसरे लोग आते हुए दिखाई पड़े। नरायन ने गंभीरतापूर्वक उठकर चोर को जकड़ने वाली धोती पकड़ ली। उसे हिला-डुलाकर खड़ा कर दिया। एक-एक करके वे सब लोग आ गए।

सबेरा होते-होते वे थाने पहुँच गए। थाना मुंशी ने देखते ही कहा, "सवेरे-सवेरे किसका मुँह देखा!"

पर मुँह देखते ही वह फिर बोला, "अजब जानवर है, चेहरा तो देखो, लगता है हँस पड़ेगा।"

दिन के उजाले में सबने देखा कि उसका चेहरा सचमुच ऐसा ही है। छोटी-छोटी सूजी हुई आँखों और बढ़ी हुई दाढ़ी के बावजूद चौकोर चेहरे पर फैला हुआ मुँह, लगता था, हँसने ही वाला है।

थाना मुंशी ने पूछा, "क्या नाम है?"

चोर ने पूर्ववत् हाथ जोड़ दिए। तब उसने मुँह पर दो तमाचे मारकर अपना सवाल दोहराया। चोर का मुँह कुछ और फैल गया। उसने दो-चार तमाचे फिर मारे।

इस बार उसकी चीत्कार से सब चौंक पड़े। मुँह जितना फैल सकता था, उतना फैलाकर चोर बड़े जोर से रोया। लगा, कोई सियार जोर से अकेले में चाँद की ओर देखकर चीख उठा है।

मुंशी ने उदासीन भाव से पूछा, ''माल कहाँ है?''

नरायन ने चने, लोटे और धोती को दिखाकर कहा, ''यह है।''

न जाने क्यों सब थके-थके से, चुपचाप खड़े रहे। चोर अब सिसक रहा था। सहसा एक सिपाही ने अपने कोठारी से रजिस्टर निकालकर कहा, ''मुंशीजी, यह तो पाँच बार का सजायाफ्ता है। इसके लिए न जेल में जगह है, न बाहर। घूम-फिरकर फिर यहीं आ जाता है।''

मुंशी ने कहा, ''कुछ अधपगला-सा है क्या?''

सिपाही ने मुंशी के सवाल का जवाब स्वीकार में सर हिलाकर दिया और पास आकर चोर की पीठ थपथपाते हुए कहा, ''क्यों गूँगे, फिर आ गए? कितने दिन के लिए जाओगे? छह महीने कि साल भर?''

चोर सिसक रहा था। पर उसकी आँखों में भय, विस्मय और जड़ता के भाव समाप्त हो चले थे। सिपाही की ओर वह बार-बार हाथ जोड़कर झुकने लगा, जैसा पुराना परिचित हो।

चौकीदार ने साथ के बुड्ढे को कुहनी से हिलाकर कहा, ''साल भर के लिए जा रहा है। समझ गए बलि महाराज?''

पर उसकी इस बात कोई भी नहीं हँसा।

□

सर का दर्द

संतोष को जीवन के इक्कीसवें वर्ष में क्लर्की करनी पड़ी थी। पिछले बीस साल गरीबी में बीते थे, पिछले सोलह साल अध्ययन में, पिछले पाँच साल काव्य-शास्त्र विनोद में, पिछले दो साल प्रेम में। इस तरह प्रेम, काव्य, अध्ययन और गरीबी से भरा-पूरा बीसवाँ साल बिताकर और प्रेम, काव्य तथा अध्ययन के तीन क्षेत्रों में गरीबी नाम के अस्त्र से हारकर अब वह क्लर्की कर रहा था।

1943 का कानपुर, उस कानपुर में लड़ाई का एक दफ्तर। उस दफ्तर का एक मामूली-सा क्लर्क कवि संतोष।

दफ्तर का बॉस एक अंग्रेज कप्तान। पहले ही दिन संतोष के मुँह से अंग्रेजी के कुछ जुमले सुनकर उसने कहा, ''तुम्हारा अंग्रेजी उम्दा है, तुम हमारा करेस्पांडेंस क्लर्क होगा।''

'शब्दशास्त्र के अनुसार करस्पांडेंस क्लर्क के चाहे जो माने हो, परंतु संसार-शास्त्र के अनुसार उसका अर्थ है अधिक-से-अधिक घोटू होना। आठ बजे से साढ़े चार बजे तक बराबर चिट्ठयों के ड्राफ्ट तैयार करता और उसी में अपनी सारी शक्तियों को नपुंसक बनाते रहता, क्योंकि यह सब जानते हैं कि आदमी के माने करस्पांडेंस क्लर्क नहीं होते और न जीवन का अर्थ दफ्तर की छुट्टियाँ ही हैं।

संतोष का कवि मर गया, पर कवित्व न मरा। कभी-कभी कागजों से भरी ट्रे की ओर देखकर, फिर काम बंद करके सूनी निगाह से टीन से छाई

छत की तरफ देखता रहता। सिरदर्द हमेशा होता रहता, पर उसका अनुभव तभी होता, जब वह बढ़ जाता।

अप्रैल के आखिर में एक नए बाबू आए। पुराने क्लर्कों की निगाह में लौंडे, पुराने चपरासियों की निगाह में बच्चे। एम.ए. का इम्तहान देकर गरमी भर कुछ करते रहने की गरज से आ गए थे, उसकी पतलून और कमीज के कपड़ों की माड़ी अभी धुली न थी। स्पष्ट था, दफ्तर को एक महत्त्वपूर्ण स्थान मानकर उन्होंने उसके लिए पहले से कुछ तैयारियाँ की हैं।

यह नए बाबू बने डिस्पैच क्लर्क। संतोष के बाएँ बैठता था टाइपिस्ट और दाएँ ये महाशय, जिनको लोग 'मिस्टर पाठक' कहकर पुकारते।

मिस्टर पाठक को जीवन में पहली बार राजपद मिला था। उसका पूरा उपभोग करने के लिए वे रोज दफ्तर के चपरासियों को दो पोस्टकार्ड खरीद लाने का हुक्म देते, दिन में उनसे बीस बार पानी माँगते और उसे पीकर झूठा गिलास चपरासी के ही हाथ में पकड़ा देते। इंटरवल में वे सिनेमा की बातें करते और शेष वक्त में दफ्तर की बद-इंतजामी, खासतौर से अभी तक पंखे न लगने की शिकायत करते रहते।

इन मिस्टर पाठक ने एक दिन देखा कि दुबला-पतला संतोष काम करते-करते रुक गया और छत की ओर देखने लगा, फिर सिर पर हाथ टेके बैठे रहा। थोड़ी देर बाद वह उठा, उसकी आँखें लाल हो रही थीं और सर पर पसीना आ रहा था। दो-चार कदम टहलकर वह सुराही की ओर बढ़ा, फिर उसने गिलास से पानी पीकर उसे धोकर सुराही पर औंधा दिया।

मि. पाठक के दिमाग से सब बातें चली गईं, सिर्फ सुराहीवाली बात रह गई। सर की झटक से आँखों पर आए बालों को पीछे फेंक वे कुरसी से खड़े होकर आगे बढ़ आए और बोले, "मिस्टर, ओ मिस्टर, जरा सुनिएगा।"

संतोष अपनी कुरसी पर आकर बैठ गया, फिर सर को हाथ पर टेककर बोला, "कहिए।"

वे कहने लगे, "बात यह है साहब कि इन साले चपरासियों के होते हुए भी आप अपने हाथ से पानी पीते हैं, जरा इसी पर कुछ कहना है। जब एक

बाबू ऐसा करेगा तो चपरासी लोग दूसरे बाबुओं को उठकर पानी क्यों पिलाने लगे? ट्रेडीशन बिगड़ने का डर है, वरना कुछ न कहता।''

ट्रेडीशन बिगड़ने के पहले ही संतोष को मुसकराता देख वे खुद बिगड़ गए और जोर से कहने लगे, ''जी नहीं, यह मजाक नहीं है। जो बोलता हूँ, तौलकर बोलता हूँ, आप लोग दफ्तर का डिसिप्लिन बिगाड़ रहे हैं।''

संतोष ने कहा, ''अपनी जगह जाइए। मेरी तबीयत अच्छी नहीं है।''

इसका वे कोई कड़ा जवाब देते, पर टाइपिस्ट की निगाह ने उन्हें रोक लिया। वह ऐसे ही मि. पाठक को कमर की ओर मुसकराता हुआ देख रहा था। मि. पाठक ने समझा कि उनका परीक्षण हो रहा है, जंग खाए हुए एक बक्सुए के टूट जाने से उनकी पतलून बहुत ढीली पड़ी गई थी और अंदर से कमीज का बहुत बड़ा ज्ञान और उतना ही ध्यान था। इस भोंडेपन को मिटाने के लिए उन्होंने पतलून ऊपर खिसकाई, पर वह फिर निराश सी लटक गई। भीतर-ही-भीतर टाइपिस्ट की निगाह से झेंपते हुए वे आकर कुरसी पर बैठ गए। पीने का पानी माँगा, फिर मन-ही-मन उन्होंने भीष्म प्रतिज्ञा की कि कल से कमीज अंडरवियर के साथ बाँध लिया करेंगे।

टाइपिस्ट ने धीरे से कहा, ''क्यों मि. संतोष? कुछ कष्ट है?''

उसने धीरे से उत्तर दिया, ''रोज का सा सरदर्द है। आप ध्यान न दें।'' कहकर एक पत्र का ड्राफ्ट तैयार करने लगा।

पर दर्द रोज का-सा न था, उसने उनके मन में न जाने कितनी भावनाओं, कितनी कल्पनाओं को उकसा दिया था।

.... ?

एक राजा और एक रानी। राजा के अनेक भवनों में एक कोपभवन। वह भी शयनागार, भोजनागार, स्नानागार ही सा महत्त्वपूर्ण।

सिरदर्द लिये रानी धरती पर पड़ी है। आँख नहीं खोलती, मुँह बालों से ढका है। कपड़े इस तरकीब से पहने थे कि उनका स्त्री-रूप अधिक-से-अधिक आकर्षक लगे, अस्त-व्यस्त हैं।

राजा भीतर आते हैं। हीरों और जवाहरातों से जड़ा हुआ मुकुट रानी

के पैरों पर रख देते हैं, पर सिर पर कुछ असर नहीं। फिर जहाँ दर्द है, वहाँ के बजाय पीठ पर हाथ फेरकर पूछते हैं, "यह सर दर्द कैसे मिटे रानी?"

तब मरीज खुद ही डॉक्टर होकर एक सोने के तोते की फरमाइश करता है, जिसकी आवाज सुनकर दर्द जाएगा, राजा राज-पाट छोड़ वन-वन भटकता है, कभी मुनियों, कभी अप्सराओं को प्रसन्न करता है, कभी कोई दानव मारता है··।

पर यह सिरदर्द नहीं जाता। सामने रफ पेपर्स हैं। हाथ में पेंसिल है, टाइप राइटर की कट्-कट् चपरासियों के लिए बजती हुई कॉलबेल्स, ऊपर तपती हुई टीन, भीतर तपता हुआ दिल, जिसमें कल्पनाएँ उबल रही हैं।

............?

चाँदनी रात, सुनसान निर्जन। संतोष और उमा। संतोष ओस से भीगी घास पर लेटा हुआ। उसका सर उमा की गोद में, और वह निरीह सी शांत बैठी हुई। चिकने और कोमल चेहरे पर चिकने और कोमल बाल दोनों ओर ढीले होकर लटक रहे हैं। कोई बोलता नहीं, पर दोनों के दिल की धड़कन में एक स्वर गूँज रहा है।

संतोष धीरे से आँखें खोलता है। आसमान के स्थान पर वह शांत अपलक दृष्टि देख अपनी आँखें धीरे से मूँद लेता है।

तब उन पतली, कोमल उँगलियों का उनके बालों से स्पर्श और उसका सर दर्द न जाने कहाँ··।

पर यह सबकुछ नहीं। सामने एक कागज है, जिस पर पेंसिल से उसे कुछ लिखना है। टाइपराइटर कट् कट् कर रहा है। दूर सी.जी.ओ. खड़ा एक क्लर्क को डाँट रहा है। ऊपर टीन तप रही है।

संतोष ने एक साँस खींच कलम सँभाली। कागज पर कुछ लिखने ही वाला था कि देखा, वहाँ बड़े-बड़े हरूफ में लिखा हुआ है, "उमा।"

संतोष ने शीघ्रता से वह कागज फाड़कर रद्दी की टोकरी में फेंक दिया।

कप्तान आया। संतोष उठा। एक मिल के नाम किसी पुराने ऑर्डर को कैंसल करने के अभिप्राय से एक पत्र लिखने का आदेश दे गया। कह गया कि यह 'अर्जेंट' है और उसे शाम तक मिल पहुँच जाना चाहिए।

वह चला गया और संतोष खोया-सा फिर अपने देश लौट आया।

कहाँ आ गया है वह? फिर उसी के पास जाएगा, जो उसके प्रत्येक गंतव्य को आगंतव्य बना डालती है। परिधि का एक-एक बिंदु केंद्र-सा बन जाता है। वह फिर जाएगा वहीं।

अब कहीं भी तो उसके लिए वह उमा नहीं है। फिर भी वह रक्त और मांस की बनी नारी उसके जीवन में भले ही न रहे, पर उसकी मधुरता की छाया एक निर्जन में आज भी रम रही है।

संतोष के लिए अब असंभव था। वह उठकर चल दिया। मि. पाठक ने पूछा, "कहाँ चल दिए मिस्टर, कहाँ?"

बिना कोई जवाब दिए वह बाहर आ गया। बस्ती से गुजरकर दो-तीन मील तक एक राह पर चला आया। आगे ढाक का जंगल था। बसंत बीत रहा था, पलाश के फूल मुरझा रहे थे। उनके स्थान पर कड़ी और कुरूप फलियाँ लटक रही थीं। पत्तों की नवीनता को मिटाने के लिए उनपर कालिमा लिये हुए हरा रंग चढ़ रहा था।

एक छायादार जगह से एक सूखी नाली जा रही थी। पास करौंदे के झाड़ थे, जिन पर विषैली बेलें फैली थीं।

वहीं संतोष बैठ गया। फिर लेट गया। चुपचाप ऊपर की ओर आँखें किए लेटा रहा। उसकी उन खुली आँखों में एक रात झाँक रही थी, जब बनफूलों ने यहाँ की हवा में मादकता भर दी थी और जब इसी करौंदे के झाड़ पर लटके हुए घुँघचियों के गुच्छे हवा लगने पर झनझना उठते थे, और जब···।

पर जैसे आज उसका मन भूखा-सा, जला-सा तड़प रहा है, वैसे ही यह सारी प्रकृति भी आज भूखी, प्यासी मुरझाई पड़ी है।

उसने करवट बदलकर आँखें मूँद लीं।

दूसरे दिन संतोष को बुलाकर कप्तान ने कहा, "तुम बहुत केयरलेस हो। तुम्हारी वजह से सरकार को अपने ऑर्डर के वमूजिब दो लाख का सामान बेकार में लेना पड़ा। तुम डिस्चार्ज किए गए। वह पेपर लेकर पेमास्टर के दफ्तर से अपना तनख्वाह ले लो।"

अस्सिटेंड ऑफिसर संतोष पर दयालु और प्रसन्न था। रास्ते में खड़ा हुआ संतोष को चुपचाप कागज लेकर चलते देखा तो बोला, ''तुम माफी माँग लो, सर्विस बच जाएगी, हम सिफारिश कर देंगे।''

उधर उसे कप्तान ने जवाब दिया, ''तुम्हारी सिफारिश पर उसको बुलाया जा सकता है, पर वह सेंटिमेंटल है और जिम्मेदारी का काम बिल्कुल नहीं कर सकता। सुना है, वह पोयट भी है। ऐसा आदमी हर मतलब से बेकार होता है।''

संतोष से किसी ने भीतर-ही-भीतर कहा, 'जाओ संतोष, तुम इस कोलाहलमय देश में रहने के लिए नहीं हो। इनसे दूर चले जाओ, तुम्हारे सर दर्द का रानी के दर्द जैसा आदर न हो, न तुम्हारे ही पहले वाले दर्द-सा उसे प्यार मिले, पर तुम्हारे इस सर दर्द का इतना निर्दयतामय अपमान न होना चाहिए। तुम कवि हो, भावुक हो। तुम जाओ और कल्पना के उद्यान में आनंद के फूलों का उपभोग करो। उस जूठन से यह दरिद्र संसार तृप्त हो जाएगा। नहीं तो यह दौड़-धूप, भाग-झपट का संसार तुम्हें खा जाएगा।'

पर संतोष को लगा कि यह दौड़-धूप और भाग-झपट का संसार उसके जैसे न जाने कितनों को खा गया है और बिना उसका ग्रास बने संतोष का भी निस्तार नहीं है, क्योंकि उसकी माँ आज शाम को चार सेर आटे की प्रतीक्षा करेगी और कल सवेरे छोटा भाई चार रुपए फीस माँगने लगेगा।

संतोष की आँखों के सामने एक चित्र नाचता रहा, जिसमें किसी पेड़ की छाँह, एक रोटी के टुकड़े, शराब की एक बोतल और किसी कामिनी का समावेश किया गया था।

पर धूल उड़ रही थी। सूरज तप रहा था। वहाँ न पेड़ की छाया थी, न किसी के आँचल का सहारा। वह ग्रुप ऑफिसर से माफी माँगने को लौट पड़ा।

□

अपनी पहचान

घर में आटा चुका गया था। दफ्तर से लौटने पर मनोहर को पहला हुक्म गेहूँ पिसा लाने का मिला। दस सेर गेहूँ साफ करके एक गंदी-सी टोकरी में रख दिए गए थे। यह काम करना ही पड़ेगा—सोचकर मनोहर ने एक गहरी साँस खींची।

नया-नया बी.ए. किया था, यद्यपि शादी पहले हो चुकी थी। नई-नई नौकरी आरंभ की थी और गृहस्थी का हिसाब भी नया ही था। पुराने गृहस्थ क्लर्कों का रंग-ढंग मनोहर में अभी पूरी तरह उतर न पाया था। कभी तरकारी खरीदनी हो तो तीन आने के स्थान पर ग्यारह पैसे में सेर भर खरीदकर भगीरथ वाली सफलता का हर्ष नहीं होता था। सिनेमा का शौक एकदम से न गया था। खुलेआम सिगरेट के बजाय बीड़ी पीने और चपरासी से भी 'पहलवान छाप बंडल लाओ', कहने की मुक्त अवस्था अभी न आई थी। 'डैमफूल', 'डलर्ड', 'इडियट' आदि विशेषण सुनकर अब भी खून खौल उठता था। इस प्रकार अपनी थोड़ी तनख्वाह में किसी प्रकार मनोहर अपनी बीवी और दुधमुँहे बच्चे के साथ-साथ अपनी बाबूगीरी को भी पाल रहा था। गंदे कपड़े पहननेवाले लोगों से उसे अब भी घृणा थी और दफ्तर में चपरासियों से हँसकर बोलनेवाले, बंद गले के कोट और गोल टोपी में आनेवाले पुरबिया बाबुओं को वह शासन के सर्वथा अयोग्य समझता था।

कहने की आवश्यकता नहीं कि इन दस सेर गेहूँ को देखकर उसे लगा, मानो दसों दिशाएँ उसके ऊपर चारों ओर से चिंता की धारा बरसा रही हैं।

अन्नपूर्णा ने कह दिया था कि आटा बिल्कुल नहीं है, इसलिए गेहूँ पिसाना जरूरी है।

गेहूँ लेकर रास्ते से निकलना है, अगर रास्ते में मि. भारद्वाज मिल गए तो? कल इतवार है, सवेरे उन्होंने चाय पर बुलाया है। विश्वविद्यालय के पुराने साथी हैं। असिस्टेंट राशनिंग अफसर हो गए हैं, फिर भी मित्रता मानते हैं।...ये गेहूँ किसी मजदूर को भेजकर पिसा लिये जाएँ।

पर विश्वासयोग्य मजदूर मिले कहाँ? और आटा चक्की भी कोसों दूर है। कोई मिला भी तो आठ-दस आने से कम क्या लेगा? जितने की भगति नहीं, उतने की खँजड़ी फूट जाएगी। फिर दस सेर गेहूँ के लिए मजदूर—यह जानते ही अन्नपूर्णा का मितव्ययता पर भाषण कौन सुनेगा?

एक तरकीब सूझी। गेहूँ का वजन इतना कर दिया जाए कि मजदूर अनिवार्य हो जाए। बोला, "यह रोज-रोज का झंझट मुझे ठीक नहीं लगता। सब गेहूँ निकाल लो, अभी पिसवा मँगाऊँगा।"

अन्नपूर्णा ने सीधी निगाहों से देखकर कहा, "जाकर पिसा लाओ। आधे घंटे का काम है। और गेहूँ नहीं हैं।"

मजबूरी थी। बोला, "बाँध दो।"

अन्नपूर्णा ने एक मैले झोले में, जिसे पुरानी साड़ियों के किनारों को जोड़-जोड़कर बनाया गया था, वे गेहूँ भर दिए और कहा, "ले जाओ।"

मनोहर ने झल्लाकर कहा, "ए, वह झोला मैं छुऊँगा भी नहीं। ओह! कितना गंदा है!"

अन्नपूर्णा ने वे गेहूँ फिर टोकरी में डाल दिए।

यह झोला हाथ में लटकाया जानेवाला था। कुछ दिन पहले जब लोग कुरता और मिर्जई पहनते थे, कंधे पर लटकाए जाने वाले दो पेट के झोलों का चलन था। जब से कपड़ों में स्टार्च लगने लगा और क्रीज होने लगी, कोट-पतलून का राज हुआ, तब से कंधे या सर पर अपना सामान ले चलने की प्रक्रिया उठ गई। इन हाथ वाले झोलों का आदर बढ़ा। भाव यह था कि बोझा ढोते समय हम जितना ही बोझे को नगण्य मानें, उसी अनुपात से हमें

भद्र माना जाएगा। अतः बीस सेर का सूटकेस बैग के रूप में हाथ में लटकाकर और बार-बार पैर के घुटनों से उसे लड़ाकर लोग कृत्य-कृत्य हो जाते हैं। परंतु तीन सेर की पोटली कंधों पर नहीं रख सकते।

खैर, दुर्भाग्यवश यह एक ही झोला था, जो इतना गंदा निकला कि मनोहर उसे छू तक नहीं सकता था।

उसने फिर कहा, "क्या गेहूँ पिसाने नहीं हैं, जो लाट साहब की तरह रख लिये?" कहते ही उसे अपनी भूल का अनुभव हुआ कि लाट साहब के पास गेहूँ को टोकरी में डालने के बजाय कुछ और ही महत्त्वपूर्ण काम करने के लिए रखा जाता है।

धीरे से अन्नपूर्णा ने कहा, "ले काहे में जाओगे?"

अपेक्षाकृत एक साफ धोती थी। उसे दोहराकर उसमें गेहूँ बाँधे गए। एक छोटी सी पोटली बन गई। अब उसे बगल में दबाने पर जान पड़ा कि वह कमीज के सामने काफी मैली पड़ती है। मनोहर ने घर पर पहननेवाली, यानी मैली कमीज और उतनी ही मैली धोती पहन ली। चलते-चलते कहा, "मेरी सिल्कवाली कमीज के बटन टूट गए हैं, लगा देना। कल उसे ही पहनकर ए.आर.ओ. साहब के यहाँ चाय पर जाना है।"

इतना कहकर बाहर आया। झुका-झुका सड़क पर चलने लगा। दस सेर गेहूँ क्या लिये जा रहा था, मानो इतने ही गेहूँ कहीं से चुराकर, लोगों की निगाह बचाकर, भागा जा रहा था।

जो डर था, वही सामने आया। बाबू श्यामनाथ, भारद्वाज साहब के भाई, सामने टहलते हुए आ रहे थे। मनोहर की बार-बार इच्छा हुई कि जमीन फटे और वह उसमें समा जाए! शंका यह है कि यह इच्छा एक बार भी क्यों न हुई कि जमीन फटे और स्वयं बाबू श्यामनाथ उसमें समा जाएँ? समाधान यह है कि यदि ऐसा हो भी जाता, तब भी मनोहर अपनी पोटली के साथ पृथ्वी पर लज्जा का भार सहन करने के लिए रह ही जाता।

पर जमीन इतनी सस्ती नहीं है कि इच्छा करते ही टके की पतंग की तरह फट जाए! बाबू श्यामनाथ सामने आ गए।

वे शायद मनोहर को देखते भी नहीं, पर उसने सोचा कि यदि उन्होंने देख लिया तो समझेंगे कि वह इस हालत में मारे झेंप के चुपचाप निकला जा रहा है। इस कारण, यह सिद्ध करने के लिए कि अपना काम करने में वह जहाज पर कोयला झोंकनेवाले प्रिंस ऑफ वेल्स ही-सा महान् और निर्लज्ज है, उसने पहले ही कहा, ''ओ हो, श्यामनाथजी? कहाँ?''

उनकी स्वाभाविक मुसकान भी उसे व्यंग्य भरी जान पड़ी। उन्होंने पूछा, ''आप कहाँ?''

''अरे साहब, ये गेहूँ गले पड़ गए। अभी पिछले इतवार को वह लौंडा पचीस सेर के करीब पिसा ले गया था। सब न जाने कहाँ चला गया! सोचा, फिलहाल के लिए इतना पिसा लाऊँ।''

''भेज देना था किसी को। चलिए, 'रतन' देख आएँ। ऐसी पिक्चर आज तक नहीं बनी।''

''अरे जनाब, 'रतन' देखने की फुरसत कहाँ है।'' कहते ही उसे लगा कि उसने पुराने बाबुओं वाली कोई बात कह दी है। चलते-चलते श्यामनाथजी कह गए, ''कल आइएगा अवश्य। मिस आहूजा भी शायद आवें।''

श्यामनाथ की आवाज! उसे लगा कि उसमें कुछ रुखाई-सी है।

और, मिस आहूजा!

कहाँ दस सेर गेहूँ और कहाँ वे! केवल रंग की समता है।

बैसाख के सूरज की ढली रोशनी में चक्की के सामने रूखा दृश्य, आटे के कणों से भरी हुई हवा का स्पर्श, घर्र-घर्र का घोर शब्द, मुँह खोलते ही खाँसी लाने वाला रस, लोगों के पसीने की गंध, समस्त ज्ञानेंद्रियों को सुन्न करनेवाला यह वातावरण उसे मिस आहूजा के बारे में रोमांटिक नहीं बना पाया। एक विचार मन में घुस गया था, वह कल सिल्कवाली कमीज पहनकर जाएगा जरूर, पर क्या श्यामनाथजी उसका आज का रूप भूल सकेंगे?

जब उसने बार-बार चक्कीवाले से आटा पीसने में जल्दी करने को कहा तो उसने अपने क्षेत्र में सामान्य, युद्धोत्तर सभ्यता के नियम का पालन करते हुए कहा, ''जल्दी हो तो और कहीं जाओ। ये रहे तुम्हारे गेहूँ।''

झेंपकर मनोहर एक कोने में खड़ा हो गया। वहीं प्राय: पैंतालीस साल का एक मैला-सा आदमी खड़ा था। वह पाँवों तक कसा हुआ पैजामा पहने था। बदन पर कुरता था। जो जरूरत से ज्यादा लंबा और कंधों पर फटा हुआ था। कुछ दाढ़ी बढ़ गई थी। गाल के गड्ढों और कनपटियों के ऊपर बालों में सफेदी आ गई थी। आँखें डरावनी और फूली हुई लग रही थीं। वह बीड़ी पी रहा था। उसने एक फूँक मनोहर की ओर फेंककर पूछा, "कहाँ काम करते हो?"

मनोहर को उससे बात करने में अपमान-सा जान पड़ा। उसने उसकी बात अनसुनी कर दी। तब वह आगे बढ़ आया और मनोहर के मुँह में झाँककर अपना सवाल दोहराते हुए बोला, "कहाँ काम करते हो?"

अनिच्छा के साथ मनोहर ने बताया, "सी.ओ.डी. में।"

"ठीक, मैं पहले ही जान गया था।"

"कैसे?" मनोहर ने घूरते हुए पूछा।

उसने अपना सर जोकरों की भाँति हिलाकर पास खड़े हुए अपने दो-तीन साथियों से कहा, "जो बहुत जल्दबाजी मचाए तो जान लो कि वह दस घंटा सी.ओ.डी. में मजदूरी करके आया है।" पता नहीं कि इसमें क्या बात थी कि वे सब खिलखिलाकर हँस पड़े। मनोहर कुपित नेत्रों से उसे देखता रहा।

उसने पूछा, "क्या पाते हो?"

मनोहर ने लापरवाही से कहा, "मिल जाता है खाने भर को।"

उसने फिर अपना भयंकर सर जोकरों जैसा हिलाया और अपने साथियों से बोला, "अरे जान लो भाई लोगो, सी.ओ.डी. में भी एक आदमी खाने भर को पा जाता है।" फिर उसने मनोहर से पूछा, "क्यों जी, खाने भर को तो मिल जाता है, पहनने भर को भी मिलता है कि नहीं?"

मनोहर ने कुछ कहना चाहा, मुँह खोला। फिर चुप हो गया।

उसने फिर पूछा, "डेढ़ रुपया रोज मिलता है।"

मनोहर ने कहा, "मैं तीन रुपया रोज पाता हूँ। पर तुमसे मतलब?"

इस पर वह आदमी फिर अपने साथियों के साथ हँस पड़ा। मनोहर के मन में आया कि वह उनकी खोपड़ी तोड़ दे, पर परिस्थिति समझकर चुपचाप खड़ा रहा।

हँसी रुकने पर उस आदमी ने कहा, ''मतलब तो मुझको कुछ नहीं है। तुम तो बाबू हो बाबू! तुम्हें तीन रुपया रोज मिलता है। मुझको तुमसे क्या मतलब ?''

अब मनोहर ने जरा कड़ाई से कहा, ''देखो जी, मुझे तुम्हारा मजाक बिल्कुल पसंद नहीं।''

वह अपने साथियों से बोला, ''इन्हें भला क्यों पसंद आएगा हमारा मजाक ? ये ठहरे बाबू, तीन रुपिया रोजवाले। हम लोग ठहरे लट्ठ गँवार! मजदूर! हमारा मजाक इन्हें क्यों अच्छा लगेगा ?''

अपने एक साथी से उसने पूछा, ''क्यों रे, तेरा लड़का भी तो इंटर में पढ़ता है ?''

साथी ने कहा, ''जानते तो हो।''

यह आदमी कहने लगा, ''देख वह, उस छोकरे को इंटर न पास करा। नहीं तो वह भी बाबू बनकर अपने लोगों से अलग हो जाएगा। तनख्वाह मिलेगी साले को सत्तर रुपल्ली, पर समझेगा कि वह तुझसे हजार गुना ऊँचा है। वह तेरी नकल न करेगा। वह नकल करेगा अफसरों की, सेठ-साहूकारों की। इसी बाबू की तरह बात करने पर नाक-भौं चढ़ाएगा। वह भी भूल जाएगा कि उसकी जड़ कहाँ है।''

वे सब हँसते रहे।

मनोहर ने पढ़े-लिखे आदमी की तरह समझ लिया कि संधि करने में ही कल्याण है। बोला, ''क्या बात है जी ? मैंने ऐसा क्या कह दिया, जो तुम यह सब कहने लग गए ?''

मनोहर की आवाज ही संधिपत्र था। उसपर उस आदमी ने भी हस्ताक्षर करने चाहे। वह नरमी से बोला, ''बात कुछ नहीं है बाबू, सिर्फ समझ का फेर है। तभी मेरे पहले सवाल करने पर तुम उसे अनसुना कर देते हो। तभी जेब खाली होने पर भी रेल में ऊँचे दर्जे का सफर करते हो, ताकि कहीं हमारे जिस्म की हवा, हमारी तंबाकू की गंध तुम्हें कहीं छू न जाए। तभी तुम उन जगहों में पहुँचने की कोशिश करते हो, जहाँ तुम्हारा कोई नहीं है।''

इस बार लोग हँसे नहीं। चक्की की घर्राहट के बीच दुकानदार की अशिष्ट आवाज सुनाई पड़ी, "लो जी, गेहूँ पिस गए, निकालो ढाई आने।"

पैसे देकर, आटा हाथ में लटकाकर, वह बाहर आया। उस आदमी ने इस बार मनोहर की ओर नहीं देखा। वह बीड़ी सुलगाने में व्यस्त था। मनोहर को संदेह हुआ कि वह कुछ पढ़ा-लिखा आदमी है, जानने योग्य है। पर हिचक के मारे वह चुपचाप चला आया।

घर आकर आटा एक किनारे रख, नहाने चल दिया। अन्नपूर्णा ने रोककर सिल्क की कमीज उसके हाथों में रख दी और पूछा, "कुछ और ठीक करना है?"

एक पल वह अन्नपूर्णा के पीले और मुरझाए चेहरे की ओर देखता रहा। उसके बाद धुएँ से धूमिल आँगन पर उसने निगाह डाली। नीचे अँधेरा था, पर दुमंजिले के ऊपर मुँड़ेरों पर, जहाँ अधिक किराया देनेवालों ही की पहुँच थी, सूरज पूरी तरह अभी डूबा न था। उसकी लाल रोशनी अब छतों पर फैल रही थी।

उसने फिर अन्नपूर्णा के मुँह की ओर देखा। ऐसा लगा कि वह मुँह उसने बहुत दिन बाद देखा है। फीकी मुसकान के साथ उसने एक उँगली अन्नपूर्णा की ठुड्डी पर आवेग के साथ फेरी और कहा, "और कुछ नहीं ठीक करना।"

फिर तौलिया और साबुन जमीन पर रखकर, कपड़ों का पुराना संदूक खोल उस कमीज को उसमें सबसे नीचे रख दिया। उसके बाद नहाने लगा।

□

मेरी भाभी

वह डॉक्टर था और उसका पत्र मिला था कि वह इस नगर के बड़े सरकारी अस्पताल में अधीक्षक के पद पर आ गया है। पत्र पाकर कुछ दिन पहले उसके परिवार से मिले हुए अगाध स्नेह की स्मृति ताजी हो गई।

वह गृहस्थ था, मैं अविवाहित था। वह स्वास्थ्य-विभाग में था, मैं शिक्षा-विभाग में था। वह मुझसे उम्र में बड़ा था। मुझे फिर भी उसका स्नेहपात्र बनने में कोई बाधा नहीं पड़ी। हम लोग साथ ही खेलते, साथ ही सिनेमा देखते। मुझ अकेले के लिए पका हुआ खाना वह मेरे घर से मँगा लेता और हम लोग कहने के लिए अपना खाना सम्मिलित करके उसी के घर पर खाते, अर्थात् मैं उसका खाना खाता, उसके नौकर मेरा खाना खाते।

और उसकी धर्मपत्नी। जब कभी, मेरे मन में विवाह करने की इच्छा होती भी तो वह केवल उन्हें ही देखकर, उन्हीं के हाथों बनाए गए शीत और सुरुचि के वातावरण में रहकर। और वह तब तक बनी रहती, जब तक मेरी निगाह अपने वेतन पर न जाती। और जब मैं बीमार पड़ा था, तब उनकी परिचर्या, जब मेरी बदली इस नगर में प्रधानाध्यापक के पद पर हुई थी तो उनका उदास हो जाना, मुझे देखकर उनका अपने दस साल पहले छूटे हुए, विगत भाई की याद करने लगना। और उनके वे तीन प्यारे बच्चे···अब तो वे बड़े हो चुके होंगे, क्योंकि तब से अब तक सात साल बीत चुके हैं।

मुझे डॉक्टर पर क्रोध आया। यह जानते हुए भी कि मैं यही हूँ, उसने अपने यहाँ आने की सूचना मुझे पहले से क्यों नहीं दी? वह तो भाभी ही रही होंगी कि आने के बाद ही उससे पत्र लिखवाकर मुझे बुलवाया होगा। नहीं

तो उसे क्या, वह तो अपनी चीर-फाड़ के अलावा और कुछ चाहता ही नहीं। समय की बात थी, तब की तब रही, अब उसे सबकुछ भूल गया होगा…।

अस्पताल ही के अहाते में बने हुए डॉक्टर के बँगले पहुँचा। छोटा सा बाग था। वहीं लॉन पर तीन-चार हल्के कत्थई पेंट की बेंत की कुरसियाँ पड़ी थीं। उनपर हल्के नारंगी रंग के पतले कुशन पड़े थे। शाम हो रही थी। डॉक्टर चुपचाप एक कुरसी पर बैठा अखबार देख रहा था।

मैंने उसे दूर से देखा। उसके घने काले बालों के स्थान पर कानों के ऊपर सफेद होते हुए बाल मेरी आँखों में बिंधकर रह गए। जान पड़ा, वह पहले से अधिक दुबला हो गया है। पर वह पहले से अधिक आकर्षक भी लगने लगा था।

गले लगकर मिला और सात साल के बिछुड़े मित्रों में जो अटक-अटककर एक-दूसरे के प्रति मिथ्या संशय और अधूरे ज्ञान से भरी हुई बातें होनी चाहिए, वे होने लगीं।

मैं भाभी से मिलने को उत्कंठित था। मैंने दो-एक बार बरामदे की ओर निगाह दौड़ाई कि वे शायद आ रही हों। तभी उसने कहा, ''चलो, अपनी भाभी से मिल लो।''

हम लोग ड्राइंग रूम में आए। मुझे बैठाकर वह अंदर गया। सात साल की संपर्कहीनता से मैं पहले की भाँति आँगन में 'भाभी, भाभी' चिल्लाते हुए पहुँचने का अधिकार खो चुका था। मैं अपने लुटे हुए अधिकार की बात सोच ही रहा था कि डॉक्टर की आवाज सुन पड़ी, ''ये हैं तुम्हारी भाभी।''

मैं उठ खड़ा हुआ। कहने वाला था, ''तुमने तो मुझे भुला ही दिया भाभी।'' पर शब्द मन के मन में बैठ गए। मैं धीरे से चौंक पड़ा।

यह वह पहले वाली भाभी न थीं। वे तो गेहुँए रंग की, आकर्षक आँखोंवाली भाभी थीं, जो आजकल गरमियों में सफेद ब्लाउज और सफेद वायल की साड़ियाँ पहनती थी। ढीले-ढीले स्वतंत्र रूप से पहने हुए कपड़े उनके मातृत्व भाव को उभार देते थे। पर यह तो दूसरी ही भाभी थीं। इनकी उमर उनसे बहुत ही कम थी, ये लगभग 23-24 बरस की होंगी। ये बहुत

ही गौर वर्ण, माथे पर बड़ी-सी बिंदी लगाए, एक कीमती नीली साड़ी को निर्दोष रूप से पहने, मेरे सामने आकर खड़ी हुई थीं।

मेरे मुँह से निकला, "आप?"

पर उन्होंने मेरी हिचक दूर कर दी। स्वयं बोली, "आप शायद नहीं जानते। आज से तीन साल पहले आपकी भाभी एक मोटर दुर्घटना का शिकार हो गईं। डॉक्टर साहब मारे शोक के पागल हुए जा रहे थे। तीनों बच्चे अनाथों की-सी स्थिति में थे। पर किसी प्रकार समय बीतने पर डॉक्टर साहब के दुःख का उफान कुछ कम हुआ। तब मुझे इनके जीवन में आना पड़ा। सोचा, किसी भी तरह मैं इनके दुःख के बोझ को हलका कर सकूँ। आपको क्या, इन्होंने किसी को भी अपने शोक की खबर नहीं दी।"

मैं बैठकर चुपचाप इस समाचार के विषाद को भीतर-ही-भीतर पचाने लगा। तब डॉक्टर ने टूटते हुए स्वर में कहा, "क्या कहूँ भाई, मेरा तो सबकुछ लुट गया था। पर तुम्हारी इन भाभी ने आकर मुझे दुनिया में रहने लायक बनाया। नहीं तो मैंने तो जाने कब यह नौकरी छोड़ दी होती और बच्चों को आपके सहारे छोड़कर कहीं चला गया होता।"

वे विषय को समाप्त करते हुए, एक करुण मुसकराहट के साथ बोलीं, "अब तो मैं ही आपकी भाभी हूँ। मैं जानती हूँ, इस परिवार से आपको कितना प्रेम है। अब भी उसी भावना से आप यहाँ आते रहें। इतने बड़े शहर में हम लोगों का कोई और आत्मीय नहीं है।" कहते-कहते उनकी आवाज में करुणा का ज्वार-सा उठने लगा।

अब तक मेरी निगाह अपने चारों ओर के वातावरण पर पड़ चुकी थी। पहले वाले ड्राइंग-रूम की आत्मीयता और सादगी मिट चुकी थी। दीवारों के कलापूर्ण चित्र, दरवाजों पर पड़े हुए कीमती झीने परदे, चमचमाता रेडियोग्राम, झलकती हुई वार्निश वाला फर्नीचर, बहुमूल्य सोफा सेट—ये सब रह-रहकर एक ऐसे सुखद, संपन्न और अपरिचित वातावरण को उभार रहे थे, जो नवविवाहित के ही घर में मिलता है।

डॉक्टर मुझे बता रहा था कि किन परिस्थितियों में मेरी नई भाभी ने उनके

बिखरे हुए जीवन-सूत्रों को एकाकार करने का निर्णय लिया था, कैसे उन्होंने स्वयं उसकी पत्नी होने का प्रस्ताव किया और एक कॉलिज में फिजिक्स के लैक्चरर का पद छोड़कर उसके जीवन में सार्थकता भर दी थी···।

कि मेरी निगाह ड्राइंग-रूम में सामने की दीवार के बीचोबीच लगे हुए एक बड़े चित्र पर पड़ी। यह मेरी पहली भाभी का चित्र था। मैं अपनी जगह से उठकर उसके पास खड़ा हो गया। डॉक्टर मेरे पीछे खड़ा हुआ कहता रहा, "देख लो भाई, तुम्हारी भाभी का यही एकमात्र फोटो है। न जाने अपना फोटो खिंचाने में उन्हें क्यों इतनी अरुचि थी? एकाध बार मैंने उनकी फोटो खींची भी, पर वह अच्छी नहीं आई। इसे मैंने बेडरूम में लगाया था, पर तुम्हारी इन भाभी ने कहा कि इस रूप को बेडरूम में चुराकर रखने से क्या लाभ? इसे ड्राइंग-रूम में होना चाहिए, ताकि इसे हम सब देख सकें।" कहते-कहते उसका गला भर आया।

मेरी नई भाभी चुपचाप उनके हाथ पर अपनी उँगलियाँ फेरती रहीं। चाय लॉन में ही लगा दी गई थी। हम तीनों फिर वहाँ पहुँच गए। वहीं चाय पीते रहे। अब तक यह भाभी भी अपने अतीत की बातें आत्मीयता के साथ मुझे बताने लगी थीं। वे धीरे-धीरे अपने विवाहित जीवन के पहले दो वर्षों के अनुभव बताती रहीं : "डॉक्टर साहब ने मेरे आते ही मुझे आपकी भाभी के सब गहने और कपड़े दे दिए। वे हजारों के गहने थे। पर मैं जानती थी कि उन्हें पहनकर डॉक्टर साहब के मन में पुरानी यादों को जगाते रहना कितनी बड़ी क्रूरता होगी। इसी कारण मैं उन्हें पहन न सकी। अपनी दिवंगता बहन के गहने-कपड़े सब-के-सब मैंने बैंक में जमा करा दिए हैं।"

कहकर वे मेरी चाय की ओर फिर उन्मुख हुईं और जिद करके मेरे केक के टुकड़े पर उन्होंने थोड़ा सा और जैम लगा दिया।

डॉक्टर कहते रहे, "हाँ भाई, मुझे तो घर का एक-एक सामान पागल बना रहा था। इन्होंने मेरे मन को पहचाना और सब चीजें धीरे-धीरे हटवा दीं, जो मुझे उनकी याद दिलाकर दुःखी बनाती थीं। कढ़े हुए पिलो कवर, कुरसियों की गद्दियाँ, बेल-लिनेन, न जाने क्या-क्या! अब तो मैं अपने दुर्भाग्य

की चर्चा इस प्रकार कर भी रहा हूँ। सुनता था कि स्त्रियों के मन में सौत और उसके बच्चे के लिए डाह होता है! पर मेरे दुर्भाग्य में यही एक उजाला था—बच्चों ही के कारण मुख्यतया ये मेरे जीवन में आईं। उन्हीं के लिए ममता में पिघलकर⋯।''

मुझे बच्चों का खयाल आया। तब तो बड़ी लड़की श्यामा तेरह साल की थी, सुरेश आठ साल का था और बेबी पाँच की थी। अब वे बड़े हो गए होंगे। मैंने पूछा, ''अरे, मैं तो भूल ही गया था। ये बच्चे हैं कहाँ? स्कूल से अभी नहीं आए? श्यामा तो अब बहुत बड़ी हो गई होगी?''

डॉक्टर बोले, ''वह तो यहाँ है नहीं। तुम्हारी भाभी बच्चों की सिस्टमैटिक ट्रेनिंग में विश्वास रखती है!''

तभी एक नर्स उसे बुलाने आई। कोई रोगी खतरे की स्थिति में था। क्षमा याचना करके वह चला गया।

भाभी मुझसे कहती रहीं, ''यहाँ स्कूलों में बच्चे खराब हो जाते हैं। उनकी ठीक से शिक्षा तो हो नहीं पाती, भद्दे तौर-तरीके भर वे सीखते हैं। बेचारी श्यामा तब बी.ए. फाइनल में थी, पर उसे ठीक से साड़ी तक पहनना नहीं आता था। सुरेश बारह साल का था, पर दूसरों के हाथों कपड़े पहनता था। इतने सुंदर और प्यारे लड़के कहीं देखने को नहीं मिलते, पर इस छोटी सी जगह के स्कूल उनकी सारी सुंदरता मिटाए दे रहे थे। इसीलिए मैंने श्यामा को अपनी शादी ही के साल कलकत्ते में एक वीमंस एकेडमी में भेज दिया। वह पार साल एम.ए. कर चुकी है। इन गरमियों में यहाँ आने वाली थी, पर वहाँ की कुछ महिलाओं ने कोई रचनात्मक काम ले रखा है। उसी में वह नागपुर जाएगी। सुरेश देहरादून है। वह सीनियर कैंब्रिज करेगा। डॉक्टर साहब उसे यहाँ बुला रहे थे, पर वह अपने नाना के घर चला गया। मैं भी यही ठीक समझती हूँ। देखिए न भाई साहब, उसके संस्कार यूरोपियन लोगों के-से होते जा रहे हैं। उसके नाना गाँव में रहते हैं। गरमियों में यदि वह गाँव में रहा तो शुद्ध भारतीय वातावरण का भी अनुभव कर लेगा। उसके मन पर दोनों ओर के संस्कार पड़ेंगे। यहाँ हम लोगों की कल्चर ही क्या है? न देसी, न विलायती।''

मैंने पूछा, ''बेबी कहाँ है?''

''उसे लखनऊ में एक कॉन्वेंट में भरती करा दिया है। वह बड़ी ही प्यारी बातें करती है, वेरी स्वीट। पर देखिए न, यहाँ आते ही कंपाउंडरों और जमादारों के बच्चों से बातें करते-करते उसकी जबान बदल जाती है। मैं तो सोचती हूँ, श्यामा ही के पास इस बार उसे भेज दूँ।''

अँधेरा हो जाने के कारण हम लोग फिर ड्राइंग-रूम में आकर बैठ गए थे। कमरे में फ्लोरोसेंट लाइट फैल रही थी। पंखा पूरी स्पीड पर चला दिया गया था। उस वातावरण में बातचीत का विषय कुछ और मधुर होना चाहिए था। मैंने पूछा, आप तो मसूरी रही हैं भाभी, मसूरी आपको बहुत पसंद है न?''

डॉक्टर कमरे में आया। उसका चेहरा मुरझाया हुआ था। आते ही वह सोफे पर निःशक्त-सा बैठ गया। मैंने पूछा, ''क्या हुआ?''

भाभी तार पढ़ने लगीं। मैंने आकुल होकर अपना प्रश्न दोहराया।

वह मेरी ओर अधमुँदी आँखों से थोड़ी देर देखता रहा। फिर बोला, ''तुमसे क्या छिपाना भाई? श्यामा का तार है। उसने नरेश से शादी कर ली है। आज ही सवेरे सिविल मैरिज हुई।''

वह कहता रहा, ''तुम नरेश को नहीं जानते। पिछली बार जब हम हाथरस थे, वह हमारे पड़ोस में बस-स्टेशन पर बुकिंग क्लर्क था। मरीज की हैसियत से वह हमारे यहाँ आता था। छुट्टियाँ थीं। श्यामा ने उसी साल बी.ए. किया था। वह भी घर पर थी। मुझे तभी कुछ संदेह था। मैंने तुम्हारी भाभी को भी बताया था। वह श्यामा के योग्य होता तो मुझे दुःख न होता। पर रूप में, शिक्षा में, किसी भी बात में वह श्यामा के लायक नहीं, मुझे यही दुःख है।''

वह धीरे-धीरे अपने मन की व्यथा निकालता रहा। उसके सिर के पास भाभी खड़ी थीं। वे उसके मत्थे और बालों पर हाथ फेरने लगीं। बोलीं, ''इसमें परेशान होने की क्या बात है? श्यामा बीस वर्ष की है। इतना पढ़ी है। उसने जानबूझकर नरेश को स्वीकार किया है। दोनों सुख से रहें, इससे ज्यादा हमें और क्या चाहिए?''

डॉक्टर ने क्षीण स्वर में कहा, ''तुमने तब मेरी बात पर ध्यान न दिया। श्यामा पर तुम्हें रोक लगानी थी।''

भाभी मिठास भरे स्वरों में कहने लगीं, ''तुम्हारा मन बहुत दु:खी हो गया है क्या? अब मुझे दोष देने से क्या होगा? क्या नरेश को मैंने प्रोत्साहित किया था?''

वह शीघ्रता से बोला, ''नहीं, नहीं, डियर यह न कहो, ऐसी बातें न सोचो।''

मैंने कुछ कहना आवश्यक समझा। बोला, ''इस घटना को इतना महत्त्व देने से अब क्या मिलेगा? शादी तो हो ही चुकी है। अब उनके सुख में क्या योग दे सकते हैं, इसकी बात सोची जाए।''

डॉक्टर आँखें मूँदे सोफे पर तिरछा लेटा था। भाभी ने शायद मुझसे प्रेरणा पाकर उसी मिठास भरी आवाज में कहना शुरू किया, ''उसे आशीर्वाद का तार भिजवा दिया जाए। शायद उसे कुछ रुपयों की भी जरूरत पड़े। कुछ तार द्वारा भेज दें। लेट अस टेक इट इन गुड ग्रेस। हम लोगों के तनिक भी क्षोभ दिखाने से श्यामा की प्रसन्नता पर एक छाया-सी पड़ जाएगी। तुम अपने विचार जाहिर न होने दो, इसी में बड़प्पन है। क्यों भाई साहब?''

कहकर उन्होंने मेरी ओर देखा। उनका गोरा सुंदर चेहरा मेरी आँखों के सामने था।

पर अकस्मात् मुझे उनकी आँखों में एक विचित्र चमक सी मिली—वह चमक जो किसी आकस्मिक संयोग में, किसी अप्रत्याशित उल्लास के संपर्क से आँखों पर उतरती है। शायद मेरी भौंहें संकुचित हो गई हों, शायद मैंने उनकी ओर कुछ ऐसी गहराई से देखा हो, जो शिष्टता के दायरे में न आती हो। जो भी हो, उनकी आँखों की चमक नष्ट होने लगी और मुझे लगा कि उनके गोरे चेहरे पर एक छाया-सी पड़ गई है।

भाभी ने आँखें नीची कर लीं, पर उन्होंने विषय नहीं बदला, दूसरी ओर देखती हुई डॉक्टर से कहती रहीं, ''श्यामा समझदार लड़की है, नरेश को कुशिक्षित, कुरूप बताकर तुम उसकी समझ का अपमान न करो और फिर वह इतना खराब भी नहीं है।''

मैंने भाभी की ओर इस बार जान-बूझकर देखा। मुझसे उनकी निगाह

मिली और मुझे लगा कि उनके चेहरे पर उतरती हुई छाया गहरी होती जा रही है। भाभी ने मुँह दूसरी ओर फेर लिया, पर मुझे लगा कि सहसा मेरा मन विकृत होता जा रहा है।

मेरी इच्छा होने लगी कि मैं इन भाभी को बड़े जोर से झकझोरूँ, उनसे उस घर से दूर पड़े हुए पुरानी भाभी के गहनों, कपड़ों, बच्चों को एक-एक करके हिसाब माँगूँ और पूछूँ कि मेरी उन भाभी की स्मृति को··· ।

पर मैंने अपने को संयत किया और समझाया कि शायद अपनी पुरानी भाभी के शोक में मेरा मन बहक रहा है।

तभी डॉक्टर ने आँखें खोलीं और पुरानी भाभी की तसवीर को देखते हुए बोला, ‘‘तुम भी अपनी श्यामा को आशीर्वाद दो। शायद वह इसी से सुखी हो सके।’’

मैंने उसे उठाकर सोफे पर सीधा बैठाया और बोला, ‘‘क्या कहते हो डॉक्टर ? गृहस्थों के यहाँ यह सब चला ही करता है। इस तरह निरुत्साह न बनो।’’

उसने बुझे-बुझे स्वर से कहा, ‘‘ठीक ही है। अब निरुत्साह बनने से मिलेगा ही क्या ?’’

सहसा मुझे न जाने क्या सूझा कि मैंने कहा, ‘‘तुम आराम करो डॉक्टर, अब मैं चलूँगा। पर मैं भाभी की वह तसवीर साथ ले जाना चाहता हूँ, वे तुम्हारी थीं। उनके वस्त्राभूषण, उनके बच्चे, उनके साथ बिताए गए हजारों सुख-दुःख के क्षण—उनकी न जाने कितनी निशानियाँ तुम्हारे पास हैं। पर मेरे पास कुछ नहीं है। वे··· मुझे अपना भाई मानती थीं। इसी नाते भाभी की वह तसवीर मुझे दे दो।’’

वह क्षीण स्वर में बोला, ‘‘तसवीर ? उनकी यही एक तसवीर है।’’ पर मैंने कहा, ‘‘जो भी हो, मुझे दे दो। मैं, तुम चाहोगे तो, इसकी कॉपियाँ बनवा दूँगा।’’

भाभी ने मेरी ओर देखा। वे डॉक्टर के मुँह पर निगाह जमाकर कहने लगीं, ‘‘इस तसवीर को देखकर तुम्हारी व्यथा घटती नहीं, बढ़ती ही है। बहन की तसवीर पर भाई साहब का ही अधिकार होना चाहिए।’’

मेरी ओर लक्ष्य करके बोलीं, ''आप इसे ले जाइए। इसे देखकर इनके बीते दिनों के घाव फिर हरे होने लगते हैं। मैं जितना ही इनके मन को भटकाती हूँ, उतना ही यह तसवीर इन्हें अतीत की ओर खींचती है। आप इसे ले जाएँ। हो सके तो इसकी एक कॉपी बनवाकर मेरे पास भिजवा दें।''

इस बार मेरी उनसे निगाह नहीं मिली, पर मुझे लगा कि उनका स्वर विकृत हो गया है और उनके मुँह पर वह छाया और भी गहरी हो गई है।

शायद मेरा भ्रम हो, पर···।

□

लखनऊ

"शरीफों का जवाल और कमीनों को जोर हुआ... । तखफीफ का बाजार गरम हुआ। अय्याशी का दौर शुरू हुआ। आवारा औरतों की बन आई... । बाजार का मामला भी देखा-देखी खराब हुआ...हर चीज में मिलावट हुई...नाजिम और आमिल सब नालायक थे।"

(—मिर्जा रज्जबअली 'सुरूर' लिखित 'फसान-ए-इबरत' का एक उद्धरण। इसका संबंध वाजिद अली शाह के पिता हजरत अमजद अली शाह के शासनकाल से है।)

सामने विलायती ढंग की दुकानें, सिनेमा, रेस्त्राँ और बार थे। जिन व्हिस्की और बीयर के हवाई विज्ञापनों की निऑन रोशनी जल-निषेध की नीति को प्रमाणित कर रही थी। फिएट और एंबेसेडर कारों की भीड़ में एकाध इंपाला जब कभी निकलती थी, तो हम मुँह फाड़कर उसे आदर से देखते थे, जैसे देशी विश्वविद्यालयों में विलायती विद्यार्थी को देखा जाता है। फैशनेबल, दुबली-पतली लड़कियाँ—जिनके जीवन का मुख्य कार्यक्रम अपनी ओर लफंगों को और लफंगों की ओर पुलिस को आकर्षित करना था—कूल्हे, वक्ष और टखने मात्र में संपूर्ण मचलती हुई सड़क पर चली जा रही थीं। चमचमाती दुकानों पर चालाक छोकरे ढीली बुश्शर्टों, लहलहाते बालों और चूड़ीदार पैंटों में कसे हुए पुल्लिंगवती वेश्याओं की तरह बैठे थे।

हजरतगंज का बाजार काफी आधुनिक हो रहा था। पर यह आधुनिकता वैसी ही थी, जैसी आज की कुछ कहानियों में केवल ईसाई लड़कियों को हीरोइन बनाकर पैदा की जाती है।

मैं एक नए रेस्त्राँ के सामने खड़ा था। मेरे साथ दो अदद पत्रकार, हिंदी के एक प्राध्यापक और एकाध होनहार होते-होते इरादा बदल देनेवाले साहित्यकार थे। हिंदी-प्राध्यापक ने कहा, ''हजरतगंज बड़ा फैशनेबल होता जा रहा है।''

खंडन करने की अपनी पैदाइशी प्रवृत्ति के अनुसार मैंने कहा, ''मुझे तो बड़ा देहाती-सा लगता है।'' फिर कुछ सोचकर मैंने कारण बताए, ''क्योंकि यहाँ राजधानी है, दूर-दूर की झोंपड़ियों और नगरों के लोग यहाँ आकर बस रहे हैं। यहीं विधान-भवन है। कोटद्वार से सिसवा-बाजार तक के गाँवों और कस्बों की संस्कृति आपको यहाँ फूलती-फलती मिलती है। कॉफी-हाउस ही में जाइए—जाते ही किसी कस्बे के नाई की दुकान याद आती है। सभी आपके मामलों में टाँग घुसेड़ते हैं। सभी में काश्तकारों की-सी घरेलू चालाकी है। कोई भी आपको चुपचाप जीने नहीं देता।''

प्राध्यापक को मेरी बात जँची नहीं, पर उसमें उलटबाँसी थी, इसलिए उन्होंने कबीर की स्मृति में उसे झेल लिया। फिर वे मेरे पीछे वाले रेस्त्राँ में लगी हुई एक आधुनिक चित्रकार की प्रदर्शिनी का जिक्र करने लगे।

रेस्त्राँ में किसी संदिग्ध चित्रकार ने अपने चित्रों की बेशर्म नुमाइश लगाई थी। अंदर मेज पर कुछ मनीषी लोग (इंटेलेक्चुअल) बिना किसी खास वजह के कुछ समस्याओं पर विचार कर रहे थे। उन्हें बिना सुने ही मैं जानता था कि न समस्याएँ उनकी है, न विचार उनके हैं। जो भ्रम यह रेस्त्राँ और तसवीर पैदा करती थीं, वही ये मनीषी भी पैदा करते थे। बाहर भी, जैसा कह चुका हूँ, आधुनिकता का भ्रम देने वाली बहुत सी चीजें थीं।

पर जहाँ मैं खड़ा था, उसके दाएँ-बाएँ किसी ने इस आधुनिकता की कलई खुरच दी थी, क्योंकि एक ओर एक थालीवाला, सस्ते दाम का, निम्न-मध्यमवर्गीय भोजनालय था, दूसरी ओर हनुमानजी का एक मंदिर था, जहाँ कई लोग अपने को और हनुमानजी को भूलकर राधाकृष्ण का कीर्तन कर रहे थे। कुछ पैंट-कमीजवाले बाबू लोग झेंप-झेंपकर हनुमानजी को प्रणाम कर रहे थे। कुछ बिना झेंपे हुए, उन्हें प्रसाद चढ़ाकर, तिलक लगवाकर हमें

चुनौती-सी देते हुए आगे बढ़े जा रहे थे। मैं भारतीय तटस्थता की नीति से चुपचाप खड़ा था।

मंदिर से दस गज की दूरी पर जाकर एक नई कार रुकी। उसमें दो आदमी बैठे थे। उनके चेहरे से लगता था कि ये अच्छी तरह खानेवाले और खास तौर पर से अच्छी तरह पीनेवाले आदमी हैं। बैंकों के शेयर, तस्कर-व्यापार, इनकम-टैक्स की चोरी और किशोरियों को फुसलाने तथा अफसरों को खिलाने-पिलाने का वातावरण, तसवीर के संतों के तेजोमंडल की तरह, उनके चेहरों के चारों ओर तेज फैला था। उनके हाथों में देखते-देखते जादू के जोर से दो गिलास आ गए। मेरे देखते-देखते उन्होंने गिलासों में बोतल से कुछ उँड़ेला और उसे संतोषपूर्वक पीने लगे।

हिंदी के प्राध्यापक से मैं अब साहित्यिक बातें करने लगा था। मैंने अपनी एक प्रिय बात बताई, "छायावाद काल हिंदी कविता का अंध युग है।"

वे चिढ़कर प्रसाद का एक उद्धरण देने की तैयारी करने लगे। बोले, "सम-सामयिक विश्व-साहित्य के मुकाबले⋯।"

मैंने जिज्ञासा की, "सम-सामयिक विश्व-साहित्य के बारे में आप क्या जानते हैं?"

उन्होंने बिगड़कर पूछा, "आप क्या जानते हैं?"

मैंने समझाया, "मैं हिंदी लेखक हूँ। आप इसी से समझ सकते हैं कि मैं 'एनकाउंटर' और 'टाइम्स लिटरेरी सप्लीमेंट' पढ़ता हूँ, जो आप नहीं पढ़ते।"

"मैं प्रसाद का साहित्य पढ़ता हूँ, जो आप नहीं पढ़ते।"

मैंने साँस खींचकर कहा, "मुझमें और आपमें लेखक और अध्यापक का मौलिक अंतर है।"

इसका भी कोई जवाब न मिल जाए, इस डर से मैं एकदम से पत्रकार मित्रों से उपचुनावों की बात करने लगा। ऐसा करते ही मैं लखनऊ में हो गया।

मोटरवालों ने दूसरा गिलास भरा। थालीवाले भोजनालय से बेवाईदार पाँवों और छतनार मूँछों का एक जत्था बाहर निकला। हनुमानजी के मंदिर में बड़े जोर से जय-जयकार हुई। किसी देसी रियासत की एक विलायती मोटर

किसी झबरी औरत के हाथों में अटकी हुई, टेढ़ी-मेढ़ी होती सामने से निकली। उसकी नंबरप्लेट पर रियासत का नाम और गाड़ी का नंबर हिंदी में लिखा था। हम इतने से ही कृत-कृत्य हो गए। दो-तीन एंग्लो-इंडियन लड़कियाँ फुटपाथ पर खड़ी होकर हनुमानजी को घूरने लगीं। जवाब में हनुमानजी के भक्त लड़कियों को घूरने लगे।

सामने एक रिक्शा आकर रुका। उस पर सोलहवीं शताब्दी बैठी थी—यानी बुरके के अंदर एक औरत थी। मेरे साथ का एक पत्रकार रिक्शे के पास जाकर खड़ा हो गया। उसने दो-एक बार नाक सिकोड़ी, जैसे कुछ सूँघ रहा हो। फिर लौटकर हमारे पास वापस आया और अपने साथी से बोला, ''तुम जाओ।''

''नहीं तुम जाओ।''

मेरी ओर इशारा करके कहा गया, ''ये जाएँगे।''

''ये क्या जाएँगे।''

''तो फिर तुम्हीं जाओ।''

वह उसी रिक्शे पर बैठकर चला गया। अंग्रेजी शाम और हिंदुस्तारी रात के आठ बजे।

अब 'गंजिंग' शुरू हुई। हम लोग गर्भवती स्त्रियों की अदा से धीरे-धीरे टहलते हुए एक-दूसरे के कंधे-से-कंधा लड़ाते, सड़क पर चलने लगे। चलते-चलते गांधी आश्रम के सामने ऐसे ही खड़े हो गए—वही गांधी आश्रम, जहाँ असली मधुमक्खियों से निकला हुआ शहद मिलता है। हमारे एक साथी ने फुटपाथ पर सिगरेट सुलगाई। एक गंदी कमीज और पतलूनवाला आदमी हमारे पास आकर खड़ा हो गया और माँगकर सिगरेट पीने लगा। लोग उससे इज्जत के साथ बातें करने लगे। मैंने पूछा, ''तुम्हारी जेब में आज किसकी किस्मत है ?''

उसने डेढ़ हजार और उससे ऊपरी तनख्वाह पानेवाले चार-पाँच अर्द्धदेवताओं के नाम लिये। यकीन दिलाने के लिए उसने अपनी जेब से कुछ की जन्म-कुंडलियाँ निकाल लीं। फिर हमेशा की तरह मेरी जन्म कुंडली

माँगी। मैंने कहा, "मुझे खेद है कि मैं अभी मुस्तकिल ज्योतिष पालनेवाला इनकम-ग्रुप में नहीं हूँ। जरूरत पड़ने पर फुटपाथ पर हाथ देखनेवालों या चिड़िया के सहारे भाग्य पढ़नेवालों से काम चला लेता हूँ।"

"इससे क्या? आप कुंडली तो लाइए।"

मैं विनम्रता से कहता रहा, "ज्योतिषी तो आगे की बात है, मैं अभी कोई बाबा तक नहीं पाल पाया हूँ?"

"पर इससे क्या⋯?"

तब तक एक पत्रकार मित्र ने कहा, "दूसरी खेद की बात यह है कि आपको आज मैं बीयर नहीं पिला सकता। मेरी जेब खाली है।"

"हें-हें-हें, ऐसा भी क्या⋯!" कहते-कहते उन्होंने जन्म-कुंडलियाँ लपेटनी शुरू कर दीं। देखते-देखते उत्तर प्रदेश के कुछ कर्णधारों के भाग्य सिमटकर एक गंदी पतलून की जेब में घुस गए। सिगरेटों के आदान-प्रदान के बाद हम फिर गर्भवती स्त्रियों की तरह अपनी राह पर लुढ़कने लगे। हमारे साथी ज्योतिष का मजाक उड़ाने लगे। पर राजधानी में ज्योतिषियों और बाबाओं के बढ़ते हुए आतंक का मैं मजाक नहीं उड़ा पाया। मुझे रासपुटिन के रूस की याद आ गई। पर बात को मोड़ देने के लिए मैंने बात वहीं पर छोड़ दी।

पास की इमारत में एक ग्रामोफोन-रिकार्ड भायँ-भायँ बजा। उसने बताया कि हम चीनियों को मारकर भगा देंगे। हमें याद पड़ा कि स्थिति संकटकालीन है। अचकचाकर हम सब लोग एक पान की दूकान की ओर बढ़ गए। एक नौकरी-पेशा आदमी कई बार की कही हुई बात कह रहा था, "ऐसी नौकरी के मुकाबले पान की दुकान रखी होती तो⋯।"

"तो अब तक पान बेच रहे होते।" मेरे एक साथी ने कहा।

किसी ने खबर दी, "परसों अली अकबर खाँ का सरोद-वादन होगा।"

"लखनऊ में?" मैंने ताज्जुब से पूछा।

थोड़ी देर में मेरे एक मित्र ने कहा कि शाम जवान हो रही है। वास्तव में ऐसी बातचीत अनुवाद-मात्र जान पड़ती है, पर चूँकि हम खुद अनुवाद-मात्र

हो रहे थे, इसलिए मुझे यह बात बड़ी वास्तविक जान पड़ी। पैदल चलना छोड़कर हमने मोटर का सहारा लिया।

खुली सड़क पर एक पार्क के सामने एक अस्थायी रेस्त्राँ खुला था। फुटपाथ पर कुरसियाँ पड़ी थीं और लोग आइसक्रीम खा रहे थे। हम मोटर से नीचे नहीं उतरे, बल्कि वहीं ठंडा सोडा और गिलास मँगवा लिया। इत्मीनान से बैठे हुए हम लोग पार्क में खड़ी गांधी की प्रतिमा, नई कार, चीनियों के आक्रमण और शराब के विज्ञापनों की हवा में अपने-अपने फेफड़ों की हैसियत से साँस लेते रहे। भगवतीचरण वर्मा, अमृतलाल नागर और यशपाल पर बातें होती रहीं। बीच-बीच में राजनीति की टुच्ची समस्याएँ आती रहीं, जाती रहीं। अपने हिसाब से वातावरण बौद्धिक हो गया।

इस समय हम लोग तीन रह गए थे। हम सभी निरुद्देश्य थे और हमारी सबसे बड़ी समस्या ढेर-से समय की थी। लगभग आधे घंटे बाद हम आगे बढ़े। हम एक घनी बस्ती के बीच से निकले, जहाँ कुछ दिन पहले दिनदहाड़े एक आदमी मार डाला गया था। किसी ने पुलिस को टेलीफोन करने की बात सोची तो टेलीफोन मालिक ने मारे डर के मना कर दिया। वैसे दिनदहाड़े बाजार में किसी का मारा जाना किसी दुर्व्यवस्था का चिह्न नहीं, यह केवल दुस्साहस का चिह्न है। हत्या करने के लिए (और नेता बनने के लिए) दुस्साहस के सिवा और चाहिए ही क्या? कहने-भर से ही आप करने के मामले में काबिल मान लिये जाएँगे।

हम भड़भूजों, छोटे दूकानदारों, कुँजड़ों और बिसातियों से भरे-पूरे जन-साधारणवाले बाजार से होकर एक ऐसे होटल के सामने से गुजरे, जो उस इलाके के लिए बड़ा शानदार और हमारी वर्गभेद वाली निगाह में घटिया था। होटल के अंदर जाकर हम लोग एक बड़े-से कमरे में पहुँचे, जिसकी दीवारों का गहरा रोगन मुरझा गया था, फर्श पर संगमरमर का नकली काम था। चारों तरफ सस्ते बार का वातावरण था। हम लोगों ने कॉफी मँगाई। अंडरवियर पहने हुए एक वेटर ने ताज्जुब से हमें देखा, फिर बहुत सोच-विचारकर बोला, "अच्छा, देखिए...देखते हैं।"

एक आदमी हाथ में गिलास लिये हुए आया और हमारी मेज के पास खड़ा होकर मुझे घूरता रहा। फिर बोला, ''तुम कौन हो?''

यह आदमी पुराने लखनऊ का था, जिसके साथ पौष्टिक दवाओं, कुछ सेकेंड-हैंड यादों, घिसी-पिटी गजलों और गंडे-ताबीजों की हवा बँधी थी। मैंने इज्जत के साथ उसे बताया, ''मैं लेखक हूँ।''

उसने आँख मिलाकर कहा, ''शायरी करते हो?''

''नहीं, पर चाहूँ तो कर सकता हूँ।''

वह थोड़ी देर मुझे घूरता रहा फिर बोला, ''पर वैसे दिखते नहीं हो।''

''यह रोज दाढ़ी बनाने और नहाने का नतीजा है।''

उसके चेहरे से लगा कि मैं उसकी निगाह में गिर गया। एक कोने की ओर इशारा करके उसने मुझसे पूछा, ''उन्हें जानते हो? वे अपने जमाने के उस्ताद है।''

बात सच थी। हमारे नजदीक के कोने में अपने जमाने के एक बड़े प्रसिद्ध तबला-वादक बैठे हुए दारू पी रहे थे। साथ में दो-एक लोग थे, जो उसी तरह के पेशों के रहे होंगे। वे पीते हुए जमाने को लानत भेज रहे थे कि खँजड़ी बजानेवाले भी आजकल तबलची शुमार किए जाते हैं, यहाँ तो वही कलाकार है, जिसे ऑल इंडिया रेडियो मानता है।

लोगों ने अफसोस के साथ उनसे सहमति प्रकट की।

वे दुःखी थे। शायद कलाकारों की राजकीय मान्यता के सिलसिले में या जैसे भी हो, इंशा और गालिब का जिक्र आ गया था। मैं सोच ही रहा था कि मेरे बोलने का वक्त आ रहा है, तभी अचानक बुजुर्ग उस्ताद ने बिना किसी प्रोत्साहन के कान पर हाथ रखकर एक गजल छेड़ दी। दो-चार लोग उसे दोहराने लगे। उनकी पुरानी आवाज साफ-सुथरी और सधी हुई थी, पर ऊँचे स्वरों पर जाकर वहीं टिक गई थी। उसके कारण वातावरण बड़ा उल्लासपूर्ण होता जा रहा था, हालाँकि गजल का कुल मिलाकर मतलब यह था कि हम बरबाद हो गए। मेरी तबीयत गिर गई। मुझे याद आया, बहुत देर हो गई है। हमने जल्दबाजी दिखानी चाही, तो हमें बताया गया कि यहाँ कॉफी नहीं मिल सकती।

हम बाहर निकले। सड़कें वीरान होने लगी थीं। हम घनी बस्तियों से निकल रहे थे। एक ओर अमीनाबाद, मौलवीगंज, अशरफाबाद, चौक नक्खासवाला लखनऊ था, जो मुँह ढाँपे पड़ा था। एकाध छोकरे, कुछ बुरकेवाली औरतें, मरियल घोड़े और हिलते हुए ताँगे, तंबोलियों की दुकानें, हलवाइयों की भट्ठियाँ, कुँजड़ों द्वारा फेंके गए गोभी और मूली के सड़ते हुए पत्ते—उधर लखनऊ कुल इतना रह गया था।

इस पर एक नया भविष्य हमलावर हो रहा था। यह नया भविष्य नई पीढ़ी का हो, ऐसी बात नहीं। वह मजबूती से कुछ होशियार, पुराने हाथों की मुट्ठियों में जकड़ा था। पर वे हाथ हमारे चिर-परिचित हाथ न थे। चुस्त सलवारों, ऊल-जलूल बालों और खुली हुई रोमहीन बगलों वाली लड़कियाँ और ड्रेन-पाइप पतलून और ढीली कमीज पहननेवाले लड़के इस भविष्य को हथियाने का सपना भर देख रहे होंगे। पर वह एंबेसेडर कार के अंदर बैठकर, हनुमान-मंदिर के पास जिन पीनेवालों और हजरतगंज के रेस्त्राँ के अंदर सस्ती थाली में अहिंसावादी खाना खानेवालों के हाथ में चला गया था।

हजरतगंज आते-आते मैं मेफेयर सिनेमा के सामने मोटर से उतर गया। मैं टहलना चाहता था और रोमांटिक हो रहा था। मैं सोच रहा था कि आत्महत्या करने के बाद अगर किसी तरकीब से मैं लोगों की प्रतिक्रियाएँ जान सकता तो एक बार जरूर आत्महत्या करता।

अकेले टहलते-टहलते मैं एक ऐसी जगह पहुँचा, जहाँ बीयर का एक अनिवार्य विज्ञापन मेरी आँखों में चुभने लगा। ग्यारह के ऊपर बज चुका था। एक लड़की बिजली के खंभे के सहारे खड़ी हुई इधर-उधर देख रही थी। दूर से ही पुरानी हवेलियों, आवारा लड़कों और जीविकाहीन बुजुर्गोंवाले किसी खानदान का सहारा दिखती थी।

मुझे अपनी एक 'माया' छाप कहानी याद आई, जिसमें सड़क पर घूमनेवाली वेश्या भाई की बीमारी की बात चलाकर पैसे के सवाल पर आती है। वह पहले बताती है कि मेरा एक भाई एक मेडिकल कॉलिज में बीमार पड़ा है।

खंभे के पास खड़ी हुई लड़की की आवाज ने मुझे चौंकाया, उसने मुझसे टाइम पूछा था। मैंने कहा, "ग्यारह बजकर पच्चीस मिनट।" फिर न जाने कैसे मैंने उससे अचानक सवाल किया, "तुम्हारा कोई भाई क्या मेडिकल कॉलिज में बीमार है?"

"आपको कैसे मालूम?" उसने कुछ रुककर कहा। उसकी आवाज में विश्व-मैत्री का संदेश था।

जवाब में पहेली-सी बुझाते हुए, विलायती स्टाइल में मैंने कंधे मटकाए और बिना कोई बात कहे, टहलता हुआ आगे बढ़ गया। बिजली के खंभों की रोशनी में फैली हुई, एक-दूसरे को काटती हुई अपनी परछाइयों को कुचलता हुआ मैं एक परछाई-सा ही धीरे-धीरे अपने घर की ओर चलता रहा।

लखनऊ का एक बौद्धिकपूर्ण दिन खत्म हुआ।

□

जीवन का एक सुखी दिन

सवेरे नहा-धोकर मैंने लांड्री से धुलकर आई हुई कमीज और पतलून पहनने को निकाली और ताज्जुब के साथ देखा, उनका कोई भी बटन टूटा नहीं है। तभी एक कोने में रखे हुए जूतों पर निगाह पड़ी, पुरानी आदत के मुताबिक आज के दिन नौकर ने उनपर काली पॉलिश लाल वाले ब्रुश से नहीं की थी। जूते पर सही ब्रुश का प्रयोग हुआ था। मन-ही-मन मैंने कहा, यह मेरे जीवन का एक सुखी दिन होगा!

कॉलिज जाने के लिए बस पर चढ़ा और एक रुपए का नोट कंडक्टर के हाथ में दे दिया। जितनी रेजगारी मिलनी थी, उसने वह पूरी-की-पूरी वापस कर दी। टिकट की पुश्त पर इकन्नी का प्रोनोट नहीं लिखा। सीट पर बगल में कोई महिला नहीं बैठी थी, इसलिए फिल्मी रोमांस की कमजोरी से फुरसत पाकर मैं आराम से पैर फैलाकर बैठ गया। मेरे पड़ोस में एक साहब आज का अखबार पढ़ रहे थे। मुझे उसकी ओर ताकता हुआ पाकर उन्होंने ऊपरवाला पत्ता मेरी ओर बढ़ा दिया। अखबार में मैंने देखा, न उस दिन किसी विदेशी ने हिंदुस्तान को तरक्की की सनद दी थी, न प्रधानमंत्री की कोई स्पीच ही आई थी। अब मैं इतमीनान से बिना ऊबे हुए अखबार पढ़ने लगा।

रेलवे-क्रॉसिंग पर रेलवे के पॉइंटमैन ने बस को आता हुआ देखकर भी फाटक खुला रहने दिया। बस बिना रुके हुए ऐसी आसानी से फाटक पार कर गई, मानो ऐसा रोज ही हुआ करता हो। कॉलिज के पास बस के रुकते ही मैं बिना किसी को धकेले, बिना किसी के घुटनों से टकराए, बिना 'थैंक्यू' और 'सॉरी' कहे नीचे उतर आया। स्टैंड पर एक चाटवाला मुझे मिला तो

जरूर, पर उसने न तो मेरी ओर देखा और न मुझे फुसलाने वाली आवाज में गरमागरम चाट की आवाज ही लगाई।

दिनभर कॉलिज में बड़ा सुखी रहा। लड़कों को यूरोप-यात्रा पर एक सीधा-सादा लेख पढ़ाया। दूसरे दर्जे में सदाचार की महिमा समझाई। न तो उन्हें कोई प्रेमगीत ही पढ़ाना पढ़ा, न किसी हास्य-व्यंग्यपूर्ण उक्ति का अर्थ समझाना पड़ा। खाली घंटे में मेरी कोई भी छात्रा अपनी किसी भाव-प्रधान कहानी या कविता में संशोधन कराने नहीं आई। किसी चापलूस छात्रों ने मेरी किसी असफल रचना की प्रशंसा नहीं की। किसी लैक्चरर ने विद्यार्थियों के सामने मुझे 'अमाँ यार' कहकर नहीं पुकारा। मेरे एक प्रतिद्वंद्वी लैक्चरर के कमरे से कुछ विद्यार्थी क्रांति के नारे लगाते बाहर निकल आए। स्टाफ-रूम में प्रिंसिपल के बारे में खूब गंदे-गंदे किस्से, बिना अपनी ओर से कुछ कहे ही, फोकट में सुनने को मिल गए।

शाम को घर वापस आने के पहले एक मित्र मुझे एक बड़े रेस्त्राँ में चाय पिलाने ले गए, पर बातें उन्होंने मुझे ही करने दीं, खुद ज्यादातर चुप रहे। रेस्त्राँ के सामने रिक्शेवाले को पैसे देने के लिए मैंने अपनी जेबें टटोलीं, मेरी जेब में दस रुपए का नोट निकला, पर मित्र की जेब से पहले ही एक अठन्नी निकल आई। रेस्त्राँ के भीतर भी मुझे कोई उलझन नहीं हुई। वेटर का हुलिया बड़े लंबे-चौड़े रोबदार बुजुर्ग का न था। वह दुबला-पतला था और नौसिखिया-सा दिखता था। पड़ोस की मेजों पर न कुछ मसखरे नौजवान थे, न फैशनेबल लड़कियाँ थीं, न हँसी के ठहाके थे, न कोई मुझे घूर रहा था, न कोई मेरे बारे में कानाफूसी कर रहा था। रेस्त्राँ में भीड़ न थी, पर इतने लोग थे कि काउंटर के पीछे से मैनेजर सिर्फ हमीं को नहीं, औरों को भी देख रहा था। हमारे चलने के पहले पास की मेज पर दो गंभीर चेहरेवाले आदमी आ गए और जब मैंने आपसी बातचीत में 'एक्जिस्टेंशिएलिज्म' का अनावश्यक जिक्र किया, तब उन लोगों ने निगाह उठाकर मेरी ओर देखा भी। रेस्त्राँ से बाहर आने पर मेरा एक परिचित बीमा-एजेंट सड़क के दूसरी ओर जाता हुआ दीख पड़ा, पर उसने मुझे देखा नहीं। इसके बाद अचानक ही मुझे तीन परिचित आदमी मिल गए। उन्होंने मुझे नमस्कार किया और उसका जवाब पाया। मेरे मित्र को कोई परिचित आदमी नहीं मिला।

घर वापस आकर मैंने श्रीमती से सिनेमा चलने का प्रस्ताव किया, पर उन्होंने क्षमा माँगी और कहा कि उन्हें लेडीज क्लब जाना है। इसलिए मैं पूर्वनिश्चय के अनुसार अपने एक मित्र के साथ सिनेमा देखने चला गया। सिनेमा का टिकट खिड़की पर ही मिला और असली कीमत पर मिला। पंखे के नीचे सीट मिल गई। सिनेमा शुरू होने के पहले साबुन, तेल और वनस्पति घी के विज्ञापनवाली फिल्में नहीं दिखाई गईं। पास की सीट से किसी ने सिगरेट के धुएँ की फूँक मेरे मुँह पर नहीं मारी। पीछे बैठनेवालों में किसी ने अपने पैर मेरी सीट पर नहीं टेके। अँधेरे में किसी ने मेरा अँगूठा नहीं कुचला। हीरो की मुसीबत पर किसी पड़ोसी ने सिसकारी नहीं भरी। हिंदी की फिल्म थी, फिर भी वह अठारह रील पूरी करने के पहले ही खत्म हो गई। सिनेमा से बाहर आने पर कई रिक्शेवालों ने मिलकर मुझ पर हमला नहीं किया। रिक्शा करने पर मजबूर हुए बिना ही मैं पैदल वापस लौट आया। रात में सुनसान सड़क पर मेरे पैदल चलने पर भी कोई साइकिलवाला मुझसे नहीं टकराया, किसी मोटरवाले ने मुझे गाली नहीं दी, किसी पुलिसवाले ने मेरा चालान नहीं किया।

घर आकर खाना खाने बैठा तो उस वक्त रुपए की कमी पर कोई घरेलू बातचीत नहीं हुई। नौकर पर गुस्सा नहीं आया। बातचीत के दौरान मैं श्रीमतीजी से साहित्य-चर्चा करता रहा, यानी अपने साथ के साहित्यिकों को कोसता रहा। वे दिलचस्पी से मेरी बातें सुनती रहीं और मेरे टुच्चेपन को नहीं भाँप पाईं।

घर में चारों ओर शांति थी। किसी भी कमरे में बिना मतलब बल्ब नहीं जल रहा था, न बिना वजह किसी नल का पानी बह रहा था, न दरवाजे पर कोई मेहमान पुकार रहा था, न रसोई में किसी प्लेट के टूटने की आवाज हो रही थी, न रेडियो पर कोई कवि-सम्मेलन आ रहा था, न पड़ोस में लाउड-स्पीकर लगाकर कीर्तन हो रहा था। और सबसे बड़ी बात यह कि कल आनेवाला दिन इतवार था, उस दिन मेरे सभी उत्साही मित्र शहर से कहीं दूर, पिकनिक पर चले जाने वाले थे।

□

एक खानदानी नौजवान

दिसंबर 1964। सवेरा। शहर का एक गोराशाही बाजार।

बड़े-बड़े इश्तहार बताते थे कि यहाँ गेहूँ की कमी हो सकती है, शराब की नहीं। ज्यादातर सभी इश्तहार ओछी तबीयत के थे। उनमें सिर्फ एक गंभीर किस्म का था। उस विज्ञापन में एक तंदुरुस्त आदमी बीमार की तरह लेटा था। एक नर्स उसके हाथ में नली लगाए हुए थी। सिर पर सफेद रूमाल, रँगे होंठों पर तिरछी मुसकान। इस तरह वह सेवा और समर्पण की अलामतों से लैस थी। विज्ञापन सबक देता था कि देश के लिए खून दो।

बाजारू रेडियो से सिनेमा का नाबदानी संगीत आ रहा था, जो चीख-चीखकर खबर देता था कि आज सुबह इस देश में सबसे महत्त्वपूर्ण तत्त्व कुछ नायक-नायिकाओं के हृदय, मस्तिष्क और गुप्तांग भर हैं। डॉक्टर चिरंजीव फुटपाथ पर खड़ा-खड़ा एक गाने की लय के साथ चुटकियाँ बजा रहा था। गाना बंद होते ही उसने विज्ञापन की ओर देखा और देश के लिए खून देने की बात पर गौर किया। मन-ही-मन उसने नर्स से कहा, ''मैं खून दे सकता हैं, पर सिर्फ तुम्हारे लिए।''

तसवीर में वह जैसी बनाई गई थी, वैसी ही मुसकराती रही। डॉक्टर ने साँस खींची और कहना चाहा, ''मर गए!'' तभी रेडियो पर सिनेमा का दूसरा गाना फनफनाता हुआ निकला और सामने एक दोस्त आ गया, जो पेशे से नेता था। डॉक्टर ने कहा, ''मर गए साले।''

आपसी अभिवादन का यह उनका निजी तरीका था। नेता ने कहा, ''आओ डॉक्टर, पान खाओ। किसको गालियाँ दे रहे हो सवेरे-सवेरे?''

"किस्मत को।"

"तुम किस्मत को मानते हो?"

"क्यों न मानूँ? क्या मैं हिंदुस्तानी नहीं हूँ?"

□

नेता की अभी नई-नई तरक्की हुई थी। एक राजनीतिक घुसपैठ में वह जिला कोऑपरेटिव बैंक का मैनेजिंग डायरेक्टर बना दिया गया था। घबराई हुई बुद्धिमत्ता के ऊपर आत्मविश्वासपूर्ण मूर्खता का प्रकाश फैलाता हुआ वह पान की दुकान के सामने खड़ा रहा। जीप, जाहिर है, बैंक के फुटपाथ के नीचे खड़ी रही। चार-छह निकम्मे से दिखनेवाले लोग उसके आस-पास खड़े रहे। सब नियमित ढंग से पान की पीक सड़क पर थूकते रहे। दूर से देखनेवालों को लगा, विकास का यह एक नया कार्यक्रम है।

नेता ने चार्ज लेते ही किस तरह बैंक के मैनेजर को मुअत्तिल किया—इस मसले पर बात चलती रही। बात चलानेवाला और फिर उसे चलाते रहनेवाला नेता ही था। तभी एक आदमी ने लगभग एक लिटर पानी की पीक सड़क पर गिराई और पूछा, "आज सवेरे-सवेरे कैसे निकल पड़े डॉक्टर? क्या कर रहे हो आजकल?"

पान की पीक मरक्यूरो क्रोम जैसी थी। डॉक्टर सोच रहा था कि अब तक नकली दवा बेचनेवालों का ध्यान इधर कैसे नहीं गया?

किसी दूसरे ने कहा, "आज डॉक्टर कुछ उखड़े-उखड़े हैं।"

डॉक्टर उनकी ओर मुखातिब हुआ और बोला, "उखड़ने की तो बात ही है। आज मैं यह शहर छोड़ रहा हूँ।"

"क्यों? क्या हुआ?"

डॉक्टर ने गंभीरता से कहा, "मैंने नौकरी कर ली है। अब तुम अकेले नहीं हो। हम दोनों अब साथ-साथ जनता पर सवारी गाँठेंगे।"

कई और सवाल हुए। जवाबों से पता चला कि डॉक्टर का पतन हो गया है। वह न सिर्फ नौकर हो गया है, बल्कि शहर छोड़कर देहात भी जा रहा है। उसकी तैनाती शहर से अठारह मील दूर एक अस्पताल में हुई है।

लोगों ने ठंठी साँसें भरीं। नेता ने पूछा, ''अब इस बाजार का क्या होगा?''

''वीरान हो जाएगा।''

''बार का क्या होगा?''

''टूट जाएगा।''

''नहीं डॉक्टर, ऐसा नहीं हो सकता। ये दिल तोड़ने वाली बातें हैं।''

ऐसी बातचीत के बाद उर्दू के शेर शुरू हो सकते थे। शुरू हो गए। मुशायरे के अंत में ''खुश रहो अहले-वतन, हम तो सफर करते हैं।''

''जा कैसे रहे हो?'' सुस्थिर होकर नेता ने पूछा।

डॉक्टर ने बिना हिचक जवाब दिया, ''तुम्हारी जीप से। घर पर आ जाना। ग्यारह बजे की साइत बनी है।''

□

यह खिचखिच कई साल से चल रही थी। देहात में अस्पताल बनते जा रहे थे, पर वहाँ जाने के लिए डॉक्टर न मिलते थे। वैसे मेडिकल कॉलेज भी बढ़ रहे थे और डॉक्टर भी बढ़ते जाते थे, पर दिक्कत तो देहात को लेकर थी।

दो साल पहले की बात है। चिरंजीत ने डॉक्टरी की डिग्री ली थी। मेडिकल कॉलेज में उस वक्त एक बहुत बड़े नेता का—वही जो सब जगह होता है—व्याख्यान हुआ। उसने प्रस्ताव रखा कि देश की उन्नति होनी चाहिए, उसने अकेले ही यह प्रस्ताव पास कर दिया। फिर इस प्रस्ताव को अमल में लाते हुए उसने दोहराया कि क्षेत्र की उन्नति होनी चाहिए। इसी लपेट में उसने एक टुकड़ा जोड़ा कि हमें जनता की सेवा करनी चाहिए और तुम्हें देहात जाना चाहिए।

पीछे की सीट पर बैठे हुए डॉक्टर चिरंजीत ने आवाज लगाकर कहा, ''तुम्हें खुद देहात जाना चाहिए।''

यह बातचीत कई बार दोहराई गई। नेता उससे कहते, ''जनता की सेवा के लिए तुम देहात जाओ।'' वह नेताओं से कहता, ''तुम खुद देहात जाओ।'' वे सभी गोराशाही बाजार के चक्कर काटते, फुटपाथों पर पान चबाते और

जब कभी एक-दूसरे को गाली देना चाहते तो कहते, ''तुम देहात जाओ!''

झगड़े में जिच पैदा हो गई थी।

□

एक दिन बाजार में डॉक्टर चिरंजीत को अपनी एक पुरानी लड़की मिल गई। वह अचानक ही मिली और डॉक्टर चिरंजीत की तबीयत उसे सिर्फ 'हलो' कहकर टालने की नहीं हुई। उन्होंने उसके साथ कॉफी पी, चाट खाई, सिनेमा देखा, फिर एक से दूसरी चीज पर पहुँचते हुए उसे उसके घर पहुँचा आए।

दूसरे दिन बाजार में जाते ही उसे जान पड़ा, कोई दुर्घटना हो गई है। कई लोग उसे देखकर मुसकराए और सिर हिलाने लगे। कई लोगों ने उससे पूछा, ''कौन थी?''

यह बात कदम-कदम पर पूछी गई। जवाब देते-देते पूरा दिन बीत गया। लोग चालाक हो गए हैं और उसे यह कहने की हिम्मत न हुई कि यह मेरी 'कजिन' है। इसलिए उसके जवाब के खत्म होते-होते कई अनर्गल बातें उसकी ओर से अपने-आप जुड़ने लगीं। किसी से वह कह बैठा, ''बड़ी सीधी लड़की है।'' किसी को उसने समझाया, ''उसकी अभी-अभी शादी हुई है।'' आखिर में वह अपनी इन बातों से खुद ही खीझने लगा। गुस्से में उसने सोचा, 'यह शहर शहर नहीं है, रद्‌दी किस्म का देहात है, जहाँ लोगों के पास 'यह कौन थी' की बात छोड़कर और कोई काम ही नहीं है। उसने सोचा कि ऐसे रद्‌दी शहर के मुकाबले कोई भी देहात शहर-जैसा लगेगा।'

उसी दिन बार में उसने देश-सेवा, जनता इत्यादि का हवाला देकर ऐलान किया कि 'तुम तो साले क्या जाओगे, पर देखना, देहात मैं जाऊँगा।'

□

एम.डी. की डिग्री और विज्ञान की किताबों को अटैची में बंद करके, साइत के हिसाब से, वह ग्यारह बजे घर से बाहर निकला। माथे पर तिलक लगा था। भरे घड़े, मछली आदि सबकुछ देखा-सुना गया। बेवाएँ रास्ते से हटा दी गईं। कीमती सूट में लपलपाता हुआ वह डॉक्टरी की निशानी स्टेथस्कोप

को हिलाता घर से बाहर आया। ऐसा समाँ बँधा कि लगा, लड़का मंगल-ग्रह की यात्रा पर निकला है!

जैसे ही वह शहर के बाहर आया, उसने देखा, चारों ओर देहात-ही-देहात है। वह घबराया कि ऐं! इतना देहात! उसने सड़क पर दूर तक निगाह फेंकी और साँस भरी।

सड़क पर सैकड़ों आदमी आ-जा रहे थे। प्राय: सभी तंबाकू चबा रहे थे और कदम-कदम पर थूक रहे थे। सभी चीख-चीखकर बातें कर रहे थे और आगे-पीछे आने वाली गाड़ियों से बेखबर थे। कुछ बिल्कुल ही परमहंस थे और सड़क पर खड़े होकर बात कर रहे थे। कुछ सड़क पर अँगोछा बिछाकर लेटे हुए किनारे के छायादार पेड़ों का फायदा उठा रहे थे। सभी जनता थे।

मुसीबत खत्म हुई या क्या पता—डॉक्टर ने सोचा—शुरू हुई। गाड़ी सड़क से मुड़कर एक गलियारे में आ गई। फिर गलियारा भी छूट गया। जीप एक मैदान में आकर खड़ी हो गई। आसपास पेड़ों के झुरमुट थे और चिड़ियाँ चहक रही थीं और हवा बह रही थी, यानी डॉक्टर का मूड एकाएक अच्छा हो गया था। सामने लाल ईंटों की एक इमारत खड़ी थी—पीछे इमारतों के तीन-चार बच्चे थे। नेता ने उतरकर कहा, "यह तुम्हारा अस्पताल है!"

इमारत नई थी, पर जमीन से लेकर दो फीट ऊपर तक ईंटों पर सफेद लोना चमक रहा था। ईंटों की दराजों में चींटियों के झुंड दूर से दिख रहे थे। डॉक्टर ने गलती हुई ईंटों की ओर इशारा करके कहा, "और यह क्या है?"

"यह सार्वजनिक-निर्माण विभाग है।"

□

कंपाउंडर, वार्डब्वॉय, चपरासी—सभी मिलकर सामान की खींचतान करने लगे। तभी उसने बरामदे में एक लड़की को खड़े देखा। वह नर्स थी। वह दुबली-पतली थी, पर इतना साफ था कि जहाँ मांसलता की जरूरत होगी, उस जगह वह निराश न करेगी। उसकी आँखों में एक चमक थी, जिसके आगे 'आँचल में है दूध और आँखों में पानी' का देसी उद्‌गार महज चुटकुला था। लड़की ने हाथ जोड़े। डॉक्टर ने ताज्जुब के साथ कहा, "तुम? तुम यहाँ हो?"

पारसी थिएटरों के एक्टरों की तरह तभी नेता ने डॉक्टर के कान में फुसफुसाकर ऐलान किया, "यहाँ बदमाशी की तो कान पकड़कर निकाले जाओगे। मैं खुद निकलवाऊँगा। चाल-चलन के मामले में मैं दोस्त-वोस्त कुछ नहीं मानता।"

डॉक्टर ने उसी तरह जवाब दिया, "छिह-छिह! तुम्हारे विचार कितने गंदे हैं!"

□

उस रात नर्स ने बिस्तर पर पड़े-पड़े सोचा :

'तो अपना चिरंजीत यहाँ आ गया। यह तो सचमुच सिनेमा जैसा हुआ।'

'अब हम उन दिनों की याद करके हँसेंगे। फुरसत के घंटों में हम साथ सिनेमा देखते थे और होटल में खाना खाते थे, पर उसके बाद सोने के लिए हमें जगह नहीं मिलती थी। हम कितने भोले थे! इतना बड़ा शहर था, पर हम नहीं जानते थे कि उसके बाद हम कहाँ जाएँ और चिरंजीत पुराना फिल्मी गाना गाता था कि 'जाएँ तो जाएँ कहाँ' और मैं कहती थी, 'इज देयर नोव्हेयर व्हेयर वी कैन गो?' और मैदानों, पार्कों तथा सुनसान चौराहों को कोसते हुए हम लोग अपने-अपने हॉस्टल लौट आते थे।'

'और अब? अब क्या होगा? हाय, अब क्या होगा?'

'हाय, अब क्या होगा?' की मीलों लंबी यात्रा काफी देर चलती रही। फिर पुरानी यादों, सस्ती कहानियों और कुछ रंगीन अंग्रेजी फिल्मों ने एक साथ उस पर हमला बोल दिया। फिर उस भीड़ को चीरकर किसी साप्ताहिक में छपी हुई एक जोड़े की तसवीर उसके दिमाग में कौंधने लगी और अंत में उसे भी एक किनारे धकेलकर, पुराने दिनों की धुँधली रोशनी में मैदानों और पार्कों के कुछ मिले-जुले दृश्य रह गए। उसने जोर की साँस खींची और अपने हाथ-पैर ढीले करने की कोशिश की।

□

उस रात डॉक्टर ने अपनी माँ को खत लिखा कि 'माँ, यह मेरी नौकरी का पहला दिन है, मैं यहाँ बहुत खुश हूँ,' इत्यादि। यह भी लिखा कि 'माँ,

मैंने शादी के मामले में रास्ते ही में सोच लिया था। तुमने जहाँ तय कर लिया, मैं वहीं शादी कर लूँगा, क्योंकि माँ, तुम्हारी पसंद मेरी पसंद है।'

इतमीनान से लेटा। आज सबकुछ कायदे से हुआ था, अच्छी साइत में घर से निकला था। ज्योतिषी ने दो साल में विदेश-यात्रा का वादा किया था। यहाँ का क्वार्टर नया और सुहावना था। मच्छर नहीं थे। स्थानीय नेता पहले ही से मुट्ठी में थे और मातहत खुशामदी थे।

कंपाउंडर की मुरगी काफी अंडे देती थी और दूध ज्यादा बदबूदार न था। देहाती अब भी देहाती थे और बात-बात पर पैरों पर गिरते थे। यहाँ पेड़ों के झुरमुट थे और चिड़ियाँ चहकती थीं। नर्स काम की थी, जिसका इतिहास जाना हुआ था, भूगोल देखा हुआ था।

सिर्फ एक फिक्र थी। एक कार की क्रमी थी। वह हो जाती तो देहात की डॉक्टरी के साथ-साथ शहर की पुरानी जिंदगी भी चलाई जा सकती थी। कार पाने का एक तरीका था। जिस तरह बाजार में एक खास किस्म का साबुन खरीदने पर रूमाल मुफ्त में मिल जाता है, वैस ही माँ की राय के अनुसार एक खास परिवार में शादी करने पर एक कार मुफ्त में मिल सकती थी।

अब सब ठीक था। ओम शांतिः शांतिः शांतिः ! माँ को खत लिखते ही कहीं इधर-उधर शादी में फँस जाने का खतरा मिट चुका था। यह भी साबित होन जा रहा था कि हर खानदानी नौजवान करने को और चाहे जो कुछ करे, शादी माँ-बाप की राय से ही करता है।

□

भारतीय इतिहास का एक स्वर्णिम पृष्ठ

उस जमाने में संगीत का दर्जा इतना बुलंद हुआ कि वह मनुष्य की वाणी न रहकर आकाशवाणी बन गया।

जहाँपनाह को संगीत का बेहद शौक था। देश के बड़े-बड़े गवैए उनके दरबार में छह बजे सवेरे से राग आलापना शुरू करते और रात के बारह बजे तक आलापते रहते। हर अच्छे गवैए का उस दरबार में जाना लाजिमी था और जो न जाता, वह अच्छा गवैया न था। देशी रियासतें टूटने के बाद जहाँपनाह ने कलाकारों की बड़ी परवरिश की और किसी दूसरे को उनकी परवरिश नहीं करने दी।

यही साहित्य के साथ हुआ। दरबार में हजारों कवि और लेखक नौकर थे। वे दिन-रात साहित्य लिखते रहते और साहित्य फल भले ही न रहा हो, फूल बड़े जोर से रहा था। फूलने की एक मिसाल यह है कि एक पड़ोसी बादशाह ने जब मुल्क पर हमला किया तो उस मौके पर लिखी जाने वाली कविताओं से साहित्य इतना फूला, इतना फूला कि कहीं-कहीं भक्क से फूट गया। जहाँपनाह की हुकूमत का एक पूरा-का-पूरा महकमा साहित्य लिखने के लिए था। साहित्य एक तरह से हुकूमत बन गया था।

उस जमाने में साहित्य की व्यंजना-शक्ति बड़ी ही विटामिन-युक्त थी। किसी भिखारी की आत्मकथा पढ़कर देश के नौजवानों में अधिक अन्न उपजाने का हौसला पैदा हो सकता था। उस जमाने में एक प्रसिद्ध कवि ने एक पौराणिक प्रेम-प्रसंग पर एक महाकाव्य लिखा था, जिसकी ओजस्वी भाषा पढ़कर मनुष्य के मन में घर छोड़कर फौज में भरती हो जाने की, या

कुछ न बन पड़े तो दार्शनिक बन जाने की इच्छा पैदा होती थी। इस प्रकार उस जमाने का साहित्य बड़ा ही उदात्त, तेजस्वी और मतलबी साहित्य था।

यह दूसरी बात है कि उस जमाने में भी कुछ अल्पसंख्यक साहित्यकार थे, जो कुंठा, अनास्था आदि की बात करते थे और अपने को भूखा या विक्षुब्ध बताते थे। कुछ निषेधवादी साहित्यकार भी थे, जो अकविता या अकहानी का नारा बुलंद करते थे। दरबारी साहित्यकारों ने इस सबको सराहा, मौके पर उन सबकी पीठ थपथपाई और उन्हें बताया कि हम भी तुम्हीं जैसे हैं। इस तरह, जैसे बुद्ध को विष्णु का अवतार बताकर हिंदू धर्म ने भारत में बौद्ध धर्म को समाहित कर लिया था, वैसे ही दरबारी साहित्य इस विक्षुब्ध साहित्य को गटक गया और एक बार फिर यह बात ऐतिहासिक रूप से साबित हो गई कि हमारा देश साम्यवादी देश है।

जहाँपनाह ने संगीत, साहित्य, कला आदि की बड़ी-बड़ी शानदार संस्थाएँ खोली थीं और उनकी इमारतें आज भी उनके कला-प्रेम के पथराए हुए सबूत हैं। पर इमारतों के बारे में बाद में लिखा जाएगा, क्योंकि देश में स्वर्ण-युग लाने का असली श्रेय उन्हीं को हो। सम्राट् अशोक जिस तरह बौद्ध धर्म के संबंध में बड़ी-बड़ी सभाएँ करता था, वैसे ही उस जमाने में जहाँपनाह ने संगीत, साहित्य, नाटक आदि सभी पक्षों पर विचार करने के लिए बड़ी-बड़ी सभाएँ बुलाईं, ताकि किसी अकेले कलाकार को उनके किसी पक्ष पर मनमाना प्रयोग करने की गुंजाइश न रह जाए। विशेषतया, साल में एक बार जब जहाँपनाह का जलवा राजधानी की सड़कों पर प्रकट होता था, देश के कोने-कोने से नाचने-गानेवालों के जत्थे वहाँ पर आ आते थे और अपनी-अपनी कलाकारी दिखाते थे। सैकड़ों विदेशी इन दृश्यों को देखकर उनकी भूरि-भूरि प्रशंसा करते और कहते कि देश की बड़ी तरक्की हो रही है और घर आकर, व्हिस्की पीकर और गुसलखाने में कै करके बिस्तर पर लेट जाते।

जहाँपनाह को हरियाली बहुत पसंद थी और उन्हें दूब उगाने का बड़ा शौक था। वैसे देश में दूब उगाने की कला विशेष रूप से गोरों के जमाने में विकसित हुई थी, पर जहाँपनाह ने उसे इतने ऊँचे स्तर पर पहुँचा दिया था कि

गेहूँ उगाने के मुकाबले दूब उगाना ज्यादा महत्त्वपूर्ण हो गया, हालाँकि बाद में एक अल्पकालीन मजबूरी में उन्हें दूब की जगह सब्जी उगाने का भी फैसला करना पड़ा था। जो भी हो, उस जमाने में शहरों में घास के बड़े-बड़े मैदान बनाए गए। राजधानी में तो घास की रविशें मीलों तक फैली हुई नजर आती थीं। पार्कों में दिन-रात इजाफा होता जाता था। भले आदमी की अलामत ही यही थी कि उसके मकान के आगे घास हो। हर सही बँगले की यही तसवीर थी कि वहाँ घास हो और सवेरे-सवेरे जमीन तक घिसटनेवाले गाउन और ऊल-जलूल बालोंवाली मेम वहाँ घास खोदती हुई नजर आएँ। संक्षेप में, हर चीज पर घास उगती हुई नजर आती थी, जिसे देखकर एक विदेशी यात्री ने कहा था—''भुखमरे देशों में घास उगाना बहुत आवश्यक है, ताकि लोगों की अक्ल के लिए चारे की कमी न रहे।''

वास्तव में इस वातावरण में लोगों के लिए चारों ओर सावन था और उन्हें सब तरफ हरा-ही-हरा सूझता था।

□

जहाँपनाह की हुकूमत में वास्तुकला की बड़ी तरक्की हुई, क्योंकि उन्हें शासन के कार्यों में इमारतें बरवाने का काम सबसे ज्यादा रुचिकर था। मुगलकाल में शाहजहाँ नामक सम्राट् इमारतें बनवाने का बड़ा शौकीन था, पर जहाँपनाह ने उसे भी मात कर दिया था। इमारतें बनवाने का शौक इस हद तक पहुँच गया था कि जहाँपनाह कोई बात सोचने के पहने ही उस पर इमारत बनवा डालते थे। उदाहरण के लिए, उस जमाने में जनतंत्र तो बस यों ही-सा था, पर उसके प्रतिनिधियों के रहने और मीटिंग करने के लिए बड़े-बड़े बेशकीमती भवन पहले ही खड़े कर दिए गए थे, जिनमें देश के दक्खिनी भाग में पाँच करोड़ रुपए की लागत का बना हुआ एक सौध सबसे प्रमुख माना जाता था। इसी जोश में उत्तर भारत में एक पूरा शहर बनवा डाला गया था, जो उस शताब्दी में विलासियों और राजनैतिक कबाड़ियों का सबसे बड़ा गढ़ माना जाता था। यह शहर फतेहपुर-सीकरी और दौलताबाद से सैकड़ों गुना बड़ा था।

जहाँपनाह को अपने नौकरों का बड़ा खयाल था। वह प्राय: कहा करते थे कि इस देश का अस्तित्व ही इसलिए है कि वह उनके नौकरों को आराम दे। जन-कल्याण की इस दुधारी भावना से प्रेरित होकर उन्होंने अपने नौकरों के लिए लाखों इमारतें बनवाईं। देश और प्रदेशों की राजधानियों में इन नौकरों के लिए रिआया से अलग बड़े-बड़े उपनिवेश बनवाए गए थे, जिनमें ओहदे के हिसाब से मकानों का इंतजाम होता था। यही नहीं, उन्होंने अपने नौकरों के लिए जंगलों, पहाड़ों और नदियों के किनारे आरामगाहें बनवाई थीं और चूँकि रिआया उनका दूर से निरीक्षण करती रहती थी, इसलिए उन्हें 'निरीक्षण-गृह' कहा जाता था।

जहाँपनाह का सबसे ज्यादा झुकाव दफ्तरों की इमारतों पर था और उन्हें हर पुरानी इमारत कमजोर मालूम देती थी। तभी हर पुराने दफ्तर के लिए कोई-न-कोई नई इमारत बनती रहती थी और दफ्तरों की सारी कुशलता इसी में रह गई थी कि इमारत का रख-रखाव कायदे से हो। उन्होंने नाच-गाने व ड्रामा वाली इमारतें भी सैकड़ों की तादाद में बनवाई थीं और ज्यादातर उनके नाम बुजुर्ग कलाकारों के ऊपर रखे गए थे, जिनमें रवींद्रनाथ ठाकुर का नाम पकड़ने के लिए सबसे नजदीक पड़ता था, साथ ही विदेशियों को कायल करने के लिए, जैसे अंधे के हाथ में बटेर, वैसे ही हमारे हाथों में एक जोरदार सांस्कृतिक हथियार थे।

जहाँपनाह की नाट्यशालाएँ ज्यादातर उन शहरों में बनी हुई थीं, जहाँ नाटक-मंडलियाँ न थीं। इसलिए वे धराऊ रखी रहती थीं और ज्यादा इस्तेमाल से उनके घिस जाने का खतरा न था।

इसमें संदेह नहीं कि कला की इस सेवा ने जहाँपनाह के खजाने पर बुरा असर डाला और कुछ इतिहासकारों ने इसकी कड़ी आलोचना की है। पर जहाँपनाह इस मामले में देश की पुरानी रईसी-परंपरा के कायल थे, जिसमें लोग कर्ज की पीते थे मय। दरअसल जहाँपनाह ने बाहरी देशों में राह-रस्म पैदा कर ली थी और अपनी सभी जरूरतें उनसे रुपया और माल मँगाकर पूरी कर लेते थे। बाहर से रुपया खींचने में उन्हें अच्छी महारत हासिल हो गई

थी और इस तरह उन्हें कला और सौंदर्य की सेवा करने में कभी तंगदिली का अहसास नहीं हुआ। वे जब तक रहे, तब तक मध्यकालीन सम्राटों की शानदार परंपरा में भवन-निर्माण करते रहे और कला की उपासना में रत रहे।

इसका आखिरी नतीजा क्या निकला, इस विषय पर इतिहासकारों में मतभेद हैं। इस पर गवेषणा करने की जरूरत है, जोकि तभी की जा सकती है, जब कोई दस-पद्रंह लाख रुपए की लागत का एक गवेषणा-भवन बनवा दे। पर इसमें शक नहीं कि जहाँपनाह ने बड़ी योग्यता दिखाई और इमारतों के निर्माण की मार्फत देश का निर्माण करके दिखा दिया।

□

एक पद्मभूषण का अभिनंदन

वे 1960 में अमेरिकी पैसे के सहारे, रूसी मित्रों की चिट्ठियाँ लेकर, जापानी कला का इतिहास पढ़ने के लिए चीन गए थे। सन् 1962 में फ्रांस की किसी संस्था के अनुरोध पर वे दक्षिण-पूर्वी एशिया के देशों में घूमे। बाद में बहुत से अल्पकालीन दौरे हुए, एक कदम में इजरायल, यूनान और मिस्र को नापा, दूसरे में फ्लोरिडा और क्यूबा को, लगे हाथ ट्रिनिडाड और टोबैगो के भारतीयों के बीच सत्यनारायणव्रत-कथा, तुलसीदास और समाज के समाजवादी ढाँचे पर बातचीत। एक नए ग्रैजुएट ने किताबी जबान में पूछा, ''आधुनिक हिंदी-साहित्य का सबसे बड़ा कवि कौन है?'' जवाब दिया, ''मैं हूँ।''

एक स्थायी साहित्यिक-सांस्कृतिक कार्यकर्ता। रोम जाने के लिए उनका पासपोर्ट बन चुका था। जब तक उनके कुरते विदेश-यात्रा के लिए लांड्री से धुलकर आएँ, उन्होंने एक 'पद्मभूषण के अभिनंदन' के लिए जलसा कर डाला।

जो अचानक पद्मभूषण बनाया गया, वह कवि था। प्याज, राजनीति और पर-स्त्री से परहेज करनेवाला। प्रत्येक गवर्नर उसको अपने यहाँ बुलाता था। वह अच्छे, नई वैराइटीवाले गुलाब उगाता, एक ऊनी कपड़े की दुकान का मालिक। भला और मिलनसार। पढ़ा-लिखा भी। यह दूसरी बात है कि पढ़ा कम, लिखा ज्यादा। मातृ-वेदना, रानीखेत की यात्रा, पानीपत की तीसरी लड़ाई जैसे विषयों पर शुद्ध, दोषहीन और लंबी कविताएँ लिखनेवाला, प्रत्यक्ष की प्रार्थना में लीन। उलझन से अलग। पूरा पैदाइशी पद्मभूषण। अपने आप में एक अभिनंदन!

बहरहाल—

हाल में घुसते ही जूते पड़े मिले, हजारों तो नहीं, पर सैकड़ों। जरूरत भर के लिए और कुछ फालतू भी। उसके बाद मैली दरी, दूसरे दर्जे के नागरिकों के लिए। फिर एक लंबा-चौड़ा पुराना कालीन।

हाल में वैसे गीता का प्रवचन होता था, मुहल्ले की बारातें टिकती थीं, खाली हो तो चौकीदार को दस रुपया देकर रईसों के नौजवान लड़के यहाँ ग्यारह बजे रात के बाद आकर रुक सकते थे। 'क्या ऐसा कहीं नहीं, जहाँ हम यहाँ से जा सकें' की चिरंतन समस्या का समाधान। ऊपर की मंजिल पर बना था। खिड़कियों से हवा नहीं, म्युनिसिपैलिटी की बू आती थी।

जब मैं हॉल में पहुँचा तो उन्हीं का व्याख्यान चल रहा था, "···हमारे नगर के, राज्य के, देश के, देश ही नहीं संसार के महाकवि को 'पद्मभूषण' की उपाधि मिली है। यह उनके साहित्य की समीक्षा करने का मौका नहीं है, न यह इस बात का मौका है कि हम इस उपाधि की महत्ता के बारे में बहस करें। यह मौका तो··· ।"

'इनकलाब जिंदाबाद' बोलने का है। मैंने अपने मन में सोचा और जूते उतारकर जूतों के ही पास दरी पर बैठ गया।

"···यह मौका तो केवल आनंद मनाने का है। अभी किसी ने कहा कि पद्मभूषण मिल जाने से ही कोई महाकवि नहीं हो जाता। उसने ठीक कहा है। यही किसी और ने कहा है। हमें इससे क्या मतलब ? हमारा मतलब ही आनंद मनाने से है। हमारे नगर के एक महाकवि को सम्मानित किया गया, हमारे लिए इतना काफी है। यह मौका तो··· ।"

"···आपको खिड़की के बाहर फेंक देने का है।" मैंने फिर उसी तरह सोचा और अचानक महसूस किया कि मैं एंग्री यंगमैन हूँ, मैं भूखी पीढ़ी हूँ, मेरा हाजमा खराब है।

वे बोलते जा रहे थे। तब तक मुझे मालूम हो गया था कि मैं देर से आया हूँ, सभी वक्ता बोल चुके हैं, पद्मभूषण भी बोल चुका है और अब—कायदे के खिलाफ—संयोजक की आखिरी स्पीच हो रही है। मैं शांत हो गया। मेरा

आशावाद लौट आया। यही आखिरी स्पीच है। रे मन, धीरज धर! वन फाइट मोर—द बेस्ट एंड द लास्ट। मैं उनके बारे में उदारतापूर्वक सोचने लगा। नहीं, तुम चाहे जो कुछ बोलो, मैं तुम्हें खिड़की के बाहर नहीं फेंकूँगा। यह देश गरीब है। यहाँ किसी चीज को बरबाद नहीं करना चाहिए।

चीज! उन्हें आदमी की जगह कोई चीज मान लेते ही मेरा हृदय-परिवर्तन हो गया। उनकी स्पीच अब पीछे छूट गई। मैं उनमें और उनके आस-पास बैठी हुई दूसरी चीजों में दिलचस्पी लेने लगा।

कुछ चीजें अच्छीं थी, कुछ बुरी, कुछ साफ, कुछ गंदी, कुछ उभरी, कुछ गिरी हुई, सब बनी हुईं—कुछ परंपरा से, कुछ आधुनिकता से। सबसे खास बात यह कि कोई भी चीज नई नहीं थी। सभी जानी-पहचानी, पुरानी, फफूँद लगी हुईं। उनमें से मुझे किसी की भी स्पीच सुनने की जरूरत न थी।

अचानक वे गरजे, "⋯मैंने पेरिस का एफिल टावर भी देखा है। ⋯मेडागास्कर की तितलियाँ। आस्वान बाँध वाले मंदिर। ⋯अंगकोर। ग्रीनविच विलेज। ⋯सब जगह मनुष्य का हृदय एक-सा है। वह रस चाहता है। ⋯रस की सृष्टि कौन करता है? कवि। तभी तो कवि सभी जगह बिना ताज का बादशाह होता है।"

पद्‌मभूषण ने सिर नीचे झुका लिया। हमने देखकर इतमीनान कर लिया कि वहाँ ताज नहीं है। वे संयोजक की हैसियत से रस और कवि की मर्यादा पर बोलते रहे। पर मम्मट, अभिनवगुप्ताचार्य, विश्वनाथ गैरहाजिर थे। डॉ. नगेंद्र भी नहीं। वे निडर होकर बराबर बोलते रहे। इस समय वे कवि भी थे, विद्वान् भी।

कहा भी है : जहाँ शाब्दिक मौजूद हों, वहाँ वे तार्किक हैं, जहाँ तार्किक मौजूद हों, वहाँ वे शाब्दिक हैं, जहाँ दोनों मौजूद हों, वहाँ वे दो में से कुछ भी नहीं। जहाँ कोई भी मौजूद नहीं, वहाँ वे सबकुछ।

अचानक मुझे सुनाई दिया : "हाय! ⋯मर गया!"

लगा, यह अखबार के मुखपृष्ठ की खबर है। मैंने चौंककर उनकी तरफ देखा, वे ठिगने कद के इनसान थे। इंटेलेक्चुअल आदमी कंधे झुकाकर

चलते हैं, इस धोखे में वे जिस तरह खड़े थे, उससे रीछ-जैसे दिख रहे थे। साहित्यिक-सांस्कृतिक कार्यकर्ता की सारी अलामतों से लैस। उनके अंदाज में टियर-गैस के दर्जनों बम फूट चुके थे। वे कह रहे थे, "इतना महान् जनवादी कवि गरीबी और कर्ज के बोझ से टूट गया। शहंशाहों की हैसियत का आदमी भिखारी की तरह मर गया!"

मैंने घबराकर अपने पास बैठे हुए आदमी से पूछा, "कौन मर गया?"

उसने कहा, "वालिप्।" मैंने तेजी से पूछा, "कौन?"

वह तंबाकू खा रहा था। उसने इधर-उधर देखकर दरी के नीचे थूकने के बाद साफ आवाज में कहा, "गालिब।"

मुझे हैरत में देखकर उसने स्कूल-मास्टरों की तरह दोहराया—"मिर्जा असदउल्ला खाँ गालिब।"

वे तब तक एक सदी आगे बढ़ चुके थे। कह रहे थे, "गालिब ही नहीं, हमारे सभी महाकवि गरीबी से संघर्ष करते रहे हैं। रत्नाकर के साथ क्या हुआ? प्रसाद के साथ क्या हुआ?…"

मेरे मुँह से निकला, "बताइए न, क्या हुआ?" वे अनसुना कर गए। बोले, "और, निराला, हाय निराला! …हमारे कवियों के प्रति समाज अपनी जिम्मेदारी नहीं समझता। केवल पद्मभूषण कह देने से क्या होता है? हमारा कर्तव्य है कि हम उनको पद्मभूषण बना भी दें।"

पाँच मिनट तक हवा में कर्तव्य गूँजता रहा। किसी समस्या की बात हो रही है, समझकर लोग चौकन्ने हो गए। पद्मभूषण ने ऐसा मुँह बनाया, जैसे उसकी कपड़ेवाली दुकान नीलाम हो गई हो। मैंने उकताकर खिड़की के बाहर देखा, वहाँ बहुत घना बाजार, रिक्शे, मोटरें, गाएँ, भैंसें, लाउडस्पीकर, सिनेमा के गाने, थोक में बिकने वाले गरग गराले की बू और जनसंघ फैला हुआ था।

"कवि-भवन की स्थापना करनी है। साधनहीन साहित्यकारों के लिए… समाज की जिम्मेदारी…।"

प्रस्ताव की शक्ल साफ हो गई।

निहायत दुबला-पतला नरकुल-जैसा एक आदमी, दुपल्ली टोपी लगाए

हुए उठा और हवा में तैरता-सा दरवाजे पर पहुँच गया। उन्होंने व्याख्यान को रोककर कहा, "लल्लूलालजी, आप अभी नहीं जा सकते।"

"हजार रुपया हमारे नाम लिख देना।" जोर से चीखकर वह आदमी बाहर चला गया।

…कवि-भवन के लिए, कवि-भवन के लिए।

पद्मभूषण ने कहा, "हजार रुपया मेरा।"

मैं खिड़की पर खड़ा होकर बाहर गला साफ करने लगा, "आप?"

मेरी पीठ में गोली जैसी लगी। यह शब्द की चोट थी। मैंने पलटकर देखा। मेरी ओर उँगली उठाए हुए वे पूछ रहे थे, "आप?"

"मेरे पास दो रुपए सैंतीस पैसे हैं।" मैंने ईमानदारी से बताया।

जय-जयकार इसको कहते हैं। साहित्यकारों को संघर्ष से बचाने के लिए कवि-भवन की स्थापना होगी। एक आवारा-सी दिखनेवाली चीज ने इसके लिए अपना सबकुछ दे डाला है—दो रुपए सैंतीस पैसे।

चंदे की फेहरिस्त बनने लगी थी। सभा उखड़ चुकी थी, पर कालीन के बीचोबीच आठ-दस आदमी बैठकर गंभीरता से विचार करने लगे थे। शक्ल से ऐसे आदमी, जो अकेले में कब्जियत, पड़ोसी की बीवी और फोकट की आमदनी की बात सोचते होंगे, आपस में मिलते ही एक सामाजिक-सांस्कृतिक समस्या को सुलझाने के लायक हो गए।

मनुष्यत्व की कितनी महान् संभावनाएँ हैं, मैंने सोचा। पद्मभूषण एक अफसरनुमा आदमी से, जैसी बात वह समझ सके, यानी गुलाबों की बात करने लगा था।

मैंने उनका इंटेलक्चुअलनुमा झुका हुआ कंधा छूकर पूछा, "आप रोम कब जा रहे हैं?"

कवि-भवन के लिए मिलनेवाले चंदे की फेहरिस्त अभी पूरी नहीं हुई थी। लिखनेवाला कालीन के बीचोबीच बैठा था। उनकी निगाह उसी ओर जमी रही। उन्होंने मेरा सवाल नहीं सुना। मैंने अपनी बात दोहराई, "तो आप रोम कब… ?"

"रोम ?"

उनसे निगाह मिलते ही मैं समझ गया कि अब रोम की बात करना बेकार है, क्योंकि उन्हें कवि-भवन का निर्माण करना है।

कभी-कभी अपने देश में रहना भी स्फूर्तिदायक साबित हो सकता है, मैंने सोचा।

□

यहाँ से वहाँ

कुछ दिन हुए, किसी शहर में कोई आदमी किन्हीं कारणों से किसी स्टेडियम के पास आकर बस गया और वहाँ एक होटल चलाने लगा। वह होटल ही था, इसका सबूत यह है कि उसके ऊपर 'श्री जनता का होटल' की तख्ती लटकी थी। वैसे वहाँ जमाने के चलन के अनुसार खाने के लिए सिर्फ भूसे के बिस्कुट और कूड़े के बासी केक तथा पीने के लिए दूधनुमा पानी और शक्करनुमा मिट्टी के साथ काली राख की चाय मिल जाती थी। पास के स्टेडियम में खेलनेवाले नौजवान थककर इस होटल में चाय पीने के लिए आते और नए सिरे से खेलने की और झगड़ा करने की स्फूर्ति लेकर जाते। दर्शक लोग यहीं आकर चाय पीते और खिलाड़ियों को खेल में ललकारने के लिए और उन्हें आपस में लड़ा देने के लिए आवश्यक उत्साह बटोर लेते।

एक दिन ऐसा हुआ कि स्टेडियम में फुटबॉल का खेल होते-होते किसी टेक्निकल विषय पर एक टीम का रेफरी के साथ शास्त्रार्थ हो गया। रेफरी की तरफ से दूसरी टीम भी शास्त्रार्थ करने लगी। दर्शकों के भी दो दल हो गए और दोनों टीमों की ओर से शास्त्रार्थ करने लगे। परिणाम यह हुआ कि कुछ लोग तो सिर्फ गाली खाकर फुरसत पा गए, पर बहुत से लोगों को शास्त्रार्थ की गहरी लपेट में आ जाना पड़ा। आखिर में पुलिस के एक द्रुतगामी जत्थे के आ जाने से दोनों दल तितर-बितर हो गए। उनमें से एक नौजवान खिलाड़ी 'श्री जनता होटल' तक लड़खड़ाता हुआ आया और एक डगमगाती हुई मेज के सहारे कुरसी पर बैठ गया।

घारीदार अंडरवियर और फटी हुई गंदी बनियान पहने हुए एक बैरे ने आकर पूछा, "क्यों साहब, चाय पीजिएगा?"

खिलाड़ी ने कहा, "तुम्हारे यहाँ कोई नई बनियान है?"

बैरे ने कहा, "खाने में सिर्फ बिस्कुट रह गया है।"

उसने फिर पूछा, "तो फिर सुई-डोरा और बटन होंगे?"

बैरे ने वैसे ही कहा, "नहीं साहब, एकाध केक शायद पड़ा हो। ले आऊँ?"

स्टेडियम वाले शास्त्रार्थ में एक वजनी तर्क का प्रभाव खिलाड़ी की बनियान पर पड़ा था और उसकी धज्जियाँ उड़ गई थीं। दूसरा तर्क उसके पैंट से चिपक गया था और वह इसलिए एकाध जगह से दाँत निकालने लगा था। बैरे का जवाब पाकर वह खिलाड़ी 'श्री जनता होटल' से चल दिया, पर जाते-जाते होटल के मालिक को यह सलाह देता गया कि अगर उसे स्टेडियम के पास होटल चलाना है तो उसे एक हौजरी की और दूसरी दर्जीगीरी की दुकान भी चलनी चाहिए।

उससे कुछ ही दिनों बाद होटल के साथ-ही-साथ एक हौजरी की दुकान खुल गई, जहाँ जमाने के चलन के अनुसार चुंगीवालों की आँख बचाकर लाई गई सस्ती बनियानें और मोजे बिकने लगे। साथ ही एक लँगड़ा टेलर-मास्टर एक पुरानी मशीन लेकर बैठ गया और जमाने के ही चलन के अनुसार किसी कपड़ा बिगाड़ देनेवाले, जाहिल छोकरे के सहारे 'डि-लक्स टेलरिंग हाउस' नाम की कंपनी चलने लगी।

कुछ दिन बीतने पर एक और खिलाड़ी लड़खड़ाता हुआ आया और आकर उसी डगमगाती मेज के सहारे कुरसी पर बैठ गया। उसी बैरे ने खिलाड़ी से पूछा, "चाय ले आएँ साहब?"

खिलाड़ी ने सिर हिलाकर कहा, "नहीं।"

बैरे ने फिर पूछा, "तो फिर मोजा, बनियान, अंडरवियर, इनमें से कुछ ले आएँ? या हाफ-पैंट उतार दें, तो जहाँ-जहाँ फटी है, वहाँ-वहाँ उसकी सिलाई करा दें।"

इस बार खिलाड़ी ने चीखकर कहा, ''क्यों जी, बिल्कुल ही अंधे हो गए हो? तुम्हें मेरा माथा नहीं दीख पड़ता? जाओ, जल्दी से डिटॉल, मरक्यूरो, रुई की पट्टी ले आओ।''

बैरे ने कहा, ''एकाध सिली हुई बुश्शर्ट और रोएँदार तौलिया तो मिल सकती है, पर यह सब तो नहीं होगा, साहब।''

खिलाड़ी आज हॉकी का मैच जीत गया था और बाद में विपक्षियों से मार भी खा चुका था। फूटा हुआ माथा लेकर जाते-जाते वह मालिक को सलाह देता गया कि स्टेडियम के पास होटल, बनियान-स्टोर और डिलक्स टेलरिंग हाउस से कुछ न बनेगा। उसे कुछ दवा-दरमत का भी सामान रखना पड़ेगा।

उसके कुछ दिनों बाद होटल के साथ ही एक छोटी सी दवा की दुकान भी खुद गई, जिसमें जमाने के चलन के अनुसार गुजरी हुई तारीखों वाली बासी दवाएँ, तूली रंग मिला हुआ मरक्यूरो क्रीम और नारियल का तेल मिला हुआ डिटॉल तक बिकने लगा।

कुछ ही दिनों बाद तीन-चार खिलाड़ी एक साथ लड़खड़ाते हुए आए और एक लंबी बैंच पर आकर लुढ़क गए। इनमें से किसी के फूटे घुटने पर बल्ले की तसवीर बनी हुई थी, किसी के माथे पर क्रिकेट के गेंद के बराबर दूसरा गेंद निकल आया था, किसी के चेहरे पर लगता था, सौ गज की दौड़ दौड़ा दी गई है।

इस बार बैरे की हिम्मत नहीं पड़ी कि इन खिलाड़ियों से चाय के लिए पूछे। उसने तत्काल उनकी मरहमपट्टी शुरू कर दी। एक खिलाड़ी के घुटने पर वह पट्टी बाँध ही रहा था कि उसने एक झापड़ रसीद करते हुए कहा, ''क्यों रे, तेरे हाथ में बबूल के काँटे लगे हैं या बेल के?''

दूसरे खिलाड़ी ने दाँत पीसते हुए अपने पैर में अपने हाथ ही से पट्टी बाँध ली और फिर अपने स्वावलंबन पर खीझते हुए होटल के मालिक से कहा, ''देखो जी, यहाँ कारोबार करना है तो एक छोटा-सा अस्पताल खोल डालो, दो-एक नर्सें बुला लो। नहीं तो किसी दिन गुस्सा आ गया तो एक ही हाथ से यह अंगड़-बंगड़ उखाड़कर फेंक दूँगा।''

उसके कुछ दिनों बाद वहाँ एक छोटी-सी डिस्पेंसरी खुल गई और उसमें दो नर्सें आ गईं। दोनों नर्सें स्वभाव से मिलनसार थीं और दुःखी लोगों के लिए सहानुभूति से छलछला रही थीं। उनके आते ही खेल-कूद में सरगरमी आ गई, जो चुप रहते थे, वे भी झगड़ने लगे और चोट खाने लगे। होटल का कारोबार बढ़ गया, हौजरी की दुकान जनरल स्टोर्स में बदल गई, टेलरिंग हाउस का रेट बढ़ गया और डिस्पेंसरी में भीड़ लगने लगी। विद्यार्थियों की साइकिलों और पत्रकारों के स्कूटरों के मारे ट्रैफिक पुलिस की उलझन बढ़ने लगी।

अब यह तो आप जानते ही हैं कि जहाँ खेलने-कूदने, खाने-पीने, पहने-ओढ़ने से लेकर दुःखी मन के लिए सहानुभूतिपूर्ण संपर्क तक पाने का सुभीता होगा, वहाँ लोग पिकनिक और सैर-सपाटे के लिए आएँगे ही, इसी से नगर का यह हिस्सा देखते-ही-देखते अच्छी तरह विकसित होने लगा और उसकी उन्नति का क्रम समझने के लिए बहुत सी प्रगतिशील संस्थाओं के प्रतिनिधि वहाँ चक्कर काटने लगे। इसी सब में धीरे-धीरे होटल मालिक बाहरी लोगों को इंटरव्यू देने का गुर सीख गया और उसका बैरा भी यहाँ-वहाँ की बातें करने के फन में माहिर हो गया।

अब सुना है कि किसी पिछड़े इलाके की विकास-परिषद् ने होटल-मालिक को प्राविधिक सलाहकार चुन लिया है, और उस बैरे ने 'डिलक्स टेलरिंग हाउस' में अपने लिए कई ऐसे सूट सिलने को दिए हैं, जो उस परिषद् के चीफ एक्जीक्यूटिव सेक्रेटरी की हैसियत के अनुकूल हों।

□

नसीहतें

काफी मोल-तौल के बाद दो रुपए दो आने में सेर-भर अंगूर का भाव तय हुआ। वैसे बात उधर से चार रुपए और इधर से आठ आने सेर से शुरू हुई थी। सौदा दो रुपए सेर पर टूटता, पर फलवाले ने एक ऐसी बात कह दी कि मुझे दो आने और देने पड़ गए। उसने कहा कि मेरे हाथ दो रुपए सेर के भाव बेचने के बजाय वह इन अंगूरों को नाली में फेंक देना पसंद करेगा। बस, इसी पर फैसला हो गया। इस तंगी के जमाने में अंगूर नाली में फेंके जाएँ, मैं इसी बात पर बोली में दो आने बढ़ा बैठा।

फलवाला अंगूर तौल ही रहा थ कि मेरे पीछे किसी ने कहा, ''आप भी कहाँ चिपक गए, जनाब! उधर के नुक्कड़ पर यही अंगूर डेढ़ रुपए सेर बिक रहा है।''

मैंने घूमकर देखा, वे सुरमेदार मुहब्बत की निगाहों से मुझे देख रहे थे। उन्हें देखते ही मैंने अदब से नजर नीची कर ली। सच तो यह है कि वे मुझसे लगभग दो बालिश्त छोटे थे, इसलिए उन्हें अच्छी तरह देखने के लिए निगाह अपने-आप नीची हो जाती थी।

वे एक संक्षिप्त से महापुरुष थे। खानसामों की-सी पतलून, टेनिस कॉलर की कमीज, जवाहरकट जैकेट, चंद्रशेखर आजाद की डंक-मार्का मूँछें, अबुल कलाम आजाद की दाढ़ी, अब्दुल्लावाली टोपी। बातचीत में चुस्त और रंग-ढंग में बारीकी-पसंद नजर आए।

फलवाले ने तौलने का काम रोक दिया। इसके पहले कि मैं कुछ सोचूँ या वह कुछ बोल सकें, वे मुझे दुकान के सामने से चार-छह हाथ दूर खींच

लाए। बड़ी आत्मीयता से बोले, ''क्या भोली तबीयत पाई है आपने भी!'' फिर आवाज बदलकर बोले, ''ओह! वह लुटेरा आप जैसों को भी ठगने की कोशिश करता है। लानत है।''

उन्होंने मुझे इत्मीनान दिलाया, ''अभी-अभी खरीदे देता हूँ। डेढ़ रुपए सेर के अंगूरों से तो जमाना पटा पड़ा है। लगता है, आप पहली बार अंगूर खरीदने आए हैं।''

उन्होंने मेरी निगाह ताड़कर कहा, ''रईसों का मामला। यही नौकर-चाकर ले आते होंगे और ढाई-तीन रुपए सेर का भाव सुनाते होंगे।''

लखनऊ में एक मुहल्ला अमीनाबाद है, जिसमें अमीनाबाद-पार्क है। पार्क के किनारे-किनारे चारों ओर सड़कें हैं। पार्क के भीतर दुकानें हैं, पार्क के बाहर दुकानें हैं और फिर सड़कों के दूसरी ओर दुकानें हैं। आप उम्र भर इन सड़कों के चक्कर काटते रहिए, कहीं कोई रुकावट नहीं है। चक्कर काटने के ही लिए अमीनाबाद की ईजाद हुई है और चक्कर के साथ-साथ घनचक्कर बना देने के लिए ये दुकानें जोड़ दी गई हैं।

हम लोग एक ऐसी दुकान पर पहुँचे, जिसके सामने से मैं बीस बार निकल चुका था। पर वे ठिठक गए। दुकानदार से बड़े अपनेपन के साथ बोले, ''क्यों मियाँ, डेढ़ रुपए सेर अंगूर दे रहे हो?''

दुकानदार ने बताया कि अंगूर पौने दो रुपए सेर है। एक दाम!

वे दिलचस्पी के साथ दुकान के पास सिमट आए। मूँछों ही मूँछों में मुसकराते हुए अचंभे के साथ भौंहों को ऊपर उठाकर बोले, ''गजब है! फलवाले भी एक दाम पर उतर आए। लो भई, हजरतगंज तो था ही, अब यह अमीनाबाद भी हाथ से गया।''

बड़े बुजुर्गाने लहजे में समझाते हुए कहने लगे, ''सुनो मियाँ फलवाले, यह अंग्रेजों की नकल छोड़ो। एक तो यह बाबू साहब हैं, जो दस मील चलकर तुम्हारी दुकान तक आए हैं, और एक तुम हो कि सोंठ-जैसा मुँह बनाकर कहते हो, एक दाम। अमाँ, एक दाम क्या होता है? यह शरीफों का बाजार है या कोई ऐरा-गैरा कोठा! बेमुरव्वती तो वहाँ चलती है। यहाँ तो गाहक का

मुँह देखना चाहिए, जरा आपसदारी की बात करनी चाहिए, फिर दुअन्नी इस तरफ या उस तरफ! अमाँ, कोई इससे गरीब थोड़े ही हो जाता है।''

वे देशभक्ति में बहने लगे। बोले, ''अमाँ मियाँ फलवाले, अपने मुल्क का चलन यों न छोड़ना चाहिए। लो भाई, तौलो तो सेर भर डेढ़ रुपए में।''

दुकानदार ने यह सब सुनना बंद कर दिया था। वह एक दूसरे ग्राहक से बात करने लगा था। वे कहने लगे, ''चलिए बाबू साहब, फिर भतीजे की ही पुरानी दुकानी देखी जाए।''

इस पुरानी दुकान पर उन्होंने डेढ़ रुपए में सेर भर अंगूर मुझे तुलवा दिए। शायद अंगूर भी कुछ पुराने हो गए थे। उसके बाद जब अंगूर कागज में लपेटे जा रहे थे, उन्होंने एक छोटा सा गुच्छा बाहर निकाल लिया। बोले, ''जरा खाकर देखिए, उस दो रुपए दो आने वाले से बढ़िया हैं या घटिया?''

यह कहकर उन्होंने मेरी ओर से उन अंगूरों को खुद ही खा डाला। फिर मेरी ही ओर से बोले, ''बहुत बढ़िया चीज है।''

हम आगे बढ़े, पर उन्होंने हाथ पकड़कर रोक लिया। कहा, ''वो देखिए, किसी ने केले का छिलका फेंक दिया है, कोई भी गिर सकता है।''

एक लड़का अब भी केला खा रहा था। उसे उन्होंने अपने पास बुलाया। कहा, ''साहबजादे, इस छिलके को उठाकर नाली में फेंक आओ, नहीं तो मुझको इस उम्र में यह खिदमत करनी पड़ेगी।''

लड़के को छिलका उठाते देखकर बोले, ''अच्छे खानदान की बात ही दूसरी होती है। गलती की भी, तो इशारा पाते ही मान लिया।''

मुझे इधर-उधर ताकते देखकर बोले, ''अब कहाँ तशरीफ ले जाइएगा?''

मैं रबड़ी खरीदना चाहता था। उन्होंने कहा, ''यहाँ तो ब्लाटिंग पेपर डालकर रबड़ी बनाते हैं। असली रबड़ी तो चौक में मिलेगी। वहीं चलिए। रबड़ी की खास-खास दुकानें तो वहीं पर हैं। खादिम का गरीबखाना भी वहीं है।''

मैंने लखनऊ के भूगोल को टटोला। कहाँ अमीनाबाद और कहाँ चौक! और मुझे हजरतगंज जाना था। लखनऊ में अलग-अलग दिशाओं के यही नाम हैं।

वे बोले, "चलिए, मैं भी हजरतगंज चला चलूँगा। वहीं से बस ले लूँगा। और रबड़ी तो काबिज होती है। बालाई खाया कीजिए।"

जाड़ा शुरू हो गया था। रिक्शवाला धीरे-धीरे चल रहा था। उन्होंने पूछा, "भई रिक्शावाले, सुदर्शन टॉकीज में कौन सा पिक्चर चल रहा है?"

रिक्शावाला देहात से नया-नया आया था। दूध पीता था। सिनेमा में पैसे नहीं लगाता था। वे कहने लगे, "अमाँ, तुमसे कौन सा भकुआ सनीमा में पैसे लगाने को कहता है? मैं तो एक बात कह रहा हूँ कि तुम्हें हर सिनेमा में चलने वाली फिल्म का नाम याद रखना चाहिए, नहीं तो सवारी को तुम्हारी जात से सुभीता क्या मिलेगा!"

वे समझाते रहे, "पुराने इक्के-ताँगेवाले तो अच्छे-अच्छे होटलों से लेकर सभी मशहूर तवाइफों तक के ठिकाने जानते थे। तभी उनकी कद्र होती थी। लोग रात को बेखटके अजनबी स्टेशनों पर उतरते थे और इक्केवालों के सहारे मनचाही जगह पहुँच जाते थे। तभी तो इल्म की वकत होती है। अपने पास इल्म होता है तो कभी-न-कभी काम आता है।"

वे मिसाल देकर कहते रहे, "मान लो भई कि बाबू साहब कहें कि हम वह फिल्म देखेंगे, जिसमें 'जो भी हो तुम खुदा की कसम' वाला गाना है। अब तुम गँवारों की तरह इनका मुँह ताकते रह जाओगे। तुमको सनीमा हाउस का ही नाम नहीं आता, फिर गाना सुनकर फिल्म के नाम का तुम्हें कहाँ से पता चलेगा?"

वे हँसकर बोले, "अमाँ, रिक्शे पर आदमी ढोते हो तो क्या हुआ, हो तो आदमी ही, घोड़ा तो नहीं हो गए हो? भई, दिमाग से काम लो। तभी तरक्की करोगे।"

यह कहकर वे मुझे देखते हुए आपसदारी वाले लहजे में हँसने लगे। अचानक ठंडी हवा चली, रिक्शावाला सी-सी करने लगा। तब वे भी आहें भरने लगे। मुझसे बोले, "दो फूल साथ फूले, किस्मत जुदा-जुदा है।"

रिक्शावाले से बोले, "भई रिक्शावाले, देहात से आए हो। रात को काम करना पड़ेगा। इन कपड़ों में ठंडक नहीं पार करेगी। ऐसे ही रहे तो किसी

दिन अकड़कर टें हो जाओगे। लगता है, तुम्हारे लिए कुछ करना पड़ेगा।''

बड़ी देर तक वे रिक्शेवाले को हमदर्दी के साथ चुपचाप देखते रहे, शायद उसकी भलाई करने के खयाल में डूबे रहे। फिर अचानक बोले, ''नख्खास में इतवार को चले आना। नबीबख्श की दुकान पूछ लेना। डेढ़ रुपए में कोई पुराई ऊनी जरसी मिल जाएगी। फौजी जरसी, वैसी नई तीस रुपए की भी न मिलेगी। फिर मियाँ, ठाठ से उसे पहनकर निकलो और मौज से रिक्शा चलाओ।''

मुझे देखकर उन्होंने दोहराया, ''नबीबख्श की दुकान।''

हजरतगंज आ रहा था। मुझसे उन्होंने फिर कहा, ''आपको दिमागी काम पड़ता है। चश्मा भी लगने लगा है। मलाई ही खाया कीजिए। तंदुरुस्ती हजार नियामत। जान है तो जहान है।''

हम दोनों रिक्शे से उतरे। मैंने रिक्शेवाले को पैसे दिए। उन्होंने नसीहत दी, ''अमाँ, ऐसे ही क्यों जेब में डाल लेते हो? सिक्के को परख लिया करो। यों हम लोग तुमसे दगा नहीं करेंगे, फिर भी, बिना परखे…।''

मैं चलने को हुआ। वे बोले, ''आदाबअर्ज! आपके साथ घूम-फिरकर बड़ी खुशी हासिल हुई।''

उन्होंने मेरे हाथ में एक परचा पकड़ा दिया। बोले, ''इसमें गरीबखाने का पता लिखा है। वैसे चौक में नबीबख्श के दवाखाने को सभी जानते हैं।''

मैं चल पड़ा। वे बोले, ''कभी तशरीफ लाइएगा।''

परचे में लिखी नसीहतों के अनुसार मैं अगर चलता तो आज शेर के मानिंद ताकतवर होता, स्पेन के साँड़ों को एक चपेट में जमीन दिखाता; गामा, जेबिस्को, किंगकांग आदि की सूची के ऊपर अपना नाम लिखाता, कृष्ण भगवान् की तरह हजारों पत्नियों का पति होता; महाराजा सगर की तरह लाखों पुत्रों का पिता बनता।

निस्तेज चेहरे पर चश्मा लगाकर बैठा-बैठा इस तरह कहानियाँ न लिखता।

□

कुत्ते और कुत्ते

बाजार में आजकल हिंदुस्तानी अंग्रेजी में लिखी हुई बहुत सी किताबें आ गई हैं, जो कुत्तों के—असली कुत्तों के—बारे में हैं। 'डॉग केयर बाई ए डॉग-लवर', 'शेफर्ड डॉग्स ऑफ जर्मनी, बाई ए डॉग-लवर', 'ऑफ डॉग्स ऐंड बिचेज, बाई ए डॉग-लवर' आदि।

डॉग-लवर का असली नाम जी. प्रसाद है, जिसका असली रूप घिराऊँ प्रसाद है। वे सीधे-सादे, भोले-भाले आदमी हैं। 'वक्त से जगे और वक्त से सोए, वक्त से हँसे और वक्त से रोए।' कभी गोश्त नहीं खाया, कभी शराब नहीं पी। रोज दो घंटे पूजा करते हैं, एक ज्योतिषी स्थायी तौर पर पाले हुए हैं, साल में दो-चार महीने के लिए एक बाबा भी पाल लेते हैं, आधुनिकता के नाम पर उन्हें अंग्रेजी बोलनेवाली बीवी, एक अच्छे दर्जी का संपर्क, मोटे शीशे का चश्मा और बवासीर भर मिला है।

वे पता नहीं क्यों और कैसे इनकम टैक्स के महकमे के ऊँचे अफसर हैं। इस सबके साथ, और इस सबके पहले (या इतिहास की दृष्टि से, इस सबके बाद) वे कुत्तों के विशेषज्ञ हैं।

उनके पुराने साथी जानते हैं कि आज से दस साल पहले वे सिर्फ दफ्तर की बात करते थे, या अपने ससुर की, जो रेलवे में ऊँचे ओहदे पर हैं और जिनका वक्त ज्यादातर लोगों को झाड़ने में खर्च होता है। (डैडी को आप जानते नहीं, रेलवे बोर्डवालों को वहीं खड़े-खड़े झाड़ दिया!) पर उसके बाद वे अचानक कुत्तों की बात करने लगे और 'डॉग-लवर' बन बैठे।

बात कुछ इस तरह से शुरू हुई :

उनके बँगले में कुछ दिनों से एक पड़ोसी का कुत्ता आने लगा था। प्रारंभिक अवस्था में बहुत प्यारा लगता था। पता नहीं क्यों, पड़ोसी ने उसे अपनी दासता से छूट दे दी थी। इसीलिए ताजे-ताजे स्वतंत्र हुए बहुत से देशों की तरह उसकी हालत बिगड़ रही थी। बिगड़ती हालत के सबूत में वह एक पैर से लँगड़ाने लगा था। बाद में, तसवीर मुकम्मल करने के लिए, उसके जिस्म पर एकाध ऐसे धब्बे प्रकट होने लगे, शायद कुसंग से या भुखमरी से—जिन्हें, यदि वह कोई विकासशील देश होता तो अंतरराष्ट्रीय जगत् में दिखाकर बाहर से गेहूँ जरूर माँग सकता था। पर सिर्फ कूँ-कूँ करके कोई कुत्ता एक देश नहीं बन सकता, जैसे कि कोई देश दिन-रात निकम्मेपन और कूँ-कूँ करने का अभ्यास करके भी कुत्ता नहीं हो सकता। अत: यह कुत्ता, पड़ोसी के घर से श्री जी. प्रसाद के बँगले में आकर नियमित रूप से कूँ-कूँ करने और उनके लॉन पर प्लेग के चूहे की तरह कई गोल-गोल चक्कर लगाने के बावजूद उनके यहाँ से रोटी का एक टुकड़ा तक नहीं खींच सका। कुत्ते और मि. प्रसाद के बीच 'अपरिचित का विंध्याचल' खड़ा रहा, उपेक्षा का ब्रह्मपुत्र लहराता रहा। ऐसी उपेक्षा किसी विकसित और विकासशील देशों के बीच होती तो एक अंतरराष्ट्रीय तनाव का कारण बन सकती थी।

धीरे-धीरे उसके धब्बों में इजाफा होने लगा, बाल झड़ने लगे, लँगड़ापन बढ़ने लगा। फिर भी उसकी ओर श्री जी. प्रसाद मुखातिब नहीं हुए। तभी अचानक एक दिन एक नौजवान व्यापारी ने उनके अपरिचय के विंध्याचल में सुरंग लगा दी।

यह नौजवान व्यापारी अपने बाप की तरह गद्दा-मसनद, 'श्री लक्ष्मीजी सदा सहाय', पेंचदार पगड़ी, गौ-ब्राह्मण की सेवा और भंग-ठंडाई के वातावरण की उपज तो जरूर था, पर 'मॉडरेन' हो जाने की वजह से उसके घर पर कुत्तों को छूकर नहाने की मजबूरी न थी। उसके दफ्तर में मेज-कुरसियाँ, शीशे की दीवारें, इंटर-कॉम आदि का प्रवेश हो चुका था और उसे मालूम था कि अफसरों के यहाँ फूल-पौधों, पिछली रात क्लब में सुनी गई कव्वालियों, बाबा-बेबी की अंग्रेजी कविताओं, कब्जियत की दवाओं, पपलू

और फ्लश के दाँव-पेंचों, फौज से कम कीमत पर उड़ाई गई स्कॉच ह्विस्की की बोतलों, 'जमाना बड़ा खराब लगा है' और 'ईमानदार की मौत है' की तोतारटंत आवृत्तियों और बँगले की पालतू बिल्लयों व कुत्तों की बात करने से उसे घर का आदमी शुमार किया जाएगा। अत: श्री प्रसाद इस नौजवान व्यापारी से मिलने के लिए जब बँगले से निकलकर लॉन की तरफ आए तो उन्होंने उसे इस कुत्ते को पुचकारते हुए पाया। उसके बाद जब पारस्परिक अभिवादन और 'जमाना बड़ा खराब लगा है' और 'ईमानदार की मौत है' का आदान-प्रदान हो चुका और दोनों लॉन में पड़ी हुई कुरसियों पर बैठ गए, तो नौजवान व्यापारी ने अपनी बात रोककर कुत्ते को फिर पुचकारा और कहा कि यह पेडिग्री वाला कुत्ता है। श्री प्रसाद ने कुत्ते को पहली बार गौर से देखा और उनका जी घिना गया, जवाब में उन्होंने बताया कि डैडी—यानी ससुर के—यहाँ बहुत बड़े-बड़े कुत्ते पले हैं और उनके बँगले पर तख्ती लगी है कि 'कुत्तों से होशियार रहो।' नौजवान व्यापारी चुटकियाँ बजा-बजाकर कुत्ते को रिझाता रहा। पर वह इस प्रोत्साहन से लाभान्वित होने से इनकार करता रहा। आखिर में नौजवान व्यापारी ने कहा कि यह बीमार मालूम होता है, इसे अस्पताल ले जाना पड़ेगा और आपको ऐतराज न हो तो मैं खुद मोटर पर ले जाकर इसे डॉ. हाफिज को दिखा दूँ, क्योंकि शहर में इस वक्त वही कुत्तों की बीमारी के एक्सपर्ट हैं और मि. टंडन, हजेला, शुक्ला, मिश्रा, बेदी, द्विवेदी, त्रिवेदी, चतुर्वेदी के और मेरे कुत्तों का वही इलाज करते हैं।

जवाब में मि. प्रसाद ने भूमिका के तौर पर कहा कि डैडी के कुत्ते बड़े तगड़े हैं और कभी बीमार नहीं पड़ते। इसके बाद उनपर सच्चाई का दौरा पड़ गया। उन्होंने फूहड़पन से कहा, ''आप इस कुत्ते को जितना चाहें, प्यार करें, पर यह कुत्ता मेरा नहीं है।''

सट्टेबाजी चेहरे की मांसपेशियाँ को काबू में रखने की आदत डलवा देती है। व्यापारी के मन को धक्का लगा, पर उसने पहले की तरह उत्साह से कहा कि यह आपके बँगले में रहता है तो चाहे आपका हो या किसी और का, इसे बँगले की हैसियत से ही रहना पड़ेगा।

इसके बाद कुत्ते का कायदे से इलाज शुरू हो गया। देखते-देखते वह विकासशील देशों की तरह पनपने लगा। बाहरी लोग आ-आकर उसे सेहत के सर्टिफिकेट देने लगे। यहाँ तक कि मि. प्रसाद ने कुछ दिन बाद कुत्ते को अपना लिया, बच्चों ने उससे खेलना शुरू कर दिया और व्यापारियों के गुट में कुत्ता एक ऐसे मजमून के रूप में शुमार कर लिया गया, जिस पर उनसे 'जमाना बड़ा खराब लगा है' और 'ईमानदार की मौत है' के बाद, अगर डैडी का जिक्र न आ गया, तो बात की जा सकती थी।

एक दिन वह कुत्ता मि. प्रसाद के बँगले के सामने ही एक व्यापारी की मोटर से कुचलकर मर गया। उस व्यापारी का व्यापार तो पुराना था, पर अमीरी नई थी। इसलिए वह खराब तसवीरें और गलत गानों के रिकार्ड खरीदता, जरूरत से ज्यादा शानदार कपड़े पहनता, बिना किसी घनिष्ठता के ऊँचे अफसरों और नेताओं को शुरू के नाम से पुकारता, ठीक से खेलना न जानते हुए भी रोज ब्रिज खेलता, बहुत जल्दी नशे में आ जाने के बावजूद मनमानी शराब पीता और ठीक से चलाना न जानते हुए भी अपनी मोटर खुद चलाता। इसलिए जिस वक्त वह अपनी मोटर पीछे की ओर चलाते हुए श्री जी. प्रसाद के बँगले से निकला, उसी वक्त यह कुत्ता गाड़ी की चपेट में आ गया और आते-ही 'हैपी हंटिंग ग्राउंड्स' में पहुँच गया।

मि. प्रसाद को स्वाभाविक था कि दु:ख हो। वही व्यापारी के लिए भी स्वाभाविक था; यह भी स्वाभाविक था कि व्यापारी किसी भी नुकसान को पूरा न होनेवाला नुकसान न माने। इसलिए उसने एक वैसा ही बल्कि उससे भी उम्दा कुत्ता खरीदा और उसे मि. प्रसाद के सामने क्षमायाचना के साथ, मुआवजे के तौर पर पेश किया। उन्होंने उसे भले आदमी की तरह स्वीकार किया।

उधर शहर के व्यापारियों में इस दुर्घटना की खबर फैल गई थी। इसलिए दूसरे एक व्यापारी ने आकर उन्हें बताया कि मेरी कुतिया ने अमुक वंश के पिल्लों को जन्म दिया है और उनमें से एक पिल्ला आपका है। दूसरे व्यापारी की कुतिया ने चमुक वंश के पिल्लों को जन्म दिया था। तीसरे, चौथे, पाँचवें, छठे और सातवें व्यापारी की कुतिया ने क्रमशः तमुक, दमुक, बमुक, लमुक

और हमुक वंश के पिल्ले पैदा किए थे। अतः उन सभी व्यापारियों ने उन्हें एक या दो या तीन पिल्ले पेश किए और वे उन्हें अपनी स्वाभाविक उदारता से स्वीकार करते गए।

दान लेने से दान देने का जोश बढ़ा। जब उनके पास दर्जनों कुत्ते हो गए, वे उन्हें अपने दोस्तों में—खासतौर से दूसरे शहरों के दोस्तों में बाँटने लगे। दूर-दूर ट्रंक-कॉल करके वे अपने दोस्तों को बताने लगे कि भाई साहब, मेरे पास एक अमुक पिडिग्री का कुत्ता आया है और जरूरत हो तो आपके पास भेज दूँ। इस तरह इस शहर से श्री जी. प्रसाद की मार्फत कुत्ता-निर्यात का काम शुरू हुआ और यह शोहरत होने लगी कि वे 'डॉग-लवर' हैं। कभी-कभी यह भी होने लगा कि श्री प्रसाद के दोस्त के किसी अपने दोस्त ने कहा कि 'भई, बच्चे पीछे पड़े हैं, मुझे एक पेकिबीज चाहिए' और श्री प्रसाद के दोस्त ने कहा कि आज ही मैं उसको ट्रंक-कॉल करूँगा और फिर श्री प्रसाद ने उस व्यापारी से, जिसकी कुतिया अब हर दूसरे महीने पिल्ले पैदा करने लगी थी, दो पिल्ले मँगाकर उसके घर, उसके दोस्त के पास भेजने के लिए भेज दिए।

धीरे-धीरे कुत्ते के बारे में समझने-बूझने का शौक भी पैदा हुआ और एक दिन शहर का एक मशहूर बुकसेलर आया और कुत्तों के साहित्य से संबंधित दस-ग्यारह किताबें उन्हें पकड़ा गया। दूसरे बुकसेलर को श्री प्रसाद की किताबों के सेट में कुछ कमी खटकी और उसने उसमें बीच-पच्चीस किताबें और जोड़ दीं। तीसरे ने कुत्तों के बारे में तीन-चार विलायती पत्रिकाएँ मँगाने का इंतजाम कर दिया। फिर फोटोग्राफी के सामान के एक दुकानदार ने उन्हें कई किस्म के कुत्तों के कई फोटो दिए, अंत में एक पब्लिशर ने इन सब प्रयासों का समन्वय और सामंजस्य, यानी 'कॉआर्डिनेशन और डब-टेलिंग' की। पब्लिशर इनकम टैक्स के मामलों में उलझ उसी अनुपात से देश में कुत्ता-साहित्य की कमी का अनुभव कर रहा था। उसने निवेदन किया कि मि. प्रसाद, आप कुत्तों पर दो-एक किताबें लिखकर मुझे दीजिए। इससे देश की एक भारी कमी पूरी हो जाएगी।

उन्होंने एतराज किया। बोले कि मैं सरकारी काम, पूजा-पाठ, गिरिस्ती,

ज्योतिष और स्वामी सत्यानंद में फँसा रहता हूँ। डैडी भी लंबी छुट्टी लेकर आने वाले हैं। पर पब्लिशर ने जिद पकड़ ली। कहने लगा कि अंग्रेज अफसरों ने यहाँ की चिड़ियों और पेड़-पौधों पर हजारों किताबें लिखी हैं। उसने आश्वासन दिया कि आपकी अंग्रेजी बहुत उम्दा है और आपको सिर्फ किसी स्टेनोग्राफर को बोलते चले जाना है और मिस लिली, जो दो साल पहले 'मिस मसूरी' चुनी गई थी, हमारे यहाँ स्टेनोग्राफर हैं और मैं उन्हें इस काम के लिए छोड़ दूँगा। पर वे यही कहते रहे कि हमें फुरसत नहीं है। तब उसने कहा कि स्टेनोग्राफर के अलावा मैं फलाँ डिग्री कॉलिज के फलाँ लैक्चरर को भी आपकी खिदमत में लगा दूँगा और वे जैसे 'एक ग्रैजुएट' के नाम से कुंजियाँ लिखते हैं, वैसे ही 'डॉग-लवर' के नाम से वे आपकी किताबें भी लिख देंगे। इस तरह मजबूर किए जाने पर वे मजबूर हो गए और देखते-देखते 'ऑफ डॉग्स ऐंड बिचेल, बाई एक डॉग-लवर' छपकर बाजार में आ गई।

मि. प्रसाद का कुत्ता-कॅरियर यहाँ से सुगठित हुआ। एक के बाद दूसरी, फिर तीसरी, चौथी, पाँचवीं किताब छपती चली गई और वे नौकरी-पेशे के बाहर भी कुत्ता-विशेषज्ञ मान लिये गए। उन्हें सभा-सोसाइटियों में व्याख्यान देने को बुलाया जाने लगा। पर उन्हें भाषण देने में हिचक होती थी। वास्तव में अभी तक उन्होंने कोई गैरसरकारी भाषण दिया ही न था। इसके लिए मिस लिली और एक ग्रैजुएट से काम नहीं चलता था। पर अचानक—इसी को भाग्य कहते हैं—एक दिन वे बेसाख्ता बोलने लगे। हुआ यह था कि उनके पड़ोसी ने उनका अपमान कर दिया। पड़ोसी रेलवे का एक बड़ा अफसर था और डैडी के रिश्ते से इनके यहाँ उसका काफी आना-जाना था। उसके यहाँ कई एक बिल्लियाँ पली थीं। वह पहले भी मि. प्रसाद के कुत्तों का मजाक उड़ा चुका था। एक दिन क्लब में, जब मि. प्रसाद कोकाकोला पी रहे थे और वह ह्विस्की पी रहा था, बात कुत्तों और बिल्लियों पर चल निकली। उसमें मि. प्रसाद पर सीधे हमला किया और कहा कि कुत्ते पालनेवाले खुद कुत्ते हो जाते हैं और कोई प्यारी चीज होती है तो बिल्ली होती है।

मि. प्रसाद को अब तक कुत्तों से सचमुच का प्रेम हो गया था। वे गुस्से

में कुरसी से उठ खड़े हुए। वे अपने पड़ोसी के बारे में उसी तरह जानते थे, जैसे कि हर समझदार को अपने पड़ोसी के बारे में जानना चाहिए। उस जानकारी का पूरा उपयोग करके और पड़ोसी को अपने ससुर का हमउम्र होने के कारण आदर के साथ संबोधित करते हुए उन्होंने कहा, ''जनाब, बहस कुत्तों और बिल्लियों की नहीं, सिद्धांत की है। पहले सैद्धांतिक स्तर पर देख लिया जाए कि हमारी रुचियाँ, यानी हॉबीज के पीछे कौन सी प्रेरक शक्तियाँ काम कर ही हैं। प्राय: होता यह है कि हमें जो चीज यों ही मिल जाती है और मिलती रहती है, उसी में हमारी रुचि पैदा हो जाती है। रुचियों के विकास का इस दृष्टि से भी अध्ययन होना चाहिए। विकासशील देश में आपने देखा होगा, जरूरी चीजों को छोड़कर इसी तरह गैर जरूरी चीजें बनने लगती हैं। हमारे यहाँ कैमरों, ट्रांजिस्टरों, टेप-रिकॉर्डरों, रेफ्रिजरेटरों की भरमार क्यों है ? इसलिए कि शुरू-शुरू में यहाँ के लोग यूरोप-अमेरिका या जापान गए और ये चीजें फोकट में या कम दाम पर ले आए। बाद में इन्हीं चीजों के इर्द-गिर्द हमारी रुचियों का विकास हुआ।''

अचानक उन्हें लगा कि लोग चुप होकर सुन रहे हैं और वे व्याख्यान दे रहे हैं। वे हिचके, पर एक बार फिर हिम्मत करके कहने लगे, ''···यही थ्योरी कुत्तों और बिल्लियों पर भी लागू होती है। यह एक संयोग की बात थी कि शुरू-शुरू में मेरे यहाँ एक कुत्ता आ गया था और विलायत जाने के पहले मि. हार्टन ने अपनी बिल्लियाँ आपको दे दी थीं, यह न भूलिए कि वे बिल्लियाँ मेरे यहाँ भी आ सकती थीं और यह कुत्ता आपके यहाँ जा सकता था। इसलिए हमें कुत्तों और बिल्लियों के बारे में प्रतिबद्ध होकर बात न करनी चाहिए। असल बात हॉबीज के, रुचियों के विकास की थ्योरी को लेकर चली थी, जिसके बारे में··· ।''

पड़ोसी तो यही समझा कि कोकाकोला पीकर उन्हें नशा हो गया है, पर उसी के दूसरे दिन वे रोटरी-क्लब में 'डॉग-केयर' पर भाषण देने के लिए बुलाए गए। कुत्ता-विशेषज्ञ की हैसियत से अब उन्हें काफी बड़े पैमाने पर स्वीकार कर लिया गया। उनके कुत्ता-प्रदर्शनियों के उद्‌घाटन के लिए और

उनकी बीवी को पुरस्कार-वितरण के लिए बुलाया जाने लगा। वे जहाँ-जहाँ तबादले पर गए, वहाँ-वहाँ उनकी अध्यक्षता में 'कुत्ता-कल्याण-समितियाँ' बनाई गईं। सफलता की इन मंजिलों को पार करके आखिर में उन्हें यह आध्यात्मिक अनुभव हुआ कि उनके भी जीवन का एक अर्थ है और उस अर्थ का नाम कुत्ता है।

□

उमरावनगर में कुछ दिन

बकरी, मुरगी और फटी कमीजें

बस में जहाँ मैं बैठा था, वहाँ बकरी न थी, मेरे पास बैठे आदमी की गोद में सिर्फ मुरगी थी। बकरियाँ पीछे थीं। उस भीड़-भक्कड़ में अगर कहीं कोई बकरी का बच्चा आदमी की गोद में था या कोई बकरी आदमी के घुटने पर थी तो कुछ ऐसे आदमी भी थे, जिनके पाँव बकरी के पेट के नीचे या पीठ के ऊपर थे और पीठ बस की पिछली दीवार से चिपकी थी। उनके सर कहाँ थे, कहना मुश्किल है, क्योंकि उनसे हाथ-दो हाथ ऊपर भी कई सर दीख रहे थे।

बस के रुकने पर समझने में देर नहीं लगी कि यहाँ उतरने में चढ़ने के मुकाबले ज्यादा जीवट की जरूरत होगी। पर मेरा मुरगीवाला साथी मुझसे ज्यादा उतावला था। अभिमन्यु की तरह भीड़ का चक्रव्यूह तोड़ता हुआ जब वह आगे बढ़ा तो मैं भी उसके कुरते से झूलता हुआ वहाँ तक पहुँच गया, जहाँ दरवाजा होना चाहिए और उसके नीचे कूदते ही मैं भी उसी के साथ जमीन पर चू पड़ा। मेरे हाथ से झूलती अटैती किसी की टाँगों में फँसी होगी, क्योंकि मेरे पीछे जो मुसाफिर कंधे के बल जमीन पर आया, उसकी एक टाँग आसमान में थी और दूसरी की धोती मेरी अटैची के कुंडे से उलझी थी। मेरे मुरगीवाले साथी का कुरता पीछे से चीथड़ा बन चुका था, पर वह इससे बिल्कुल बेखबर था। उसे देखकर मुझे खबर हुई कि मैं भी अपनी कमीज के मामले में बेखबर हूँ, उसका कंधा अपनी सिलन छोड़कर पीठ पर झूल गया था।

सड़क पर जहाँ बस रुकी थी, उसके किनारे एक दवाखाना था, जिस पर किन्हीं डॉ. अंसारी का नाम लिखा था। विज्ञापन-पट्टी पर ए.ए.यू.

पी., पी.एम.पी., एम.डी. जैसी डिग्रियाँ लिखी थीं। एम.डी. से मेरा मन मुदित हो गया, क्योंकि यह डॉक्टरों के खिलाफ इस इल्जाम का जवाब था कि ऊँची डिग्री लेने के बाद वे शहर छोड़कर देहात नहीं जाना चाहते। पर पट्टी पर दुबारा निगाह पड़ते ही मैंने देखा, एम.डी. के नीचे कोष्ठकों के भीतर उर्दू, यानी फारसी लिपि में लिखा है, 'मैनेजिंग डायरेक्टर, अंसारी क्लीनिक'। यह तो हुआ एम.डी.। अब मैंने ए.ए.यू.पी. और पी.एम.पी. के तिलिस्म को तोड़ना चाहा। पी.एम.पी. का गुर आसान था : प्राइवेट मेडिकल प्रैक्टिशनर। ए.ए.यू.पी. का गुर दूसरे दिन पकड़ में आया। दवाखाने में एक ऊँघता हुआ बुड्ढा, हजारों मक्खियाँ। उसके सामने, सड़क के किनारे दो तख्तों पर छह-सात लोग भिन्न-भिन्न आसनों में बैठे बात करते हुए, पर एक भी आसन ऐसा नहीं, जिससे जल्दी का आभास हो रहा हो। जहाँ तक बात की बात है, बात सिर्फ एक आदमी कर रहा था, बाकी सिर्फ उसकी बात जोर-जोर से सुन रहे थे।

इकबाल मियाँ

मुझे पता नहीं था कि मेरे अध्यापक मित्र कहाँ रहते हैं। उनका पता पूछने के लिए मुझे यहाँ रुकना पड़ा। पर यहाँ देश की दुर्दशा पर बहस चल रही थी। जैसाकि होना चाहिए, देश के सामने व्यक्ति और खास तौर से मुझ जैसे व्यक्ति पर किसी ने ध्यान नहीं दिया।

"...तुम कहते हो कि देश को नेताओं ने चौपट किया है। सरासर गलत। सारा देश तो बाबुओं के हाथ में है। पूरा बाबू-राज है। बाबू जैसा चाहता है, वैसा ही होता है।"

बात में कोई मौलिकता नहीं थी, फिर भी शायद मेरा सर अनजाने ही इसके अनुमोदन में हिल गया। जवाब में उन्होंने अपनी बड़ी-बड़ी आँखों से मुझे देखा, गोया मुझे सनद दी कि मैं भुनगा नहीं, उन जैसा नहीं तो कम-से-कम दूसरों ही जैसा इनसान हूँ। फरमाया, "देखिए न, इसी छब्बीस जनवरी की बात है। दिल्ली के किसी बाबू की करामत देखिए। छब्बीस जनवरी को

छुट्टी होती है। मगर उस कंबख्त ने छब्बीस जनवरी को उठाकर ऐन इतवार के दिन गिरा दिया। गरीबों की एक दिन की छुट्टी मारी गई।''

बात कुछ महीन किस्म की थी। लोग समझने की कोशिश करने लगे। उन्होंने फिर फरमाया, ''मिनिस्टर को पता भी न चला होगा।''

एक आदमी ने होंठ हिलाकर पहले कुछ कहने की कोशिश की, फिर कहा, ''मगर इकबाल साहब, कौन सी तारीख किस दिन पड़ेगी, यह बाबू या मिनिस्टर थोड़े ही तय करता है?''

''फिर कौन तय करता है?''

कहकर शायद अनुमोदन के लिए उन्होंने फिर मेरी ओर अपनी नजर उठाई। उनका श्रोता-समुदाय निरुत्तर हो चुका था। तब मैंने अपने मित्र के घर का पता पूछा।

वे लगभग साठ साल के होंगे। मोटे बदन पर लंबा कुरता और तहमद। सर पर चौकोर टोपी। नाक के कोने पर एक बड़ा सा काला मस्सा, जो बड़ी-बड़ी आँखों के नीचे बसकर पूरे चेहरे को समुद्री डाकुओं जैसा खूँखार बनाता था। यही, जब वे आँखें मूँद लेते होंगे, उनके चेहरे की ध्यान-मुद्रा को और भी गहनता देता होगा, धार्मिक भाषणों को मार्मिक बनाने में सहायता करता होगा।

मित्र ने कहा

''अच्छा हुआ, यहाँ आते ही इकबाल साहब से तुम्हारी मुलाकात हो गई। यहाँ के सबसे रईस आदमी हैं। काफी समझदार भी। पिछले चुनाव में सत्ताधारी पार्टी का टिकट भी मिल गया था। जीतते-जीतते बचे।''

''समझदारी का सबूत तो पहली मुलाकात ही में उन्होंने दे दिया। कहते हैं कि कौन तारीख किस दिन पड़ेगी, यह बात दिल्ली के किसी दफ्तर का बाबू तय करता है।''

मित्र ने भौंहें सिकोड़कर कुछ सोचा, बोले, ''तो तुम्हीं बताओ, यह कौन तय करता है?''

झटका लगा, पर जल्दी ही सँभल गया। मैंने समझाया, ''यह सब तो मिस्टर गणेशन तय करते हैं।''

''कौन मिस्टर गणेशन ?''

''तुमने अखबार में नहीं पढ़ा? वही जिन्होंने हाल ही में अपनी बेवा की बहन से शादी की है।''

वह हमेशा से ऐसे ही हैं। दोनों जोर से हँसे, वैसे जोड़ बराबर पर नहीं छूटा था, पॉइंट्स पर मैं ही जीत रहा था।

''दरअसल इकबाल मियाँ की हालत विशेषज्ञों जैसी है। अपने विषय को छोड़कर उन्हें कई विषयों का क ख ग तक नहीं आता…''

मित्र का ठिकाना सड़क से लगे हुए एक मकान की दूसरी मंजिल पर था। पर छोटे कमरे थे। छत के दूसरे किनारे एक छोटी कोठरी, जिसमें रसोईघर था। दूसरी तरफ खुले में दीवारें घेरकर नहाने का प्रबंध, उसी के दूसरी हिस्से में एक अचंभा था—साफ-सुथरा शौचालय, फ्लश के लिए भले ही बाल्टी का प्रयोग होता हो। नहानेवाले हिस्से में हैंडपंप लगा था। हैंडिल सँभालकर चलाना पड़ता था, क्योंकि वह खुरदरी दीवार से रगड़ खाता था।

हैंडपंप चलाते वक्त मैं अपनी उँगलियों को दीवार से रगड़कर जख्मी बना चुका था। उनपर डिटॉल लगाकर, रसोईघर के दरवाजे पर खड़े-खड़े जहाँ खाल छिल गई थी, वहाँ की जलन का आनंद ले रहा था। मित्र चाय के लिए स्टोव जला रहे थे, इकबाल मियाँ की गौरवगाथा सुना रहे थे :

''विशेषज्ञों के साथ अकसर ऐसा होता है। अपने ही को लो। तुम ग्रामीण अर्थशास्त्र के माहिर हो। अब अगर तुमसे कोई भौतिक विज्ञान की किसी गुत्थी पर बात करने लगे तो तुम भी इकबाल मियाँ जैसी चूक कर सकते हो। है कि नहीं ?''

''है। पर इकबाल मियाँ विशेषज्ञ काहे के हैं ?''

''उन्हें भी, क्या कहा जाए—एक तरह से ग्रामीण अर्थशास्त्र का ही विशेषज्ञ कह लो। खास तौर से जंगलों की कटान और जंगली लकड़ी के उपयोग के बारे में उन जैसा माहिर इधर कोई नहीं है।''

"तुम्हारा मतलब पर्यावरण-सुरक्षा और वानिकी से है?"

"मुझे पता नहीं ये क्या है," मित्र बोले, "पर इनका मतलब चोरी और उठाईगीरी हो तो तुम्हारी बात सही होनी चाहिए।"

यहाँ ऊपर की मंजिल तक पहुँचने के लिए सड़क से ढाई फीट चौड़ी गली पार करके इमारत के पिछवाड़े से एक जीना चढ़ना होता है। यह लंबाकार सँकरा जीना सरग की नसेनी जैसा है, जिस पर दीवार में बँधी हुई एक चीकट रस्सी के सहारे झूल-झूलकर चढ़ा जाता है। चढ़ते वक्त अगर किसी सीढ़ी पर पाँव चूक जाए तो यह सचमुच ही सरग की नसेनी बन सकता है।

मित्र की बात सुनकर मुझे लगा, किसी ने मेरी गरदन पर धक्का देकर मुझे जीने से नीचे ढकेल दिया है।

खैनी, तंबाकू और कंप्यूटर ट्रेनिंग

गाँव की विकास-गाथा बहुत कुछ एक दिन ही में समझ गया था। समझाया खंड विकास अधिकारी ने, जनभाषा में कहा जाए तो बी.डी.ओ. साहब ने। उन्होंने ही डॉ. अंसारी की उपाधि ए.ए.यू.पी. का तिलिस्म भी तोड़ा—एलोपैथिक, आयुर्वेदिक ऐंड यूनानी फिजीशियन।

बी.डी.ओ. साहब मित्र के मित्र थे। शाम को मिलने आए। थके हुए थे, पर चहेरे पर कोई बड़ा काम कर गुजरने का संतोष था। चाय, कॉफी, शराब—किसी भी पेय पदार्थ को लेने से उन्होंने इनकार किया, भोज्य पदार्थों से भी। आराम से खटिया पर लेटकर उन्होंने अपनी जेब से चोष्य पदार्थ, यानी तंबाकू निकाली। उसमें एक डिबिया से चूना निकालकर मिलाया, बाएँ हाथ की हथेली पर दाएँ हाथ के अँगूठे से उसे मला, थपथपाया, साफ किया, फिर दाँतों और निचले मसूढ़े के बीच उसे दबा लिया। कहा, "कंप्यूटर की ट्रेनिंग से आज तीसरे पहर फुरसत मिली है। किसी तरह यह प्रोग्राम भी खत्म हुआ। इज्जत बच गई।"

तंबाकू का ऐसा आदिम प्रयोग करते हुए किसी को बहुत दिन बाद देखा था। उसके साथ कंप्यूटर का पुट तो और भी दुर्लभ था। मैंने पूछा, "इस कस्बे में··· ?"

उठकर उन्होंने तंबाकू की पीक थूकी, अपनी ही कहते रहे, ''कल प्रशिक्षण में आए अफसरों को आस-पास का विकास कार्य दिखाना है, जंगल में भी घुमाना है। पर वह सब तो जंगल के महकमेवाले देखेंगे। उनके आदमी डेढ़ सौ किलोमीटर दूर पेस्ट्री और तले काजू खरीदने गए हैं। कल आप भी चलिए न!''

''पर कंप्यूटर-ट्रेनिंग? इस कस्बे में?''

''यह कस्बा नहीं, गाँव है जनाब। वैसे आबादी चार हजार के करीब हो गई है। एक बार टाउन एरिया बनाने की बात भी चली थी, पर गाँववालों ने उसका विरोध किया।...''

''क्यों?''

''तब लोगों पर कई तरह के टैक्स न लग जाते!''

''पर गाँव का विकास भी तो हो जाता।''

''वह तो अपने आप हो रहा है।''

फिर बी.डी.ओ. साहब की बात तांत्रिकों, ज्योतिषियों, पुरातत्त्ववेत्ताओं, मौसम-विज्ञानियों, समाजशास्त्रियों, कथाकारों और कवियों की अर्धस्फुट वाणी में होने लगी। उन्होंने इस जंगली क्षेत्र के तीस-पैंतीस परिवारोंवाले पुरवे के विकास की कथा 'सेल्फ जनरेटिंग', 'सेल्फ प्रॉपलिंग', 'इंफ्रास्ट्रक्चर', 'आर्केस्टेशन', 'टेक ऑफ स्टेट' जैसी योजना आयोग की भाषा में उद्घाटित करनी शुरू कर दीं।

श्रोता और शिष्य था मैं, जाना-माना सनकी पत्रकार और मित्र की मित्रतापूर्ण भाषा में, ग्रामीण अर्थशास्त्र का विशेषज्ञ।

सब आवाजों के ऊपर आवाज

पिछले बीस-पचीस साल में उमरावनगर नामक इस छोटे से जंगली गाँव का विकास अपने आप हो चुका है। इसलिए अब इसे क्षेत्रीय स्तर पर सघन विकास के लिए चुना गया है। चुननेवाले यहाँ के क्षेत्रीय विधायक हैं।

आज से दो साल पहले वे राज्य मंत्री बनाए गए थे। जैसाकि इस कथा में कहीं आगे आएगा, कोशिश उन्हें परिवहन मंत्री बनाने की थी। यहाँ

चलनेवाली बसों में से एक के मुनाफे में उनका आठ आने का हिस्सा था। उनके विधायक बन जाने पर हिस्से की जगह उन्हें पूरा मुनाफा दिया जाने लगा। स्थानीय ट्रांसपोर्ट यूनियन के कर्ता-धर्ता वर्मा साहब, ठेकेदार साहब, ठाकुर जैसे कार्यकर्ताओं ने शोर मचा दिया कि वे परिवहन के राज्य मंत्री बन रहे हैं। अखबार तक में छप गया, इसलिए मुख्यमंत्री के मन की बात कोई भी नहीं पकड़ सकता, यह प्रमाणित करते हुए उन्हें चीनी उद्योग का राज्य मंत्री बना दिया गया। जो भी हो, उमरावनगर में ट्रांसपोर्ट यूनियन की ओर से उनका जोरदार स्वागत-समारोह हुआ, जिसके लिए अखबारों में 'भव्य' और जिसके व्याख्यानों के लिए 'भावभीने' जैसे ठेठ विशेषणों का प्रयोग हुआ। समारोह में उन्होंने घोषणा कर दी कि उमरावनगर में वे एक सहकारी चीनी मिल की स्थापना कराएँगे।

दो हजार मीट्रिक टन की क्षमतावाली चीनी मिल और आटाचक्की में कुछ फर्क है—मंत्रीजी के प्रतिक्रियावादी अफसरों ने उन्हें यह समझाने की कोशिश की। जहाँ कहीं भी बिजली का तार गया हो, वहाँ आटाचक्की चल सकती है। पर चीनी मिल के लिए कुछ और भी चाहिए। गन्ना तो चाहिए ही। उमरावनगर के चारों ओर सरकारी जंगल है। मिल चलाने के लिए दूर-दूर से गन्ना लाया जाए, तब भी पूरा न पड़ेगा—आदि-आदि उन्हें समझाया गया। पर मंत्रीजी अकड़ गए। हर मंत्री की तरह उन्हें पहले से ही नौकरशाही के बारे में सबकुछ मालूम था, जिस कारण वे हमेशा सही सलाह को गलत और गलत सलाह को सही मान बैठते थे। अत: उन्होंने अपनी घोषणा को कई बार दोहराया। दोहरा ही रहे थे कि, जैसाकि आजकल किसी भी लम्हे में हो सकता है, प्रदेश के मुख्यमंत्री ने, अपनी अंतरात्मा की आवाज सुनकर—जो पार्टी हाईकमांड के आदेश की पर्यायवाची है—अचानक इस्तीफा दे दिया। हमारे क्षेत्रीय विधायकजी दूसरे मंत्रिमंडल में, अपनी बिरादरी के अनूठे प्रतिनिधि होने के नाते, फिर से राज्य मंत्री तो बना दिए गए, पर उनके महकमे का नाम आज तक ट्रांसपोर्ट यूनियनवालों की समझ में नहीं आया। वे प्रशासनिक सुधार और कार्मिक विभाग के राज्य मंत्री बनाए गए।

दूसरा समारोह भी 'भव्य' और 'भावभीना' तो बनाया गया, पर रंग कुछ फीका रहा। दुकानदार दुकान सजाए बैठा हो, पर यह पता न चले कि यहाँ कौन-सा माल बिकता है, मंत्रीजी की हालत कुछ वैसी ही थी। 'प्रशासनिक सुधार' और 'कार्मिक' लोगों के पल्ले नहीं पड़ रहे थे। पर मंत्रीजी का जीवट कुछ कम नहीं था। उन्होंने इस बार एक नई घोषणा की—"आदरणीय प्रधानमंत्री के नेतृत्व में हमें नई-नई तकनीकों और पद्धतियों की जानकारी करनी होगी। खासतौर से कंप्यूटर की जानकारी तो बच्चे-बच्चे को होनी चाहिए। इसकी शुरुआत हमने अपने आला अफसरों से की है। हम अपने वरिष्ठ अधिकारियों को कंप्यूटर का प्रशिक्षण देने के लिए दो सप्ताह का एक सत्र आयोजित कर रहे हैं। यह प्रशिक्षण उमरावनगर में होगा।"

अब गले में टाई और हाथ में ब्रीफकेस लटकाए हुए जो अफसर दिल्ली के किसी वातानुकूलित कमरे की हवा में अपनी हवा जोड़ते हुए, वे उमरावनगर में कंप्यूटर प्रशिक्षण के लिए कंप्यूटर समेत आ गए हैं।

बी.डी.ओ. साहब यह ब्योरा मुझे सुना रहे थे, तब उनकी आवाज के पीछे, जैसाकि फिल्म डिवीजन के वृत्तचित्रों में होता है, कई तरह की आवाजें पृष्ठसंगीत का काम कर रही थीं। नीचे सड़क पर बिचरते और चरते हुए गधों की 'सीपों-सीपों', ट्रकों के प्राणबेधी हॉर्न, आटाचक्की की 'किट्-किट्-किट्' एक साथ कई दुकानों पर बजते हुए ट्रांजिस्टर और एक दुकान पर एंप्लीफायर के सहारे गरजता हुआ एक लगभग अश्लील लोकगीत, आदि-आदि। इन आवाजों को कुछ देर पहले लाउडस्पीकर पर गूँजती हुई अजान ने पस्त किया था, पर अजान तो चंद मिनटों का करिश्मा है। उसके खत्म होते ही स्वामी रघुवरदास के आश्रम का कीर्तन बाकी सब आवाजों पर हावी हो गया था।

कीर्तन में जनाना-मर्दाना, दोनों ही आवाजें थीं, पर सबसे प्रबल आवाज एक नारी कंठ की थी। बी.डी.ओ. साहब की बात खत्म होते-होते वह नारी कंठ तारसप्तक के मध्यम पर जाकर टिक गया और वहीं टिका रहा। फिर उससे भी एक स्वर ऊपर जाकर उसने आलाप लिया : की···ईं···ईं···ईं···की ···ईं···ईं···ईं···। लगा, कोई फेफड़ा फाड़कर चीख रहा है।

मेरे मत्थे पर उलझन की रेखाएँ उभर आई होंगी। बी.डी.ओ. साहब बोले, ''लगता है, सियादुलारीजी को फिर से दौरा पड़ा है!''

पर सियादुलारीजी की बात बाद में, पहले ये पाँच कोठियाँ। पर उसके भी पहले एक नजर उस फिजा पर, जो विकास के पहले की है।

इलाज के पहले

कुछ दूरी पर आम के ठूँठ की एक सूखी, पर मोटी डाल आसमान की ओर हाथ उठाकर पनाह जैसा माँग रही है। उसी के पास यह कोठी बनी है। उमरावनगर का यह पहला पक्का मकान है। आम के ठूँठ से आप सोच सकते हैं—और सही सोचेंगे—कि यहाँ पहले एक अमराई थी। उसके वे पेड़, जो सड़क के किनारे नहीं थे, पहले ही शहरवालों के चूल्हे-भाड़ में जा चुके हैं। सड़क के किनारेवाले पेड़ सरकारी हैं। इसलिए वे 'काटे बिना ही काट देने की पद्धति' से सिर्फ ठूँठ बनाकर छोड़ दिए गए हैं।

यह पद्धति कैसी है? वैसी ही, जैसे टैक्स लगाए बिना टैक्स लगाने की पद्धति। जैसे कुछ महीने हुए, पेट्रोलियम पदार्थों के दाम हचककर बढ़ा दिए गए। लोगों ने चिल्ल-पों मचाई तो सरकारी अर्थशास्त्रियों ने समझाया : 'तुम लोग मान लो कि दाम नहीं बढ़ाए गए हैं, हमने तो इन पदार्थों पर सिर्फ एक टैक्स जैसा लगाया है।' टैक्स देनेवालों ने एक-दूसरे मौके पर चिल्ल-पों मचाई तो उन्होंने वहाँ समझाया : 'हम टैक्स की दर बढ़ाना नहीं चाहते, न नए टैक्स लगाना चाहते हैं। इसीलिए देखो, हमने पेट्रोल आदि की कीमत बढ़ा दी है।'

तो जनता ने भी सरकार के साथ वैसा ही किया है। ईंधन की कमी हुई तो बीवी को बताया, ''सड़कवाला पेड़ काटकर ला रहा हूँ।'' पेड़ की उन्होंने इधर-उधर की शाखें छाँट दीं, बस फुनगी छोड़ दी। फिर सारा काम तने पर किया। उसकी पहले छाल छील दी, फिर कुछ गहरे पैठकर गूदे से कई दिन छोटी-छोटी चिप्पियाँ निकालीं। निकालते रहे। बाद में एक कटा-पिटा गावदुम तना और आसमान की ओर बाँह पसारे एक शाखा भर रह गई। समय आने पर यानी असमय में यह अस्थिपंजर सूख गया, पत्तियाँ गायब हो गईं। पेड़

की सूरत कूड़े पर खड़ी हुई बिना इंजिन और पहिए की मोटर जैसी, और कुल मिलाकर उसकी शक्ल हिंदुस्तान के लंबोतरे नक्शे जैसी निकल आई। इस तरह कट जाने पर भी पेड़ कटा नहीं। सड़क के हाकिमों ने पेड़ के तने पर तारकोल से जो नंबर डाला था, वह बाकायदा कायम रहा।

ये अस्थिपंजर सड़क के किनारे दूर-दूर तक खड़े हुए हैं। इनके पीछे जो अमराई थी, उसके पेड़ों को लेकर इस नुक्ताए-नफासत की जरूरत न थी। इसलिए उनकी जगह पहले वीराना हुआ। फिर वहाँ यह कोठी बन गई, जिसमें अब सरकारी दवाखाना है।

जब यह न बनी थी तब यह उमरावनगर एक छोटा सा निहायत गँवार गाँव था। वैसे कहने को राजा उमरावसिंह की ताल्लुकेदारी का एक जिला था। अर्थात् वहाँ एक जिलेदार रहता था। उसके लिए और उसके अमला तथा कुछ वफादार लठैतों के लिए राजा साहब ने सड़क के दोनों ओर कुछ इमारतें बनवा दी थीं। ये खपरैल के कच्चे घर थे। सिर्फ जिलेदार के घर की दीवारें पक्की थीं। हर इमारत में आगे का बरामदा और अंदर दो कोठरियाँ थीं, जिनके ऊपर कोई रोशनदान हो तो कमरा कहा जाता था। इनके भीतरी धुँधलके में मकड़ी, मच्छर, छिपकली, कानखजूरे या बिच्छू भले ही पनप लें—और साँप भी—सूरज की चौंध, पूस-माघ की हवा, लू, धूल-धक्कड़ आदि हरगिज नहीं आ सकते थे। अंदर सँकरा-सा बरामदा, आँगन। हर इमारत के बीच ढाई फीट चौड़ा रास्ता छूटा था, यानी इस सभ्यता में वास्तुकला की कमी न थी। यह जरूर है कि मोहनजोदड़ो की सभ्यता में नालियों को जो स्थान मिला था, वह यहाँ नहीं था। किसी भी इमारत में नाली न थी। राजा साहब जानते थे कि जो बात अपने देश के चरित्र के लिए सच है, वही पानी के लिए भी है। पानी हर हालत में अपना धरातल ढूँढ़ लेता है।

इससे इतना जरूर कि जमींदारी टूट जाने पर, और इन इमारतों के रखरखाव में कमी हो जाने से बहुतों को पानी ने ही मटियामेट कर दिया। उन्हीं पर नई कोठियाँ बनीं। कुछ का पानी अपनी राह अब भी निकाल लेता है। वे बच गई हैं, पर उनको लेकर दर्जनों लोगों में दीवानी के मुकदमे चल

रहे हैं। हर एक का दावा है कि उसने यह इमारत पक्के कागज पर जिलेदार साहब से खरीदी है।

पहली कोठी

जिलेदार आला अफसर था। बीस रुपया महीना पाता था। वह यहीं जिले में रहता था। रहता भी क्या था, एक मल्लाह लड़की की सोहबत में कुछ दिन बिताने के लिए यहीं चला आता था।

खपरैल के ये घर, जिनमें दुकानें भी लग सकती थीं, सड़क के दोनों किनारों पर लगभग सौ गज तक चले गए थे। इनके पीछे आम और शीशम के बड़े-बड़े बाग थे। उनके पीछे खेत, नदी, जंगल। फिर जंगल-ही-जंगल।

वातावरण रमणीक था, सिर्फ रमण करनेवालों की कमी थी। खपरैल के घर और दुकानें ज्यादातर खाली रहतीं। लोगों को यहाँ लुट जाने का डर था। खपरैल के कुछ घर जिलेदार के पास थे, जिनमें वह खुद रहता था, एक में धीवर-कन्या और उसके माँ-बाप रहते थे, एक में उसके बहनोई-ननदोई। एक में उसके सास-ससुर रह सकते थे, पर रहते नहीं थे। उनका बेटा जवान होने के पहले ही चल बसा था। बहू उनकी राय में कुलच्छनी थी, पर अपने माँ-बाप की राय में वह सोने की मछली थी। जिलेदार के बारे में भी उनकी राय बड़ी उदारतापूर्ण थी। वे उसे बड़ा नेक और रईस मानते थे। आम लोगों की राय भी यही थी।

बाकी इमारतों में से कुछ में रियासत के दो-चार कारिंदे रहते थे। वे अकेले प्राणी थे। नदी के किनारे मल्लाहों के कुटीर उद्योग से आनेवाले मुफ्त के ठर्रे के सहारे और दूसरों की बहू-बेटियों के प्रेमभाव में वे सुखमय जीवन बिता रहे थे। उन्हें लुटने का डर न था, लूटनेवाले उन्हीं के आदमी थे।

जमींदारी टूटने के कुछ साल पहले और उसके बाद जमींदारों ने अपनी जायदादें बेचनी शुरू कीं। कुछ तो अपने ऊसर-बंजर और उनका एक-एक तिनका बेचकर शहरों की ओर भागे और वहाँ एम.एल.ए., जिला परिषद् के अध्यक्ष या कुछ न हुआ तो किसी भी आँय-बाँय-शाँय पार्टी के नेता बनकर

अपनी नई हैसियत बनाने लगे। राजा उमरावसिंह के वारिस किसी छोटे-मोटे देश में इस देश के राजदूत बन गए और उनके कारिंदे उमरावनगर के खेत-पात, बाग-बगीचे और जिले की इमारतें बेचने के लिए माथापच्ची करने लगे। बिक्री का अभियान चला। पर खरीदनेवाले न थे। तब उनकी मदद राजा साहब के एक फटीचर पर नेतानुमा रिश्तेदार ने की।

वे जिला सहकारी संघ के अध्यक्ष थे। उन्होंने उपरावनगर बाजार के पाँच मकान छह रुपया महीना प्रति मकान की दर से किराए पर ले लिये। उनमें सस्ते गल्ले, चीनी, कपड़े, मिट्टी के तेल और सीमेंट की दुकानें खुलीं। फलस्वरूप वहाँ सुपरवाइजर ने छह महीने में ही तीन मकान अपने लिए खरीद लिये। पर उनकी बात छोड़िए। अभी हमें पहली कोठी ही में रहना है।

सहकारी दुकानों पर बिक्री अच्छी होती थी। सिर्फ सीमेंट की खपत नहीं थी। शायद उसी को बढ़ावा देने के लिए दो साल के भीतर ही पहली कोठी बनने लगी। कोठी संघ के अध्यक्ष की थी। जब वह बन चुकी, तब उनके विरोधियों ने भ्रष्टाचार का नाम लेकर चिल्ल-पों मचाई। उन दिनों भ्रष्टाचार को थोड़ा बुरी चीज माना जाता था। इसलिए अध्यक्ष ने सार्वजनिक जीवन में स्वस्थ परंपराओं की रक्षा के लिए अपने पद से इस्तीफा दे दिया। जिला सहकारी संघ एक दूसरे अध्यक्ष के पास चला गया। कोठी भूतपूर्व अध्यक्ष के पास रही।

राम-नाम है, लूट है

भगवान् रजनीश, सत्य साईं बाबा, महर्षि योगी, स्वामी सदाचारी आदि विज्ञान और तकनीकी के युग की पौध हैं। स्वामी रघुबरदासजी भी इसी शृंखला की एक कड़ी हैं। अंतरराष्ट्रीय जगत् में अभी उनके जेट की गड़गड़ाहट नहीं गूँजी है, पर जिस तेजी से उमरावनगर के आकाश में उन्होंने छलाँग लगाई है, उससे लगता है कि वे मनुष्य से भगवान् बन चुके हैं और अब भगवान् से ऊँचे उड़नेवाले जेट विमान बननेवाले हैं।

ऐसा सुना जाता है कि भगवान् बनने से पहले वे किसी बालिका

विद्यालय में हेड क्लर्क थे। अपने स्टाफ की सारी सुंदरता परमात्मा ने उनके मन को सौंप दी थी, पर उनके तन, और खासतौर से उनके चेहरे के लिए वह बिल्कुल नहीं बची थी। तन और मन की कशमकश में उन्हें वहाँ, यानी बालिका विद्यालय में बड़े-बड़े संकट झेलने पड़े, औसतन साल में एक बार पिटने से लेकर हर दूसरे-तीसरे साल मुअत्तल होने तक का अनुभव उन्हें दोहराना पड़ता था। अंत में उन्हें ज्ञान प्राप्त हो गया, यह शायद उस देसी तमंचे की नली का असर हो, जो एक बालिका के भाई के मजबूत हाथ से जुड़ी हुई सपनों तक में उनका पीछा करने लगी थी, या तुलसीदास या विल्वमंगल या ऐसे ही किसी अर्जी-फर्जी महात्मा की वैराग्य कथा का दोहराव हुआ हो, जिसमें सुंदरता की सारी परतें फाड़कर उन्हें सब जगह 'हाड़-चाम', 'हाड़-चाम' ही दीख पड़ने लगा। बहरहाल, इस बार कॉलेज प्रबंधक को उन्हें मुअत्तल करने की जरूरत नहीं पड़ी, उन्होंने खुद इस्तीफा दे दिया। दो साल वे किसी हिमालय की किसी गुफा में किसी गुरु से दीक्षा लिये हुए कोई तपस्या करते रहे, फिर जब वे उमरावनगर में पीतांबर धारे दुःख-मोचन तिलक भाल पर लगाए प्रकट हुए तो वे भगवान् बन चुके थे। उनका एक संप्रदाय बन चुका था। उसका अपना झंडा था, अपनी वरदी (पीतांबर का कुरता, वैसी ही लुंगी, चेलियों की पीतांबरी साड़ी और कत्थई ब्लाउज—किसी-किसी पर वह सचमुच ही फबता था), अपनी पूजा-विधि, अपनी साधना-पद्धति, अपने भजन, अपने कीर्तन—सभी कुछ अपने थे। अपना आश्रम, अपने दानदाता, अपना भंडारा भी।

खास बात यह कि स्वामी रघुबरदास भगवान् रामचंद्र के अवतार थे। उनके साथ सिंहासन पर बैठने के लिए एक सियादुलारी भरती की गईं। उनका असली नाम फूलमती था। जिलेदार साहब ने उसे हाई स्कूल तक पढ़ा भी दिया था। अब वे अचानक सियादुलारी बना दी गई थीं।

इधर कुछ दिनों में कीर्तन करते-करते वे चीखने लगी थीं। रामायण-कथा में ऐसी सियादुलारी की गुंजाइश न होने पर भी स्वामी रघुबरदास ने अभी तक उन्हें वनवास नहीं दिया था।

उमरावनगर की सभ्यता का कीर्तिमान था। शाम की अजान के तुरंत बाद आश्रम में भजन-कीर्तन होने लगता था। इसे सांप्रदायिक सद्भाव और विभिन्नता में एकता कहकर नेता लोग गाँव की छवि उभार रहे थे। सांप्रदायिक दंगे किसी भी वक्त हो सकते थे। पर अभी हुए नहीं थे, क्योंकि सभी पक्ष अभी रुपिया बटोरने में लगे थे। वे उसे सहर्ष गँवाने की हैसियत तक अभी नहीं पहुँचे थे।

दूसरी, तीसरी, चौथी और पाँचवीं कोठी

सभी जानते हैं कि अपना देश परंपराओं का देश है। किसी विदेशी ने कहा है कि महापुरुष समय के बालू पर अपने पदचिह्न छोड़ जाते हैं। बालू पर ये चिह्न कितनी देर टिक सकते हैं? पर अपने देश का महापुरुष जिधर निकल जाता है, वहीं चिरंतन मार्ग बन जाता है। इसलिए यहाँ स्थायी परंपरा बनाने के लिए किसी महापुरुष को कुल इतना भर करना है कि जिधर चाहे उधर ऊँट की तरह गरदन उठाकर निकल जाए।

जिला सहकारी संघ के भूतपूर्व अध्यक्ष ने यही किया। संघ से इस्तीफा देकर उसे उन्होंने दूसरे अध्यक्ष के हाथ सौंप दिया, कोठी अपने पास रख ली। यह परंपरा बन गई। सिलसिला कायम हो गया। फिर हर दो साल बाद संघ का अध्यक्ष बदलता और हर अध्यक्ष दो साल में यहाँ एक कोठी बनवाकर अपने पद से अलग हो जाता। दस साल में पाँच कोठियाँ बन गईं। गनीमत है कि पाँचवें अध्यक्ष को हटाकर सरकार ने संघ का निदेशक मंडल तोड़ दिया और एक नौजवान अफसर को उसका प्रशासक बना दिया। नहीं तो अब तक उमरावनगर में तिमंजला कोठियाँ बाँस-कोठियों की तरह उग रही होतीं। फिर भी आशा है, नौजवान होते हुए भी अफसर ने परंपरा को एकदम नहीं तोड़ा। सुनते हैं कि उसने कुछ शहरों में छोटे-छोटे बँगले बनवाए हैं। व्यक्ति और समय के अनुसार परंपरा में कुछ तब्दीली आ जाए तो बुरा न मानना चाहिए। यह सामाजिक गतिशीलता का लक्षण है। फिर यदि उठाईगीरी के पैसे से गाँवों का ही विकास होता रहे और शहर अछूते रह

जाएँ तो विकास प्रक्रिया में असंतुलन आ जाएगा। इसलिए संघ के प्रशासक को हमें आधुनिकता और परंपरा का एक बेजोड़ समन्वय मानना चाहिए, जो उठाईगीरी की परंपरा को निभाते हुए आधुनिक नगरों के निर्माण में अपनी हैसियत भर योगदान दे रहा है।

बहरहाल, सहकारी संघ के भूतपूर्व अध्यक्षों ने जो कोठियाँ बनवाईं, उनसे उमरावनगर गाँव होते हुए भी एकदम से नगर हो गया। कोठियाँ होंगी तो कारोबार भी होगा। पहले अध्यक्ष ने कोठी की निचली मंजिल अपने स्वर्गीय पिता के नाम पर दवाखाना खुलवाने के लिए सरकार को पट्टे पर, बिना किराए के, दे दी। इससे जनता और सरकार, दोनों पर उनकी धाक जमी और एक दवाखाना खुल गया। इस दवाखाने की दवाइयाँ चुराकर बिकवाने के लिए सड़क के दूसरी ओर एक दवा की दूकान खुली। दूकान कंपाउंडर के भानजे के नाम से है। भानजे का नाम डॉ. एम.जेड. अंसारी, ए.ए.यू.पी., पी.एम.पी. आदि है। उनका डॉक्टरी पेशा दुकान के सहारे और दुकान सरकारी दवाखाने के सहारे चलती है।

डॉ. अंसारी और सरकारी डॉक्टर में कोई खटपट नहीं है। दरअसल, सरकारी डॉक्टर अंसारी साहब के सहारे इत्मीनान से शहर में रहते हुए अपना क्लीनिक चलाते हैं। हर महीने की पहली तारीख को नियमित रूप से आकर वे अपनी तनख्वाह, कंपाउंडर की निजी प्रैक्टिस की आमदनी की चौथ और डॉ. अंसारी की दुकान से बिकी हुई सरकारी दवाओं की कीमत का आधा हिस्सा एक साथ उगाहकर फिर शहर वापस चले जाते थे।

दूसरे अध्यक्ष ने जो कोठी बनवाई, उस पर भ्रष्टाचार का कोई सवाल नहीं उठा। इसलिए उसे या उसकी किसी मंजिल को सार्वजनिक हित के लिए मुफ्त देने का सवाल भी नहीं उठा। वास्तव में, उसका ज्यादा-से-ज्यादा किराया वसूलकर उन्होंने प्रमाणित करना चाहा कि यह कोठी उनके खून-पसीने से बनी है, भले ही उसके लिए अपने मुँह से उन्हें पान की पीक तक न खर्च करनी पड़ी हो। उनका एक भतीजा वन-विभाग में रेंज़र था। न जाने उसका क्यों और कैसे और कितना प्रभाव था कि कुछ दिनों बाद ही इस कोठी में

राज्य वन-निगम का एक प्रखंड खुल गया। यही नहीं, उसके पिछवाड़े की रियासतवाला बाग भी किराए पर उठ गया और उसमें इस प्रखंड की जंगली लकड़ी का देखते-देखते एक विशाल डिपो कायम हो गया। इसकी तफसील अभी कुछ रुककर।

तीसरे अध्यक्ष ने प्रतिज्ञा की कि उनकी कोठी में वन-प्रखंड से भी बड़ा दफ्तर खुलेगा। शहर में भी उनके दो-तीन मकान थे, जिन्हें डाकघरों के लिए किराए पर उठाने में उन्होंने विशेषज्ञता प्राप्त की थी। डाक-तार विभाग के साथ उनके दिल्ली तक बड़े गाढ़े संबंध थे। पर देहात की इस कोठी में अगर छोटा-मोटा डाकखाना जनता की जरूरत के नाम पर खुल भी जाता, तब भी उसका किराया काजू और व्हिस्की पर होने वाले उनके मासिक खर्चे के लिए भी काफी न होता, जबकि इन दोनों पदार्थों से उनका बड़ा पुराना और गहरा लगाव था। इसलिए डाक-तार विभाग की जानीबूझी राह छोड़कर उन्हें न जाने कितने उल्टे-सीधे महकमों की भूलभुलैया में भटकना पड़ा। अंत में, जोरदार सिफारिश और भारी घूस ने रंग दिखाया। इस कोठी में ग्रामसेवकों और पंचायत के ग्राम-विकास अधिकारियों का एक प्रशिक्षण केंद्र खुल गया। अच्छे शौचालय और स्नानागारों के बावजूद, कोठी के बाहर बनियाइन-लुंगी पहने, हाथ में लोटा लटकाए नौजवानों के जो जत्थे आप शाम-सुबह सड़क पर देखते हैं, वे इन्हीं प्रशिक्षणार्थियों के हैं। इसी कोठी में ऊँचे अफसरों को आजकल कंप्यूटर की ट्रेनिंग दी जा रही है।

चौथी कोठी का मालिक कुछ लटे-पटे किस्म का था। उसमें मछली-पालन का एक छोटा सा दफ्तर खुलकर रह गया। उसके अदना से हाकिम को लोग, दूरदर्शन के अधिकांश समाचार-वाचकों के बीभत्स उच्चारण की नकल में 'मतस्स विकास अधिकारी' कहते हैं। एक ओर गाँववाले जब पोखरों और तालाबों को पाटकर वहाँ धान के खेत के खेत निकाल रहे हैं, 'मतस्स' अधिकारी खेतों को खुदवाकर मछली-पालन के लिए तालाब बनवा रहा है।

पाँचवीं कोठी किराए पर नहीं उठी। तब उसके मालिक एक खटारा ट्रक पर शहर से सामान लादकर आए और यहीं बस गए। उन्होंने कहा,

"अब मैं यहीं रहूँगा और गाँव में रचनात्मक काम करूँगा।" आज तक वे यहीं रह रहे हैं।

बुरी नजरवाले तेरा मुँह काला

वह ट्रक पिछले साल बिका है और उसकी जगह तीन नए ट्रक आ गए हैं। इनके अलावा दो बसें और एक जीप भी कोठी के आगे खड़ी दीखती हैं। ट्रकों के पीछे भाँति-भाँति के सिद्धांत-वाक्य, शेरो-शायरी, 'जय जवान, जय किसान' जैसे नारे लिखे हैं। इन इबारतों के हिसाब से हर ट्रक का व्यक्तित्व या संप्रदाय अलग-अलग दीखता है। इनमें 'बुरी नजरवाले तेरा मुँह काला'—सिर्फ यही सिद्धांत-वाक्य ऐसा है, जो तीनों में एक से अक्षरों में लिखा है। हर ट्रक में इस इबारत के नीचे जूते की एक सी तसवीर बनी है। इसी से प्रमाणित होता है कि इन तीनों ट्रकों का मालिक एक ही है। वही पाँचवीं कोठी के मालिक हैं। उनकी बढ़ती हुई हैसियत के साथ लोग उनका पुराना नाम और कुल-गोत्र भूल गए हैं। उनका नाम अब सिर्फ 'ठाकुर साहब' रह गया है। बसों आदि के भी वही मालिक हैं।

पुराना ट्रक देखने में भले ही खटारा रहा हो, पर वह शीशम के बेशुमार कुंदे लाद सकता था। इसलिए ठाकुर साहब ने, जो तब 'रमेसर भाई' कहलाते थे, उस पर शीशम के बेशुमार कुंदे लदवाने का काम शुरू किया। शहर को जानेवाली और दूसरे छोर पर जंगल में गुम हो जानेवाली यह जो सड़क है, बड़ी पुरानी है। कहा जाता है, त्रेता युग में राम-लक्ष्मण-जानकी इसी से किसी तरफ गए थे। तब सोचिए, इसके किनारे लगे हुए शीशम के पेड़ कितने पुराने होंगे! उनकी लकड़ी, एक तरह से अष्टधातु की-सी हो गई थी। ठाकुर साहब ने इन्हीं पेड़ों का अपनी खटारा ट्रक से सवार और सवारी का रिश्ता बना लिया। हर रात कोई-न-कोई पेड़ मशीन की तेजी से कटता, उसके कुंदे ट्रक पर शहर पहुँच जाते और उसके बाल, अँतड़ियाँ और बचे-खुचे हिस्से पास-पड़ोस के गाँवों में पहुँच जाते। यह काम कई महीने बड़े सुभीते से चला, क्योंकि उन दिनों सड़क का जूनियर इंजीनियर उनके साले का सहपाठी

निकल आया। पर ठाकुर साहब इस कारोबार में ज्यादा दिन नहीं टिके। शहर में इस बेशकीमती लकड़ी की बिक्री से उन्हें जो 'बीज-पूँजी' मिली, उसका राष्ट्रीकृत बैंकों की विकासपरक नीति से जोड़ मिलाकर उन्होंने ट्रकों और बसों का एक बेड़ा धीरे-धीरे तैयार कर लिया। एक ट्रक का आधा मुनाफा शुरू में जूनियर इंजीनियर साहब को और एक बस का विधायकजी को दिया जाने लगा। बाद में, विधायकजी के राज्यमंत्री बन जाने पर ठाकुर साहब ने वह बस पूरी तौर से विधायकजी की मार्फत राष्ट्र को अर्पित कर दी।

विकास की एक चिरंतन प्रक्रिया है। ऐसा योजना आयोग ने कहा है। ट्रक से भेजी जानेवाली शीशम की लकड़ी से शहर में कितना निर्माण-कार्य हुआ, कितने नए मुहल्लों और घरों का विकास हुआ, इस पर भी लिखा जा सकता है, पर क्षमा करें, अभी मुझे उपरावनगर पर ही बहुत कुछ लिखना है।

ठाकुर साहब अब बड़े आदमी हैं। मधुमेह, रक्तचाप आदि से लैस। नपुंसकता भी आ जानी चाहिए। पर उनकी मूँछें दिन-पर-दिन उनके चेहरे की मोहक उग्रता बढ़ाती चली जाती हैं। वे रईसी के इस दर्जे तक पहुँचने में अपने आरंभिक दिनों का जिक्र नहीं करते हैं, पर उनकी ट्रांसपोर्ट यूनियन इस इलाके में इतनी ताकतवर कैसे बनी है, इसका जिक्र वे बिना लाग-लपेट करते रहते हैं।

"'बुरी नजरवाले तेरा मुँह काला' यों ही नहीं लिखा है। ऐसा है मास्टर साहब, कि हमारी ओर जो भी बुरी नजर फेंकेगा, उसके लिए वह फोटू पहले ही बना दी गई है।"

ठाकुर साहब यह मेरे अध्यापक मित्र को मेरी जानकारी के लिए सुना रहे थे।

"मैंने तो कुछ किया नहीं, मास्टर साहब। आप जानते ही हैं, मेरी मूँछें देखकर बाहरी लोग मेरे बारे में कुछ भी सोचें, मैं झगड़ा-फसाद से हमेशा दूर रहता हूँ। किसी के लिए कभी कोई बात नहीं कही, खरा खेल फर्रूखाबादी! पर आप खुद सोचिए, जब हमारी बसें चलीं, तो उसके पहले यहाँ क्या था? यही इकबाल मियाँ के दो टुटही बसें और इक्के। और इक्के भी क्या, यहाँ से

पच्चीस किलोमीटर तक जाते थे। वहाँ कस्बे से उमिरिया की ओर आनेवाली बसों पर लोग भेड़ियाधसान में बैठते थे, तब कहीं शहर पहुँचते थे। हमने लाखों रुपए फूँककर ये बसें चलाईं, फिर इकबाल मियाँ की बसें भी बढ़ीं, फिर वर्मा की बसें आईं। अब मुसाफिर यहाँ से खटाखट ढाई घंटे में शहर पहुँचता है।''

''तब उमिरियावलों ने चलाए टैंपो। कब? जब हमारी यूनियन ने लाखों रुपए बसों पर फूँक दिए। तो तुम्हीं बताओ मास्टर साहब, टैंपो कैसे चलेंगे? चले? नहीं चले। हमने कुछ नहीं किया। यही इकबाल मियाँ ने घुड़क दिया। टैंपोवाले दुम दबाकर अपने-अपने बिलों में घुस गए।''

अब मैंने पूछा, ''सरकारी बसें भी तो चली थीं।''

''तो चलें। उन्हें कौन रोकता है? हुआ क्या कि स्कूली लड़कों ने एक बार दो बसें फूँक दीं। सुनते हैं कि कोई बदकलाम ड्राइवर था। कहीं पिट गया। तो वे बसें बंद हो गईं। सरकार बस चलाए तो हम कैसे मना करेंगे? सरकारी ड्राइवर खुद इस रूट पर नहीं चलना चाहते। झूठ-मूठ हमारी यूनियन को बदनाम करते हैं।''

''सोचता हूँ, ये मूँछें मुँड़ा लूँ। बेमतलब लोग बदनाम करते हैं।''

मैंने उन्हें मना किया, छतनार मूँछों का महत्त्व समझाया। वे आश्वस्त हुए।

अध्यापक मित्र शरारत और खुशामद की मिली-जुली बोली में बोले, ''पर ठाकुर साहब, दिनवाली रेल तो आप ही लोगों ने बंद कराई है।''

इस पर वे हँसे, ''यह तो हमें भी मालूम है। इकबाल मियाँ का करिश्मा है। सवेरे शहर से आनेवाली गाड़ी यहाँ रुकती थी, वही गाड़ी शाम को शहर जाते वक्त रुकती थी। अचानक वह गाड़ी कैंसल हो गई। लोग उड़ाते हैं कि इकबाल मियाँ रेलवे टाइमटेबुल बनानेवालों को कुछ ले-दे आए हैं। शुबहा मुझे भी है। पर राम कसम, हमारी यूनियन ने एक कौड़ी नहीं दी है। रेलवे को घाटा हो रहा था। उन्होंने गाड़ी बंद कर दी। फकत इतनी सी बात है।''

सवेरे मैं घूमता हुआ स्टेशन तक गया था। रमणीक स्थान था। चारों

ओर घने बाग। चिड़ियाँ इफरात में थीं। आदमजाद दिखाई नहीं देता था। अब रात को शहर जानेवाली एक गाड़ी आती है, दो बजे रात को रुकती है। जो गाड़ी शहर से आती है, वह तीन बजे रात को यहाँ पहुँचती है। रेलवेवाले अब नियमित स्टेशन तोड़कर इसे फ्लैग स्टेशन बनाने जा रहे हैं। बसों पर बकरी, मुरगी और इनसानों की मैत्री के लिए कोई खतरा रहा हो तो वह दूर हो चुका है।

धर्म से धर्म बढ़ता है

चार-पाँच घंटे में शीशम का बड़े-से-बड़ा पेड़ काटकर मुँह अँधेरे उसकी जगह पर ऊसर निकाल देना मामूली मेहनत का काम न था। इसके लिए एक अच्छे संगठन की जरूरत थी, जो सरकस के कार्यकर्ताओं की तरह शेरों की उछल-कूद खत्म होते ही तोप की नली से जिंदा आदमी निकालने के लिए पलक झपकते स्टेज तैयार कर दे। ऐसा संगठन ठाकुर साहब ने तैयार कर लिया था। वह बसों और ट्रकों के विस्तार के साथ और भी सुदृढ़ हो गया था। इस संगठन ने भी उमरावनगर के विकास में 'कैटालिटिक एजेंट' का काम किया।

इस संगठन के आठ प्रमुख सदस्य थे। उनमें से एक किसी दिन ज्यादा दारू पीकर अपने ही ट्रक के नीचे कुचल गया। दूसरा बिहार में कोयले की खदानों में काम करनेवाले एक यूनियन लीडर का अंगरक्षक बन गया। बाकी छह के लिए जीविका का कोई दृश्य-श्रव्य साधन जरूरी था। उनके लिए सड़क के दूसरी ओर कुछ शानदार दुकानें बनवा दी गईं। खपरैल की पुरानी इमारतें तोड़कर शीशम से अर्जित थोड़ी सी पूँजी का निवेश करके इन दुकानों पर मदनानंद मोदक से लेकर डीजल के पंपिंग सेट तक बेचने की व्यवस्था हुई। उधर बाग में राम-जानकी का जो मंदिर बना, वह भी इसी पूँजी का फल है। उसके आगे बैंक की जो इमारत है, वह भी। घास चरते हुए खच्चर की पीठ तक पर जब आजकल बैंक की शाखा खुल जाती है तो उमरावनगर में बैंकों को तो आना ही था। ठाकुर साहब ने वैसे इस बैंक की इमारत के

लिए बैंक से ही कर्ज लिया था। पर सुनते हैं कि उस कर्ज को उन्होंने दूसरों के बीच कर्ज पर उठा दिया। उनके ब्याज की दर बैंक से तीन गुनी थी, पर वह कर्ज उन कामों के लिए दिया गया, जिसके लिए बैंक कर्ज नहीं देते। इस तरह 'जहाँ न जाए रवि, वहाँ गया कवि।'

धर्म से धर्म बढ़ा। दरअसल इकबाल साहब ने जब एक बाग में मसजिद बनवानी शुरू की, तभी सामने के दूसरे बाग में मंदिर की नींव पड़ी। मसजिद अभी पूरी नहीं हुई है, मीनारों की धूल सनी लाल ईंटों पर जो कीमती टाइल लगती हैं, वे अभी हैदराबाद से नहीं आई हैं। पर उनके ऊपर डमरू-जैसा लाउडस्पीकर का एंप्लीफायर पहले से लग गया है। उधर दूसरी ओर मंदिर से लगी हुई दो बीघा जमीन में स्वामी रघुबरदास का आश्रम फैला है। इसमें थोड़ी जमीन इकबाल मियाँ की भी थी। सांप्रदायिक सद्भाव कहिए या अनेकता में एकता, या ठाकुर साहब के साथ की गिरोहबंदी, इकबान मियाँ ने यह जमीन आश्रम को सौंप दी है।

इस समय राम भगवान्, उर्फ स्वामी रघुबरदास सिंहासन पर विराजमान हैं। आजानुबाहु, वृषस्कंध, व्यूढोरस्क, कोटि-मनोज-लजावन कहलानेवाले राम से उनका हुलिया बिल्कुल नहीं मिलता। देखने में वे गिरिस्ती की चट्टान के नीचे दबे, अधखाए, अधभूखे, थके-थकाए किसी देहाती कॉलेज के बड़े बाबू जैसे लगते हैं जोकि वे कभी थे भी।

लाल मखमली चँदोबे के नीचे, जिसमें चाँदी के चमकदार तारों से बेलबूटे सजाकर रघुवंशियों के दरबारे-आम की रौनक पैदा की गई है, एक दूसरे सिंहासन पर सियादुलारी बिराजी हुई हैं। राम भगवान् ने उन्हें कॉलिज ही में पहचान लिया था, जब वे जिलेदार साहब की मदद से वहाँ हाईस्कूल में पढ़ने जाती थीं। सियादुलारी मूर्ति की तरह निश्चल बैठी हैं, सिर्फ साँवले-सलोने चेहरे पर बड़ी-बड़ी मदभरी आँखें स्थिर नहीं हो पा रही हैं।

राम भगवान् एक श्लोक बोलते हैं, फिर एक स्वरचित भजन गाने लगते हैं। सामने बैठा भक्त समुदाय, जिसमें पीतांबरा बालिकाओं का बहुमत है, उस भजन की कड़ी को उठा लेता है।

उधर लाउडस्पीकर पर अजान शुरू होती है।

बी.डी.ओ. साहब ने बताया :

"अभी तक सब ठीक है। ठाकुर साहब और इकबाल मियाँ के रहते झगड़े का डर नहीं। पर इनके बाहर चले जाने पर दो-तीन बार झमेला होते-होते बचा है। अब सुनते हैं, इन दोनों ने खुद पुलिस कप्तान से कहा है कि यहाँ सशस्त्र पुलिस की एक कंपनी तैनात कर दी जाए। ठाकुर साहब की कोठी के ऊपरी तल्ले खाली पड़े हैं। वे किसी छोटे घर में जाकर रहना चाहते हैं। कंपनी के लिए वे कोठी किराए पर उठाने को तैयार हो गए हैं। कंपनी कमांडर के रहने का इंतजाम इकबाल मियाँ कर देंगे।"

मजहर मियाँ की भरत-भक्ति

ठाकुर साहब और इकबाल साहब के सद्भाव का मुख्य आधार पंचशील का वह शील रहा है, जिसके अंतर्गत पड़ोसी राज्यों को एक-दूसरे की सीमा का सम्मान करना चाहिए। उमरावनगर के आस-पास फैले जंगलों में चोरी और सीनाजोरी के सहारे चलनेवाली पेड़ों की कटाई की परंपरा बहुत पुरानी है। जंगलों की नाजायज कटाई पर वहाँ इकबाल मियाँ का एकाधिकार रहा है। पहले वे गाँव के पास एक उससे भी छोटे गाँव में रहते थे। बाद में बिजली आ जाने पर उन्होंने सड़क के किनारे लकड़ी चीरने के लिए आरा मशीनें लगवा लीं। उसे 'फैक्टरी' कहा जाने लगा और उसी से सटाकर उन्होंने अपना मकान भी बनवा लिया। सरकारी जंगल के एक छोर पर उनका एक छोटा सा निजी जंगल था। वहाँ कुटिया डालकर उनके छोटे भाई मजहर मियाँ भाई की सेवा करने लगे।

ठाकुर साहब ने सरकारी जंगल की लकड़ी पर कभी कुदृष्टि नहीं डाली। वह इकबाल मियाँ का काम था। खुद वे सड़क के किनारेवाले शीशमों पर तत्पर रहे। इस तरह लकड़ी का कारोबार करते हुए भी दोनों में कभी खट-पट नहीं हुई। बाद में ट्रांसपोर्ट यूनियन में उनकी दोस्ती और भी पक्की हो गई।

पहले भी मजहर मियाँ सरकारी जंगल में श्रद्धापूर्वक पेड़ कटवाकर बड़े

भाई की फैक्टरी में भिजवाया करते थे। पर दूसरी कोठी में वन-निगम का प्रभाग खुलने के बाद इस कारोबार को सही दिशा मिल गई। पहले ही साल डिपो की लकड़ी की नीलामी राज्य में सबसे ऊँची कीमत पर टूटी। आखिरी बोली इकबाल मियाँ की थी। देखते-देखते सारे प्रदेश में वन-निगम का यह प्रभाग इतनी आमदनी देने लगा कि उसे देखकर बड़े-बड़े वन अधिकारी वन्य प्राणियों की तरह चिंघाड़ने लगे। वहाँ किसी भी मैनेजर का टिकना मुश्किल हो गया। जैसे ही कोई मैनेजर वहाँ तैनात होता, पहली नीलामी के बाद ही उसका दफ्तर ऊँचे हाकिमों के बधाई-पत्रों से पट जाता, वनमंत्री, 'योग्य अफसरों को प्रोत्साहन और निकम्मे अफसरों का सत्यानाश' की नई नीति के अंतर्गत उसे पुरस्कार देने की घोषणा करते और कुछ ही दिनों में तरक्की के साथ उसका तबादला कर दिया जाता। उमरावनगर के मैनेजर का पद इस प्रकार एक से एक घिनौने और नाकारा अफसरों की तरक्की की गारंटी बन गया। पर यह सब इकबाल मियाँ उर्फ ठेकेदार साहब की दरियादिली का फल था—यह और बात है कि दरिया में फल नहीं लगता।

सड़क के किनारे जहाँ ठाकुर साहब के बहादुरों की आधुनिक दुकानें खत्म होती थीं, लकड़ी की चिराई के लिए आरा मशीनें और दरवाजा, खिड़की, चौखट आदि के निर्माण के तीन-चार नए कारखाने खुल गए थे। ये ठेकेदार साहब के आदमियों के थे। इनका प्रमुख व्यवसाय कायाकल्प का था। जी नहीं, ये ब्यूटी पार्लर जैसी चीज नहीं थे। ये सिर्फ जंगल में चोरी से काटी हुई लकड़ी का कायाकल्प करके उसे नीलाम में खरीदी लकड़ी की हैसियत दे देते थे। कैसे? लकड़ी के बड़े-बड़े कुंदों को ये कारखाने पटरों, चौखटों, दरवाजों, खिड़कियों आदि में बदल देते थे। फिर ट्रक पर जब यह सारा माल लद जाता तो जैसे बाजार में बिकनेवाले मसाले के पैकेट में पिसे धनिया के बीच घोड़े की सूखी लीद की पहचान नहीं हो सकती, यह जानना असंभव होता कि कौन लकड़ी चोरी की है और कौन सरकारी नीलामी की। ट्रक पर जानेवाले लकड़ी के कुंदों की तो रोक-टोक हो सकती थी, पर मसाले के इन पैकटों पर कोई पाबंदी मुमकिन न थी।

इसीलिए ठेकेदार साहब वन-प्रभाग की नीलामी में सरकारी लकड़ी पर ऊँची-से-ऊँची बोली लगाते। वह लकड़ी उन्हें हर हालत में लेनी थी। उनके कारखाने में पहुँचकर उसकी हैसियत वही हो जाती, जो उद्योगों के लिए कर्ज लेने में 'मार्जिन मनी' की होती है। इस लकड़ी के सहारे वे उससे नौ गुना वजन और आयतन तक की लकड़ी को जंगल के चोर-बाजार से दो-मुश्त खाकनुमा दरों पर खींचकर 'मैसर्स इकबाल हुसैन ऐंड ब्रोज, गवर्नमेंट कांट्रैक्टर ऐंड टिंबर मर्चेंट' की फर्म चमका रहे थे। जब तक उनकी आखिरी बोली के रॉकेट पर चढ़े हुए वन अधिकारी आपस में बधाइयाँ बाँटते, जंगल का दूसरा टुकड़ा कटकर सीधे इन कारखानों में पहुँच जाता। वन-प्रभाग की समृद्धि का ग्राफ ऊपर उठते हुए जितना ही चमकता, उसी अनुपात से प्रभाग के पेंदे का सुराख चौड़ा होता जाता। पर अच्छाई यह है कि गतिशील अर्थव्यवस्था में सिर्फ ग्राफ देखा जाता है, पलटकर पेंदा नहीं देखा जाता।

राष्ट्र-निर्माण में उठाईगीरी की भूमिका

मित्र के मकान तक पहुँचानेवाली गली इतनी सँकरी थी कि अगर कोई औरत-मर्द आमने-सामने से निकल जाते तो इतने पर ही एक का बलात्कार या दोनों का व्यभिचार के जुर्म में चालान हो सकता था। इस वक्त तो वहाँ कचरे और कीचड़ के पैबंद भी छितरे हुए थे। जैसे वे बिजली के नंगे तार हों, इस तरह उनको बचाते हुए मेरे मित्र दीवार के सहारे फुदक-फुदककर सड़क तक आए, पीछे-पीछे मैं। हम लोग इकबाल मियाँ ठेकेदार साहब उर्फ सत्ता पार्टी के स्थानीय अध्यक्ष की दावत खाने जा रहे थे। हम लोग आमंत्रितों की पहली सूची में न थे, प्रदेश के वित्तमंत्री की सिफारिश पर बाद में शामिल किए गए थे।

कंप्यूटर प्रशिक्षण आज खत्म हो गया था। वित्तमंत्री समापन-भाषण देने आए थे। जलसे के मुख्य अतिथि थे राज्यमंत्री, प्रशासनिक सुधार और कोई ऐसा ही वैसा विभाग। कर्ता-धर्ता : बी.डी.ओ. साहब। दावत का मैदान : कोठी नंबर तीन का अहाता। दावत के प्रमुख आकर्षण : बकरा, मुरगा,

मछली। फिर मनोरंजन कार्यक्रम में ग्राम-गीत, बिरहा, बिरहा का प्रमुख विषय : बीस-सूत्री कार्यक्रम की गौरव-गाथा, रा-ा-ा जी-ी-ी वा-ा-ा भइया का दीन-दुखियों से तीन पीढ़ी का लगाव।

इधर जंगल किनारे कुछ आदिवासी बसे हैं। बकरियों और मुर्गियों की आपूर्ति उनकी झोंपड़ियों से होती है। उस तरफ, जहाँ बहुत दूर पेड़ों के झुरमुट के पास एक क्षुद्र नदी बहती है, धीवरों के घर हैं। वहाँ से मछली आती है। ये चीजें इस इलाके में इफरात से मिलती हैं। नदी के किनारे चुआई हुई कच्ची दारू थी। मछली या मुर्गा खरीदने पर दारू किफायती दर से मिल जाती है। कुल मिलाकर खाने-पीने की सुविधा है, बशर्ते कि दाम देने का बूता हो। वह ठेकेदार साहब में है ही।

वित्त मंत्री भारतीय पत्रकारिता को गैरजिम्मेदार और ओछी मानने के लिए मशहूर हैं। पर 'पाप को घृणा करो, पापी से नहीं' का सिद्धांत मानकर पत्रकारों को वे प्यार करते हैं। पत्रकारों में भी पत्रों के मुख्य संपादक और रिपोर्टर उनके प्यार और सत्कार के घड़े से छककर पी सकते हैं। उपसंपादकों और दूसरे डेस्क अफसरों के लिए सिर्फ तलछट बचती है।

वैसे तो मैं इसी तलछट सूँघनेवाली श्रेणी का था, पर वित्तमंत्री मुझे जानते थे। इसीलिए आमंत्रितों की पुनर्विचारित सूची में मुझे और मेरे मित्र को जगह मिल गई। पर दावत में मैंने पाया, पूरे मजमे में अकेला गैरसरकारी पत्रकार होने के नाते मैं हाशिए वाला अतिथि नहीं हूँ, मंत्रीजी की मुसकान की स्पॉटलाइट बार-बार मुझी पर पड़ रही है।

दावत और ग्राम-वाम गीत-वीत के बाद और मंत्रीजी के वापस जाने के पहले थोड़ी देर हम लोग इधर-उधर की हाँकने के लिए रुके। पर इधर-उधर की हाँकने में भी मंत्री तो राष्ट्र-निर्माण, गरीबी की रेखा, ग्राम विकास आदि की बात करेगा ही। उसी के दौरान वित्तमंत्री ने उमरावनगर के चमत्कारी विकास का जिक्र किया, उस पर मेरा अनुमोदन माँगा। यह भी बताया कि जमीन न मिल पाने के कारण जो सिंचाई-परियोजना यहाँ इतने साल से अधूरी पड़ी थी, वह अब शीघ्र पूरी हो जाएगी।

"तब तो उधर वाला वह बाजार भी जल्दी ही बन जाएगा।" मैंने कहा।

"वह तो बनेगा ही। यहाँ इतना स्टाफ आकर रहेगा कि एक बड़े आधुनिक बाजार के बिना काम नहीं चलेगा।"

'उधरवाला' बाजार मैं दो-तीन दिन पहले देख चुका था। अधूरी इमारतें पड़ी थीं, ईंट की दीवारों पर काई जमी थी। पता ही नहीं चलता था कि किसी पुरानी इमारत का खँडहर है या नई की शुरुआत है, क्योंकि सिंचाई-परियोजना चार साल पहले ठप हो गई थी। उसका सीमेंट, लोहे और दूसरी सामग्री से गुप्ताजी नामक भट्ठेवाले जितना बनवा सकते थे, बाजार का उतना भाग बनवा चुके थे। परियोजना के साथ बाजार का काम भी ठप हो गया था।

"आप तो यहाँ कई दिन से हैं। यहाँ की जोरदार प्रगति और विकास को आपने खुद देखा है। देखिए, अखबारों में हत्या, बलात्कार और रहजनी आदि पर खूब छपता है, क्या इस पर कुछ नहीं लिखा जाना चाहिए? ग्रामीण अर्थशास्त्र में मैं आपकी रुचि जानता हूँ। लिखेंगे न?"

वे और उनके लग्गू-भग्गू मुझे उत्साह से ताक रहे थे। मुझे कुछ सोचना नहीं था, पर सोचने का अभिनय करना जरूरी था। कुछ रुककर, यह देखते हुए कि मेरे श्रोताओं में इकबाल मियाँ और ठाकुर साहब आदि भी मौजूद हैं, मैंने मंत्रीजी से अंग्रेजी में कहा, "लिखना तो मैं जरूर चाहूँगा पर एक सैद्धांतिक गुत्थी का हल मैं नहीं निकाल पाया हूँ। केंद्र में आपका वित्त मंत्रालय बार-बार दोहरी अर्थव्यवस्था, काला धन, कर-चोरी, गबन, धोखेधड़ी आदि के खिलाफ जिहाद बोलने की घोषणा करता है, पर छोटे पैमाने पर यहाँ का अध्ययन करके मुझे लगता है कि राष्ट्र-विकास के सरकारी प्रयासों के साथ अगर इन प्रवृत्तियों का खुले तौर से जोड़ मिल जाए तो विकास की प्रक्रिया बहुत तेज हो जाएगी। अगर सार्वजनिक कार्यक्रम में चोरी और उठाईगीरी न चलती होती तो मुझे पूरा यकीन है कि उमरावनगर में अब तक चार-छह सरकारी इदारे खुल जाने के बावजूद वह आज भी उन्हीं खपरैल की झोंपड़ियोंवाला गाँव बना होता और जो आज यहाँ मध्यवर्ग के आभिजात्य परिवार हैं, वे गरीबी रेखा के नीचे घिसट रहे होते। ये कोठियाँ, ये कारखाने, ये समृद्ध दुकानें…।"

अचानक ठाकुर साहब कुछ बोले और मैं सन्न रह गया। उन्होंने अंग्रेजी में कहा, "आप हम सबको चोर और उठाईगीर बता रहे हैं?"

जितनी भी रही हो, मैंने अपनी सारी शिष्टता उनपर उँड़ेल दी, उन्हें ठंडा करने के लिए अर्थशास्त्र के कुछ बड़े फिकरों का प्रयोग किया, ताकि उन्हें यकीन हो जाए कि बात गाली-गलौज की नहीं, ऊँचे सैद्धांतिक विश्लेषण की है। गलतफहमी के लिए उनसे मुआफी माँगी, कहा, "जी नहीं, मैं दूसरी ही बात कर रहा हूँ। देश की राजधानी का उदाहरण लें। पिछले एशियाड में करोड़ों करोड़ रुपए लगाकर राजधानी का आधुनिकीकरण किया गया। उस प्रक्रिया में हजारों छुटभैए गरीबी की रेखा और निम्नवित्तीय वर्ग का बाड़ा तोड़कर ऊपर उभर आए। उठाईगीरी से ही सही, अपनी कोठियों और बैंक लॉकरों और नई मोटरों के बूते वे मध्यवर्ग में घुस चुके हैं। मैंने माना कि अगर चोरी और उठाईगीरी के तत्त्व सक्रिय न होते तो एक बड़ी सार्वजनिक धनराशि आपके हाथों उन्हीं के नियोजित कल्याण के काम आ सकती थी, पर उसमें वक्त लगता। यह भी तय न हो पाता कि सरकार की निगाह में उनका जो नियोजित कल्याण है, वह खुद उनकी निगाह में कल्याणकारी है या नहीं?"

वित्तमंत्री बोले, "मजाक आप अच्छा करते हैं, पर मजाक में भी यह न भूलिए कि आज भी देश के सैंतीस फीसदी लोग गरीबी रेखा के नीचे हैं। उनका चोरी और उठाईगीरी में विश्वास नहीं है।"

मैंने कहा, "नहीं है तो हो जाएगा। उमरावनगर से नई दिल्ली तक, राष्ट्र-निर्माण के बाई-प्रोडक्ट के रूप में, मध्यवर्ग का जो एक पूरा समुदाय शुद्ध चोट्टेपन के आधार पर उभर रहा है, उसका उदाहरण गरीबी की रेखावालों से छिपा नहीं है। क्या यहाँ नदी-किनारे बसनेवाले मल्लाह नहीं जानते कि उनके लिए मछली-पालन के कर्ज की दलाली करके कोई भी ग्राम विकास अधिकारी साल भर में लखपति बन सकता है?"

मैंने मंत्रीजी को लगभग पुचकारते हुए कहा, "अब मान भी जाइए। घूसखोरी, फरेब, काले धंधे आदि के खिलाफ शोर न मचाकर अब इन धंधेवालों से समन्वय करके कुछ दिनों के लिए एक सचमुच की समन्वित

ग्राम विकास परियोजना लागू हो जाने दीजिए। फिर देखिए, विकास कैसी तेजी से होता है।''

मंत्रीजी जोर से हँसे, बोले, ''आपका मसखरापन कभी जाएगा नहीं। आप भ्रष्टाचार और चोरी के सिद्धांत पर राष्ट्र का निर्माण करना चाहते हैं?''

इस बार मेरे मित्र ने पहली और अंतिम बात कही, ''जी नहीं, ऐसा नहीं है। आप लोगों की कृपा से राष्ट्र का निर्माण वास्तव में जिस तरह हो रहा है, हमारे दोस्त उसी प्रकिया को एक सैद्धांतिक आधार देने की कोशिश कर रहे हैं।''

कुंभीपाक से असिपत्र की ओर

लौटते में बकरियों और मुरगों की सोहबत से बचना चाहता था। इसलिए मुँह अँधेरे हम दोनों किसी इक्के के इंतजार में सड़क पर आकर खड़े हो गए। ट्रांसपोर्ट यूनियन ने रेल, सरकारी बस, टैंपो, टैक्सी आदि का जहाँ चक्का जाम किया था, वहीं इक्केवालों को टिक्-टिक् करते रहने की छूट दे रखी थी। पुरानी चीज है, अपने-आप कभी-न-कभी सड़कर गिर जाएगी, ऐसी ही किसी धारणा के अनुसार जैसे लोग अपने पुराने छप्पर में आग नहीं लगाते, वैसे ही उन्होंने इक्केवालों के चौपट व्यवसाय में भी हस्तक्षेप नहीं किया था।

ज्यादा देर रुकना नहीं पड़ा। धुँधलके में दूर से दिखा तो नहीं, पर इक्के का आना सुनाई जरूर पड़ा। पास आने पर मित्र ने उसे रुकने को कहा। जवाब में इक्केवाले ने घोड़े को कोड़ा लगाया, ललकारा और इक्का तेजी से सड़क पर भागा। मित्र ने 'रुको, रुको' की आवाज लगाई, हम दोनों पीछे दौड़े भी, पर वह तब भी नहीं रुका।

तब मित्र ने दहाड़कर इक्केवाले को एक बड़ी फूहड़ गाली दी। ''रुक साले, नहीं तो···।'' 'नहीं तो' का तत्काल असर हुआ। इक्का रुक गया।

मित्र ने जवाब-तलब करना शुरू किया। इक्केवाले ने बताया कि इन लल्ली ने पूरा इक्का किराए पर ले रखा है, दूसरी सवारी नहीं बैठालनी है।

तब बात इक्के पर बैठी लल्ली पर आ गई, जिसे संक्षिप्त करते हुए लल्ली ने इक्केवाले से कहा, ''इन्हें बैठा लो और इक्का आगे बढ़ाओ।''

इस तरह के इक्के को इधर 'खड़खड़ा' कहते हैं। वह बैलगाड़ी की तरह खड़खड़ाकर चलता है। अगर उसके पहिए ठोस लकड़ी के हों और एक घोड़े की जगह दो बैल जुते हों तो इसे बैलगाड़ी भी कहा जा सकता है। मतलब यह कि उसमें दो आदमियों के फैलकर बैठने की गुंजाइश थी, यह और बात है कि लल्ली नामक सवारी, जब तक हम परिचित नहीं हो गए, बराबर सिकुड़कर बैठी रही।

परिचित तब हुए, जब कई किलोमीटर निकल जाने पर उन्होंने बुरके का नकाब उलटा। 'इधर आसमान उलटा, उधर आफताब उलटा' वाली बात तो नहीं हुई, पर मैं वह चेहरा देखते ही अचकचा उठा। परदानशीन लल्ली कोई मुसलिम महिला न थी, छँटते धुँधलके में मैंने पहचाना, वे सियादुलारी थीं।

''सियादुलारी, आप?''

सार्वजनिक सभाओं में संभाषण के अभ्यास से उन्होंने संक्षिप्त, सधे ढंग से कहा, ''मेरा नाम फूलमती है।''

धीरे-धीरे अंग-संचालन का कम-से-कम इस्तेमाल करते हुए उन्होंने बुरका उतारा। उसे कायदे से तह करके एक झोले में रख लिया। उनके जिस्म पर इस समय पीली साड़ी न थी, न कत्थई ब्लाउज था। वे नाइलान की छापेदार साड़ी पहने थीं। साँवले रंग पर एकदम तो नहीं जम रही थी, पर उनकी उम्र में बुरी भी नहीं लग रही थी।

मेरे दिमाग में कई सवाल थे, पर पूछने को एक भी न था। जवाब उन्होंने ही शुरू किया, ''बड़ा घिनौना आदमी है।''

यह दिखाने को कि मैं समझ रहा हूँ, मैंने सर हिलाया। वे बोलीं, ''आप बाहरी आदमी हैं, इसलिए आपसे कहने में कोई हर्ज नहीं। तीन किलोमीटर आगे जो चौराहा आएगा, वहाँ उमिरिया से शहर जानेवाली बसें मिलती हैं। हमें पहली बस मिल जाएगी।''

''मैं भी उसी से शहर जा रहा हूँ।''

''आप उससे मत जाइएगा। वहीं रुके रहिए। बाद वाली बस से जाइए।''

इक्केवाले ने कहा, ''तुम चौराहे के पहले ही उतर जाना, बाबूजी! कोई तुम्हें इनके साथ देखे, उससे फायदा क्या है?''

''नुकसान ही क्या है?''

फूलमती ने कहा, ''तब ठाकुर साहब और स्वामीजी महाराज के चेले मास्टर साहब को तंग करेंगे। समझेंगे, मैं आप दोनों के कहने पर वहाँ से भागी हूँ।''

''आप भाग रही हैं?''

इसका उन्होंने तुरंत कोई जवाब नहीं दिया। इक्केवाला बोला, ''इनके बापू शहर में बीमार पड़े हैं। उनका और कोई नहीं है। स्वामीजी महाराज इन्हें वहाँ जाने नहीं देना चाहते।''

''जिलेदार साहब अभी जिंदा हैं?''

यह बेवकूफी भरा सवाल था। पर मेरे लिए बड़ा स्वाभाविक था। उनकी पुरानी कथाएँ, एक मल्लाह बेवा से उनके नाते-रिश्ते सुनते-सुनते मैं उन्हें इतिहास-पुरुष मान बैठा था।

फूलमती ने तमककर कहा, ''जिंदा नहीं तो क्या मर गए? आप यही चाहते हैं?''

क्षमायाचना में मैंने सर नीचा कर लिया। उन्होंने सहज बनकर कहा, ''बापू शहर में रहने लगे थे। मैं भी वहीं पढ़ती थी। अम्माँ उमरावनगर में ही रहीं। साल भर बहुत बीमार रहीं। पेट में शूल उठा करता था, संग्रहणी, बुखार—न जाने क्या-क्या। अब बापू को भी यही रोग लगा है।''

कुछ कहना था, इसलिए पूछा, ''तो बापू की देख-रेख के लिए जा रही हैं?''

इस बार इक्केवाला भड़का, बोला, ''इन्हें जाना तो था ही। स्वामीजी महाराज इनकी जगह एक दूसरी सियादुलारी ला रहे हैं। तुमने वहाँ देखा होगा बाबूजी, एक गोरी-गोरी चमकुल-सी जनाना आगे बैठी रहती है। स्वामीजी अब कहने लगे हैं कि सियादुलारी साँवले रंग की नहीं हो सकतीं।''

"तब स्वामीजी इन्हें जाने क्यों नहीं देना चाहते?"

"स्वामीजी हैं। अपनी लीला आप जानें!"

चौराहे के कुछ पहले ही मैं उतर गया। उतरते-उतरते पूछा, "यहाँ कोई स्वामीजी का चेला मिल गया तो?"

"यहाँ मुझे कोई डर नहीं है। राकेश भाई यहाँ पहले ही आ गए हैं।"

"राकेश भाई?"

"हमारी युवा पार्टी के अध्यक्ष हैं न जो, वही। आप नहीं जानते? बहुत बड़े युवा नेता हैं।"

चिड़ियाँ चहकने लगी थीं, पर किसी की भी चहक अब फूलमती जैसी न थी। मैंने इक्के पर हाथ रखकर उसे रोके रखा, मेरी सुन्न जिज्ञासाएँ जाग उठी थीं।

"तो बापू के साथ रहते हुए आप राकेश भाई के साथ काम करेंगी?"

"पढ़ूँगी और काम भी करूँगी। राकेश भाई कहते हैं, मैं बोल बहुत अच्छा लेती हूँ। पहाड़ों पर एक युवा कैंप लगने वाला है। राकेश भाई कहते हैं, वहाँ मुझे कैंप में अधातम पर लैक्चर देने होंगे।"

"काहे पर?"

"अधातम पर। भौतिक जगत् निस्सार है न!"

उन्हें नमस्कार करके इक्के को आगे बढ़ जाने दिया। इच्छा हुई थी, एक बार उन्हें आगाह करूँ, उस निस्सार भौतिक जगत् की व्यवस्था के बारे में समझाऊँ, जिसमें एक मल्लाह बेवा एक भद्रपुरुष का आसरा पाकर भी यतीम की तरह शायद नासूर से बिना इलाज मरी है, जिसमें उसकी लड़की उससे भी ज्यादा भयानक एक सामाजिक नासूर का शिकार हो रही है। पर उसका न समय था, न मेरी उस बात का कोई श्रोता ही था। फिर भी, अब कल रात की मेरी बातचीत का एक जवाब सवाल की शक्ल में ऊपर उभरने लगा : चोरी और उठाईगीरी की व्यवस्था कुछ दिनों के उस विकास की झलक भले ही दिखा दे, जो मध्यमवर्गियों का स्वर्ग है, पर उसमें फूलमती की जगह कहाँ पर होगी?

पुराणों में कुंभीपाक मवाद और मज्जा से भरा हुआ एक नरक है, एक दूसरा नरक असिपत्र है, जहाँ राह में खड़े पेड़ों पर तलवारों की पत्तियाँ होती हैं और वे पग-पग पर देह में घाव करती हैं। शरदकाल की इस सुनहरी सुबह में मेरा मन तब उसके लिए भारीपन महसूस करने लगा, जिसकी राकेश भाई चौराहे पर राह देख रहे हैं, जो कुंभीपाक से छूटते ही असिपत्र की ओर बढ़ने लगी है। उमरावनगर का विकास चाहे वित्तमंत्री के सिद्धांतों से हो, चाहे इकबाल मियाँ की व्यवहार-बुद्धि से इन नरकों की सत्ता पर उसका कोई असर नहीं पड़ेगा। फूलमती की याद करके मुझे लगा, ये दोनों विकास-तंत्र यहीं एक साथ मुँह के बल गिरते नजर आते हैं।

□□□